我对世界另眼相看

王张应 著

合肥工业大学出版社

图书在版编目(CIP)数据

我对世界另眼相看/王张应著．—合肥:合肥工业大学出版社,2017.10
ISBN 978－7－5650－3681－1

Ⅰ.①我…　Ⅱ.①王…　Ⅲ.①散文集—中国—当代　Ⅳ.①I267

中国版本图书馆 CIP 数据核字(2017)第 280014 号

我对世界另眼相看

王张应　著　　　　责任编辑　王钱超

出　版	合肥工业大学出版社	版　次	2017 年 10 月第 1 版
地　址	合肥市屯溪路 193 号	印　次	2018 年 2 月第 1 次印刷
邮　编	230009	开　本	710 毫米×1010 毫米　1/16
电　话	人文编辑部:0551－62903205	印　张	15.25
	市场营销部:0551－62903198	字　数	262 千字
网　址	www.hfutpress.com.cn	印　刷	安徽联众印刷有限公司
E-mail	hfutpress@163.com	发　行	全国新华书店

ISBN 978－7－5650－3681－1　　　　定价:39.80 元

彩虹跨过河流

舟扬帆

记得第一次醉酒是高中毕业以后尚未下放之前，几个未来的知青酒后跑到包河去撒野，别人记不太清，反正我自己是醉了，扒着岸边痛痛快快地吐，在草地上百无禁忌地翻滚。那时我们青春无敌，那时拥有无敌青春的我们恨不得能够拥抱整个世界。接着我就去了潜山。我下放所在地离父亲的家乡有几十公里远，每每往返城乡之际，我都会遥望远处那片苍茫幽深的山野，心想哪天也窜回老家去看看吧，不过总是念头一闪便又滑过去了。

关于家乡的事情虽然听父母讲述过一些，却都过于感情化，也过于抽象和零碎，形成不了一个清晰完整的客观印象。以致后来我想，可能有关家乡的某些场景甚至并不是别人口述，而根本就是我自己臆想出来的。比如我的脑海里曾有这么一幅图画：20 世纪初也就是民国七年（1918 年）的一天，灿烂的阳光泼洒在老岭头的野地上，一条无名小河流向山外，一个十几岁俊逸的少年，沿着河边的砂土小道离开了生于兹长于兹的家乡黄土岭，带着无限的憧憬朝远方走去。又过了一些年，那个少年名动四方，他叫张恨水。

小时候，我就不甚明了地听说过张恨水先生是我们家乡那一带的人，却是直到很多年以后读了王张应的文字，才终于闹明白自己的孤陋寡闻及一知半解。黄土岭是张恨水的祖居地，并非出生地，民国七年他离开黄土岭外出谋生时也不是少年，而是身着长衫、戴着围巾、留着分头的青年了——在某一历史阶段，长衫、围巾和分头差不多就是我们脑海中青年知识分子的标准行头。

“老岭头”“黄土岭”是口语化的地理表述，倘若如今寄信，则应工整地誊写上“岭头乡黄岭村”的字样。历史的小道是小人物们踩出来的，但被历史记住的，是迈上大道之后的大人物名字。日月翻转飞快，张恨水先生走出黄土岭大约 61 年之后，也就是 1979 年的一天，灿烂的阳光泼洒在老岭头的野地上，一条无名小河流向山外，一名 16 岁的青葱少年，沿着河边的砂土小道离开了生于兹长于兹的家乡黄土岭，带着无限的憧憬朝远方走去。又过了不少年我得知，那名少年就是王张应。

1979 年？我认真地回忆了一下，正是中国解除精神枷锁、打破思想牢笼、生机勃发、激情澎湃的年份。那一年，王张应幸运地成为一名公费师范生，求学于山村之外那未知的大千世界。此后王张应便一直工作、生活在外地，我以为，严格地说来，他黄土岭的家乡即时起便应定义为故乡了。

“故乡”这个词对于一位作家而言是具有特殊意义的，故乡不仅为其提供了源源不断的创作资源，而且打断骨头连着筋，筋筋相连，少年记忆或者说心灵印痕会影响他的一生。无论他走到哪里，也无论相去多少个春秋以及多么遥远的路途，每遇人生道口扭过头来第一眼回望的，通常总是他少年成长地的精神故乡。

王张应首先是以歌者的姿态登上了文坛，从 1984 年他的第一首印成铅字的诗歌问世开始，他那透亮纯正、充满激情的诗歌曾经占领过多家权威文学期刊珍贵的版面。不过等到我俩相逢时，他的诗人身份似乎淡了许多，仿佛是人生历练之后的又一次文学创造力的集中爆发，在 2010 年，他忽然井喷般地创作起了小说和散文。而不管小说还是散文，涉及乡土背景或少年生活经验的作品都占有较大的比重，故乡成为他作品中不朽的主题。

王张应成名于诗，崛起于小说，钟爱于散文，左右开弓地折腾出了好一番动静，特别是近几年，三种文体的作品齐发，弄得我们捧着王张应不同文体的各类著作略有疑问，他到底是诗人、小说抑或散文家？那么同时，他的散文不用说也就天经地义地带有诗歌和小说的基因。我不禁假设，如果当初王张应起步便是一路散文而来，我相信他奔过了青葱，游历了葳蕤，到这人生的夏秋交错之际，肯定也深耕细作出了一大片物产丰盛、景色锦绣的文学田园。我又继续想下去，倘若那样，王张应今天的散文或许就淡了一缕诗歌的意境韵致、少了两份小说的缜密精细。

《我对世界另眼相看》只是王张应近期散文的一部分，日常故事无须赘言了，还有风俗农事、田边地角、掌故人物、草木稻菽，又不局限于此，花开花落云卷云舒，随着阅历的丰富，他的足迹与目光开始超越皖山潜水，向更寥廓的空间长廊和更深邃的人文历史中去探试笔端，题材及思考、情怀与姿态都不同于过往的自己。王张应的散文飞扬、灵动、真诚、淳厚，有时清澈开阔，有时洞明幽微，有时撕金裂帛，有时娓娓动听。它很像是一条小河，跟着当年那个16岁离乡的少年一起流淌出了黄土岭。它一边自由地奔泻，一边哗啦啦地歌唱——歌唱自然、歌唱生命、歌唱亲人、歌唱故土、歌唱英雄寂寞的古往今来。

王张应先后任职于不同的城市，最终定居省城合肥。从潜山到合肥，过去没有高速公路，沿着弯弯曲曲的国道，长途客车得气喘吁吁地跑上个大半天。我下放时最新鲜的感觉就是，这一路上尽是桥，所以那两年敢吹牛说，我走过的桥比你走的路都多。但这种夸张的话王张应决不会说，他的性情内慧，抱朴守拙，不事张扬。他是一名虔诚的文学清教徒，每篇作品的书写都是他一次转经朝圣的心灵行走。热爱文学的人差不多也分外地热爱生活，这些年扑克牌桌上流行“掼蛋”，我技术太差，一般不忍心出场，上了桌我几乎就等于是敌方的卧底，轮到我出牌，对门盟友便提心吊胆。而王张应不同，他是段位高手，他极少出场却是因为将业余时间和工作之外的精力都留给了文学。过去的感觉还没有那么明显，当微信的信息传递模式深刻地影响了我们的生活时，他的新作频频见诸各种报刊的消息令人应接不暇，我们才大为诧异，这么一个人何以如此的勤奋与执着？而两相比较，我则实在懒惰、散漫、迂阔得不可救药了。难道，就由于他比我多拥有了一个精神领地的黄土岭？

刚认识张应兄时我还喝酒，没几年我俩就基本上不喝了，真是时光如梭。起初他听说我没回过老家，吃了一惊说，你早该回去看看了！说过几次，便终于成行。

汽车进了山里，亦如驶入了美不胜收的风景区，一条小河，一湾碧水，青山翠绿层叠，雾岚沉浮在半山腰。竹林，农舍，秧田，一串天籁的啼啭鸟鸣从云端落入人间……我想起了王张应的散文随笔，这里有他多少的童年幻想，杏树、红薯、麦场、炭盆炉，还有一位老祖母。

我尤其感到诡谲和着迷的是，王张应的整个少年时代在黄土岭成长，一朝离开便成了故乡；我从未踏进这黄土岭，一日归来则是回到家乡。故乡？家乡？离去者未曾离去，归来者未必归来，我俩究竟谁是黄土岭的他者？王张应说：我对世界另眼相看，世界对我似乎情有独钟。无疑王张应是个幸运的人，老天爷真的格外眷顾他，这一点羡慕嫉妒没用，那是人家修来的。我妄自猜度王张应的黄土岭，或许已经并非我等路过者眼中的黄土岭了，所谓禅宗参道的山水三重境界，他心扉里的山山水水应该不再是简单拓印于少年的记忆，他在这山重水复的岁月蒲团上打坐悟道，以求通透与彻悟。于是我好像也隐有所悟，《我对世界另眼相看》中的《望文生义》《东张西望》既是现实生活的归纳和描写，又是外部世界在他内心的多元投影。就像一位作家所说：于写作者而言，你的世界是什么样子的并不要紧，重要的，是它被叙述的样子。重要的，是你在内心感受到的它的样子。

内心感受的样子？那天我拜谒了祖坟，平生第一次在一块石碑上抚摸了自己的名字，感觉十分特别。后来我仔细回想，确定我是点了支香烟插在那儿。我闭上眼睛，默想着香烟的缭绕，一切真实的和虚幻的世界都很奇妙。

后来我又回忆，究竟是在进村还是出村的路上，看见西南方向浮现拱桥一般的彩虹？

再后来我老是疑惑，拱桥一般的彩虹到底是真的出现在天空还是我内心的幻影？我想问问张应兄，那天他看到没有，小河之上的那道彩虹？我晓得无论他走了多少里路，写了多少里路，也无论他今天、明日还要写多少与黄土岭有关或无关的作品，他的那条小河的源头都在这里。那么，彩虹意味着什么？我以为是愿望，天南地北每一位写作者心目中都有各自的彩虹，就像我们因为挚爱而守望各自的文学星空一样。我想象在内心里王张应一次次地从那拱桥一般的彩虹上跨过这条河流，他若有所思地说：我的散文写作，起步于亲情，曾经徘徊于乡土，而今抵达人文领域去开疆拓土，才发现这里星光灿烂，天高地远，无边无际。放眼望去，道路正长，深知必须增强自己的脚力。

虽然我并不完全赞成他这句话的含义，但我膺服他一直在觉、在悟。散文最是贵在一个真，不虚，不假，不矫揉造作，不为赋新词强说愁，尤其不染上当今常见的那种一落笔就假装文化高深状的毛病。一句话，王张应的写作就是他的日常功课，踏实、普通、寻常如木匠的锯，樵夫的斧，织娘的纺车，农人的锄，都是生活的本真。还不是胖大和尚鲜亮袈裟式的炫目，而更似布衣扫地僧大扫把的朴素——说来也是，一方场院不扫又何以扫除内心里的三千杂念？佛陀说，唯有修行。那位文学清教徒的布衣僧人缓缓扫着地，偶尔抬头望望西南方向的天边，没来由地微微一笑。笑什么？只有他自己知道。或者，连他自己也不知道。要不，你就去翻翻《我对世界另眼相看》，到字里行间寻找那可能存在的答案。

权且为序。

目　录

下辑　东张西望

上辑

望文生义

诗意立秋

小时候，有年立秋日，听母亲与邻居唠嗑：今日立秋。旁边那个懵懂孩童睁着大眼睛，莫名其妙地问母亲："秋，是怎样立起来的?"母亲扬扬眉头，讲了一个小故事："秋天是个懒孩子，躲在大山深处睡懒觉。睡得正香，被知了们吱吱吱地吵醒了，这才从地上懒洋洋地站起来。你瞧，秋开始朝这里走过来了。"说罢，母亲还用手指了指遥远的北方。家乡的位置在大山之南，远处的大山代表着北方。

从那天起，心里有了一个很深的印象：秋从北方来。秋是一个懒汉，天热时躲在阴凉处睡懒觉，不是蝉噪不停，它还不会醒，赖在地上不肯立起来。醒来的秋，从北方走来，在这既是北方的南方也是南方的北方一个中部地区，秋只是匆匆过客，吃顿饭或者喝杯茶就走，不会停留多长时间。它还要赶到更南的南方去，天凉了，它又要找个温暖的去处，睡个漫长的懒觉。

上学以后，渐有了些阅读经历，便开始对儿时关于秋的印象产生怀疑。甚至一口咬定，母亲当时故意把话说反。大约，母亲是想借此故事教育孩子不能偷懒。那时已经知晓，并不是树上的鸣蝉把秋唤醒，让秋从地上站立起来；是秋天来了，天气陡然凉爽，藏身于枝叶间的知了们有吃有喝，日子过得太舒坦，才兴高采烈地唱起歌来。

至于秋是怎么立起来的，当然早已不是问题。不过还是认为，秋的立起，虽不是蝉鸣的功劳，也与另外一种声音密切相关。那种声音，是诗人的吟诵。是诗人吟来了秋天，又是诗人诵走了秋天。

读唐诗，偶然发现一个秘密，唐代诗人爱写立秋，许多诗人都留下了立秋诗。立秋前，诗人就开始吟诗，以诗作为礼物送给一个季节，迎接秋的到来，给秋留作纪念。立秋日，诗人更是感慨良多，张口吟唱便是歌，诉诸文字是诗作，送给一年一度的立秋日。立秋后，诗人还会不停地吟诵秋天。有人想把秋天留住，也有人巴不得早早送走秋天，好像秋天是不受欢迎的客人。众多的立秋诗，使得立秋这个节气有了浓浓的诗意。立秋一词，代表的不只是一个节气，更多时候它已是一个诗的意象。

印象中最早的意象，来自唐朝诗人李益《立秋前一日览镜》："万事销身外，生涯在镜中。唯将满鬓雪，明日对秋风。"次日立秋，头天对镜自顾，意义不言而喻，悲秋的意味显而易见。夏天将尽，秋天即至，诗人发现自己两鬓花白，苍老不可抵拒。心中愁苦，却又漠然视之，甚至予以自嘲。说那镜中的面容，只说明过去，并不代表未来。人活着才是最重要的，身外之物事都可以一笔勾销，无须多想，何必自寻烦恼，就让它留在镜子里吧。诗人自然明白，时光无情，立秋一过，秋风吹起，万物凋零，自己的命运又何尝不是如此。悲哀而又淡漠，人生种种辛酸置于身外，唯苦涩蕴含句中。面对即将来临的秋天，写下如此立秋诗，诗人对于秋天的况味必是别有一番领悟在心头。正是这种有悲无戚的诗句，给立秋这个节气蒙上了一层浓浓的诗意。

在立秋当日，诗人写诗似乎更多。印象最深的有两首，一首是令狐楚《立秋日》，另一首是白居易《立秋夕凉风忽至炎暑稍消即事咏怀寄汴州……尚书》。一位慨叹"平日本多恨，新秋偏易悲。燕词如惜别，柳意已呈衰。"一位心里似乎有些矛盾，"但喜烦暑退，不惜光阴催"。暑热退去固然可喜，光阴催人说是不惜，其实也有无奈。翻开《全唐诗》，立秋诗作多不可数。立秋，俨然一个诗的节日。

最喜诗圣杜甫《立秋后题》："日月不相饶，节序昨夜隔。玄蝉无停号，秋燕已如客。平生独往愿，惆怅年半百。罢官亦由人，何事拘形役。"此诗作于乾元二年立秋次日，杜甫时年 48 岁，所谓"年半百"。诗的前半写景，后半抒情，情由景生，景因秋成，诗由立秋缘起。

其实，人到中年也是秋。如今，再也不会去傻傻地追问"秋是怎样立起来的"。世上哪有那么多的为什么，秋天说来就来了。面对古人的悲秋情绪，并不苟同，更不会东施效颦。尤其欣赏诗豪刘禹锡的豁朗："自古逢秋悲寂寥，我言秋日胜春朝。晴空一鹤排云上，便引诗情到碧霄。"如此豪情万丈，刘禹锡不愧为"诗中豪杰"。

2017 年 7 月 27 日深夜写于合肥

稻中有道

我是先认识了稻子，而后，才认识“稻”这个字。

很早认识稻子，因为我从小跟稻子离得很近。我们曾经是邻居，儿时的小伙伴。就到现在，我和稻子依然是好朋友。

老宅门前有一口水塘，水塘的周围是一望无际的田野。家乡地处长江北岸皖河边上，水系发达，灌溉无虞。田野上全是水田，没有旱地。长江流域气候温暖，有水田的地方都能种植水稻。所以，站在我家门前望去，眼里的风景主要是两种色调，碧绿，或者金黄。碧绿的，是正在旺盛生长的稻苗。金黄的，是已经成熟的稻穗。无论哪种色调构成的景观，同样激动人心。碧绿，给人希望；金黄，令人喜悦。

当年，我对稻子的了解，绝不止于这两种颜色。毫不夸张地说，我很早就了解稻子的前世、今生和来世。我能说得清楚，稻子如何从一粒种子变成一株稻苗，稻苗如何结出稻穗，金黄色的稻粒又如何变成了雪白的米粒。

开春之后，田野里的土壤日见柔软，水的颜面也一天天鲜亮起来。这时候，乡人肯定不会忘记一件事，给稻子育种。从前给稻子育种，须在水里催芽。春分过后，乡人用稻草帘子将稻种打成几个椭圆形的包裹，好似巨大的粽子，扔进门前的水塘里。稻种在水里睡过三五个日夜，即苏醒过来，稻粒的嘴子上会冒出一根白色的嫩芽。至此，育种成功。乡人捞起水里的稻种，撒播在田里，再罩上一层薄膜，不出几日，田里就会长出一方密密麻麻的稻苗来。

接着是插秧。那年代，乡人每年总要栽插两季水稻，头季秧苗于谷雨前开插，立夏前必须完成。插秧的活儿真的难做，那种动作其实就是倒爬。人躬身水田，双脚插在泥水里，两手上下来回运动。每插完一行秧苗，人就得往后退出一步。那情形，近乎古时臣民拜见君王，不敢起身，且始终以面相对，绝不可贸然转身，以屁股相对。为什么栽种稻子必须是这种姿势？我以为这是人对于稻子的顶礼膜拜！

少年时代，学校放假时，我也曾下水田，参加过这种倒爬式的劳作。因而，对于稻苗的栽插，我有过一种刻骨铭心的体验。

后来，虽不再下水田栽插稻苗，但我仍然和稻子保持着一种十分亲密的朋友关系。这么说吧，我会关心一个地方栽种了多少面积的稻子，稻子在田间长势如何，这个季节能收获多少稻子，稻子收成以后都去了哪里，在市场上稻子身价几何。心里惦记着有关稻子的诸多问题，从不疏忽大意。所以，我说与稻子亲密，以稻子为友，绝非诳言。不过，以稻子为友者，甚众。在南方，盛产稻子，以稻米为主食的大片地区，谁不以稻为友呢？见了稻子，或者稻子的化身，那一碗白花花、香喷喷的大米饭，谁不低头颔首，表示亲切友好和敬重呢！

说到“稻”这个字，我是在学校的黑板上认识的，当然比认识稻子要晚好几年了。认识了“稻”字，我却很长时间写不好这个字，觉得它太复杂。直到后来我把这个字琢磨透了，才把它写得像模像样。按照《说文解字》里的说法，“稻”从禾，从舀，音近舀。“禾”好理解，稻是草本植物，其身为禾。“舀”也不难理解，上面是“手”，下面是“臼”。“臼”是“碓臼”，舂米用的。有了稻子还不行，还得把稻子变成米。稻子变米，不能无“臼”。当然，也离不开“手”的劳作。

后来读书常常留意“稻”字，读到“稻”字，几乎过目不忘。读杜甫《同诸公登慈恩寺塔》，我记住了“君看随阳雁，各有稻粱谋”；读龚自珍《己亥杂诗》，又记住了“避席畏闻文字狱，著书都为稻粱谋”。因为其中有“稻”，我关注了“稻粱谋”，觉得这个词有一种味道，便记住了。

再后来，我发现，围绕着“稻粱谋”，有为与不为之争。其实，为与不为，是两重境界。为则真，不为则假。谁能不食人间烟火？除非他是神仙。神仙，自不必为“稻粱谋”，鲜美的供品常年摆在神像的面前，饭来张口即可。

当然，为与不为，还有另外一种理解，即现实和梦想。为是现实，不为则是梦想。人总归都是这样，既面对现实，又向往梦想。

这，算不算我从稻中悟出道了？

2016 年 8 月 17 日深夜写于合肥

税不禾兑

我最早熟悉的税是“公粮”。

那时候，还在人民公社时期。到了水稻收获时节，社员们在晒场上把刚刚打下的稻谷晒干，高抛扬净，再过风车吹选，挑出籽粒饱满的稻谷送往公社粮站。社员们把这种活儿叫作“完公粮”。

“完公粮”的时间，通常会安排在傍晚时分。这样的选择，自有它的道理。一来，“完公粮”的时节恰好在“双抢”期间，是社员们最忙的时候，一刻也耽误不得。所谓“双抢”，就是抢收和抢种，抢着把早稻收上来，又抢着把晚稻栽种下去。不抢不行啊，水稻这种作物，喜光喜热，节令不等人，栽种迟了就会歉收。所以，对于栽秧，乡人总有一股子抢劲，觉着越早越好，早插黄秧早生根吧。二来，“双抢”活动正好在伏天，一年当中日头最泼辣的时候，地面烫脚。傍晚“完公粮”，会稍微凉快点。那时候“完公粮”靠人肩挑，一根扁担，两只箩筐，一百五六十斤的担子，挑起来，疾步如飞。挑担子的汉子们只穿一条大裤衩，光着上身，光着腿脚。这样的活儿，自然只能放在太阳落山以后来做了。如放在日间，让人光着身子，头顶烈日，挑着担子，奔跑在乡路上，那活儿实在太辛苦，太难为人了。

当然，傍晚时分“完公粮”，也不轻松。因为，你傍晚去，别人也会傍晚去，到了公社粮站，就会排成长队。交完了“公粮”，披星戴月的，总是家常便饭，到家天亮也不足为怪。不过，辛苦归辛苦，谁都不会叫苦。相反，社员们还会有一些别样的快乐。因为，去公社粮站“完公粮”，会遇上别处的社员，在等候过秤的当口，大伙儿凑在一块儿聊天扯淡，能听到一些平时听不到的新鲜事。那个年代，乡人难得外出，这样的机会，会让人觉得长见识。

后来，队里的稻田按人头分到了各家各户。稻子收获以后，各家各户也会把稻谷送往乡粮站。有拉着板车的，有开着手扶拖拉机的，肩挑背扛的少了。送往粮站的粮食里面，一部分是“公粮”，另一部分是“余粮”。“公粮”送过去是“交”，“余粮”送过去才是“卖”。“交公粮”属于尽义务，无偿。“卖余粮”才能拿到钱。拿了钱，乡人回去的路上很开心，到了家里还会款待款待一家人。下一季的种子、化肥、农药，也不用焦心了，全在这“卖余粮”拿回的几张钞票里面。

再后来，有些人家的稻田不种水稻了，或者种的很少，仅够自家吃，不能送到乡里粮站去了。“公粮”遂以钱币替代，由村干部上门收取。“公粮”的名字也变了，直呼“农业税”。

公元2006年初，国家邮政局发行了一枚面值80分的纪念邮票，名为《全面取消农业税》。这张方寸纸片成为一枚标签，在历史博物馆里，贴到了“农业税”的身上。

说来也巧，“公粮”，是我最早认识的税。其实，“税”的初始意义正是“公粮”。《说文》曰，税，租也。从禾，兑声，意为田赋，征收的农产品。这个“税”字，不就是我们所说的“公粮”嘛？

意为“公粮”的“税”字，历史悠久，最早来自春秋时期鲁国的“初税亩”，到汉初时已形成制度。《汉书·刑法志》曰：“有税有赋，税以足食，赋以足兵。”可见，“税赋”于一个国家来说多么重要。

儿时，读过唐代诗人李绅的《悯农》，我至今记忆犹新。诗曰：“春种一粒粟，秋收万颗子。四海无闲田，农夫犹饿死。”说的是世道不公，导致了农民命运悲惨。儿时，只能就“诗”论“诗”，读不出诗的背后的东西。及至稍长，回头再读《悯农》，我终于找到了藏在诗的背后的那个字，“税”。都是这个“税”字捣的鬼，才导致了李绅笔下那种苦不堪言的惨状出现。

所幸，在这块古老的土地上，这个存在了2600多年的“税”字，已于2006年1月1日这一天，发生了可喜的嬗变。原本“禾”“兑”为“税”，“兑现”“谷物”，即是收税。现在变成了税不“禾”“兑”，收税，不需要在“谷物”上来“兑现”了。

李绅若在，或许他还会写出一首更好的《悯农》。因为，税不“禾”“兑”，才是真正的悯农。

2016年8月17日深夜写于合肥

知福得福

世人谁不求福？人到世上来即为求福，一生向福，直至终老。福是人生的终极目标。

有人说，婴儿呱呱坠地时那一声清脆的啼哭，便是一种宣言。宣告他为求福而来，他可不想活在人世间受苦受难。大概婴儿一出娘胎就感受到了世事之艰难，没有原先在娘肚里时的安逸。所以，他一来到这个世界，还未睁开眼睛，就张口先哭了一阵。

渐渐长大，及至成熟。酸甜苦辣咸吃得多了，终有一天豁然开朗，世事洞明，明白了幸福原是怎么一回事。人就不再怨天尤人，开始思考福分从何而来，又该如何守住。

有人说，“福”的意思显而易见，都在字面上。“一”人，有“口”，又有“田”，还有“神灵”护佑，便是有福了。如此望文生义，难免牵强附会，但还是说出了一定的道理，多少也让人信了一些。

不过，这只是今人的理解，古人可不是这么认为。在古人的心目中，福是祈福，祈求神灵保佑。

最早见到的“福”字，是在甲骨文中。那时“福”字的结构也是左右结构，但与后来恰好相反，表示神灵的“示”字边，不在左边在右边。左边的上半部是个“酉”字，用来盛酒的容器。下半部是两只“手”（又），表示双手捧着一只酒樽。“福”字的意思就是双手捧起一只酒樽，在先祖的神主前祭献，以求得神主保佑。所以，《说文解字》曰：“福，佑也。”《左传·庄公十年》亦曰：“小信未孚，神不福也。”

可见，古人对于“福”怀有一种敬畏心理。敬畏天地，也敬畏先祖神灵。

到了今天，情况大不一样了，一些人不畏天，不畏地，更不畏神灵，心中有个大无畏。因为无畏，当然无话不敢说，无事不敢为了。

夏天，潮湿闷热，持续不断的高温天气，让人暑热难熬。常听人埋怨道，这鬼天，热死人了！冬天，下雪过后，不见阳光，寒风怒号，天气阴冷。人又说，这鬼天，冻死人了！遇上连绵的阴雨天，雨滴滴答答下个不停，没完没了，让人心烦。有人随口来一句，这鬼天，天天下雨，烦死人了！

到了某个陌生地，有人很不喜欢那地方，觉得那里太穷。于是乎感叹道，鬼地方，穷得要命，草不生根，鸟不生蛋，兔不拉屎！言外之意，那就根本不是人待的地方。话说得旁若无人了，完全忽视了旁人的感受，真有些拿人不当人的味道。

吃饭的时候，遇上了饭菜不对口味，有人牢骚说，什么鬼玩意，真难吃，简直不是人吃的东西。言者也许无心，听者心里却不是滋味，觉得语出轻狂。尤其正在吃着那东西的人听了那话，觉着那是在骂他不是人了。

总有一些人，心中的怨气实在太多，牢骚过甚。动辄骂娘，甚至骂天咒地。究其原因，还是心中缺乏敬畏。回到"福"字上来说吧，许多人不缺右边的"一口田"，缺少了左边的那个"示"。"福"字少了一半，没了"神主"，那还叫"福"吗?

的确，对于"福"字，今人看重的多是右边那一半，物欲色彩浓重。有些人对于左边那个虚无缥缈的神主，往往视而不见。所以，他们梦寐以求的"福"，到手时已经残缺不全，甚至根本不是"福"，倒有点像"富"，但又不是"富"。因缺了一个"宝盖"，"富"就守不住了。"福"字本身，寓意齐备，最忌讳残缺。如《礼记·祭统》曰，福者，备也。《韩非子·解老》亦曰，全寿富贵之为福。后来，所谓"五福齐备"，是说长寿、富裕、康宁、修好品德，最后无疾而终，一样都不能少。

人在求福的同时，不可忽视"福"的背后还有另外一个字的存在。那是"祸"字。人，莫不趋福避祸。只是，"祸"与"福"乃一母所生，系孪生姊妹，时刻形影不离，让人难以辨认。"祸"如"福"亦是左右结构，左边也有个"示"，右边是"口内"。按照望文生义的说法，神灵靠边站，口无遮拦，祸从口出。虽然不是"祸"的本义，如此理解倒也不无道理，关于"祸"的本义，《说文解字》曰，祸，害也。神不福也。何以神"福"? 当然要在心中对神有所敬畏了。故，福与祸，全都离不开一个"神"字，必须"示"字当头。

智者看"福"，同时看到了躲在它背后的"祸"。看"祸"时，又看到了

“福”。真如老子所言，祸兮福所倚，福兮祸所伏。

身在福中不知福。这骂人的话，却被一些人不偏不倚地应验了。一句寻常话，道出了一个真谛：身在福中要知福，知福才能得福。

2016 年 8 月 21 日写于合肥

木下有口

把“木下有口”这四个字放在一起，作为一句话说出来，真有点像打字谜。其实不然。“木下有口”作为字谜也太简单了，几乎不用猜，谁都知道它的谜底是“杏”。

相反，我恰恰是一见到这“杏”，乃至一提起“杏”字，就会想到“木下有口”，这样四个字组成的一句莫名其妙的话。

此处的“木”，当然是杏树。记忆中，那是一棵十分古老的杏树。究竟古老到什么程度呢？我也说不好。我只知道当年在我们村子里，要数我奶奶年纪最大了。奶奶那张干瘦的脸上，全是皱纹，皱得很像老树上斑驳的树皮。说起奶奶年老，其实那棵杏树比奶奶还要年老。因为，奶奶说过，在她还是个小姑娘的时候，那棵杏树就已经很古老了，比奶奶的奶奶还要老。奶奶还说，人不如树，树比人经老多了。人不知不觉就老了，那棵老杏树，年年还是那个样子。是的，一棵树往往把人的一生从头看到了尾，看着人来到世上，又看着人离开人世。人不在了，树还在。

硬要说出那棵老杏树的年岁，就只好类比推测了。长大以后，我见过不少古老的树木。百年古木，见过的不计其数。千年古木，也非鲜见。以我后来的眼光看，那棵杏树的树龄应该在三百年左右。杏树可能来自清朝初年，甚至明朝末期。树干很粗，粗到需三四人才能合抱；树很高，高过了旁边人家的屋脊；树冠很大，枝丫横陈，遮蔽了半个池塘。这棵杏树正好长在一口池塘的岸边，树荫的一半在水里，一半在地上。树根苍老遒劲，经年的雨水冲刷之后，树下的土壤已经覆盖不了树的根系，一些巨大的树根如蟒蛇一般盘踞在地面上。白天倒也无妨，月夜里，若是有谁走在树底下，猛然看见地上影影绰绰的树根，首先想到的不是树根，是巨蛇。

最能证明那棵杏树有年头的还不是这些，是树洞，树干上腐烂出一个很大的洞穴。洞穴大到可以让两个小孩同时藏身，当年“躲猫猫”时，我就没少藏在树洞里面。不过，藏在树洞里也没用，很快就会被人找到。“躲猫猫”的人都知道那个树洞可以藏人，都曾经在那个树洞里躲藏过。结果，一找就找到了。

老杏树并不是生长在我家门口，但离我家很近。它长在我上学的路上，一个名叫“杨窑上”的地方。这个地名有点怪，说起来，它副实，也不副实。说它名副其实，是因为那地方真的有窑，是一座烧制缸瓦的土窑。说它名不副实，那地方住的几户人家没有谁姓杨。这让我好生纳闷，直到现在，我也没有想明白那个地方为什么叫作“杨窑上”。地名和人名不同，人叫什么名字，可能毫无根据，全凭取名者那一时的兴趣。地名却不一样，一个地方叫什么名字，肯定会有它的来历。就像这“杨窑上”，为什么会在“窑上”之前加个“杨”字？肯定有它的理由，只是我不知道而已。

因为这棵老杏树，上学期间没少逃学。好多次，出了家门走到这棵杏树底下就不想走了，那天的“课堂”，就被移到了杏树底下。几个顽童在树底下玩耍了半天，踏着吃饭的点，才背着书包大摇大摆地走回家。

玩是一方面。最主要的，还是惦记着老杏树上那些诱人的果子。这个惦记的过程十分漫长，几乎从杏树开花的时候就开始了。春天里，桃花开过，杏树就开花了，粉色的杏花覆盖了整个树冠，照亮了半个天空。一场杏花雨后，地上落英堆积如雪。花期一过，花蒂上即刻露出青豆粒般的东西，那就是杏子的雏形。而后，树底下有不少眼睛贼亮，天天盯着枝头那些青豆粒一般的东西。在仰望的目光中，青豆粒渐渐长大，很快就不再是青豆粒了，长成了小元宵一般，大汤圆一般，最后成熟的时候，足有鸡蛋大小。只不过，它呈圆球形，不是鸡蛋那种椭圆形。

成熟的杏子呈黄色，有点像麦子的金黄。恰好，杏子黄的时候，麦子也黄了，在我的家乡，它们几乎同时成熟。只是那个年代，我们这些顽童根本不会关心地里的麦子，关心的只是树上的杏子。杏子的黄颜色非常惹眼，牵扯着树底下多少觊觎的目光，让一些个头还不高的孩子，脖子仰得酸痛，涎水溢出口角。

因为树上的杏子，我和许多孩子一样，学会了爬树。长臂猴一般，顺着粗糙的树干爬了上去，蹲在粗壮的树枝上，采摘那些金黄色的果子，直接送入口中。顿时，满口生津，弥漫着一种酸酸甜甜的味道。

树上的孩子不慌不忙，摘一个送进口中，吃完了，再摘，再送进口中。这可急坏了树底下的孩子，他们张口仰面，捏着嗓子呼叫，甚至捶胸顿足。树上的孩子乐了，顺手扔下几颗不大的果子，在地上滚溜，惹得一群孩子追逐争抢。树底下，荡起一阵嬉笑，间或，也有小孩子的啼哭声。因为他小，争抢不过伙伴们，就急得哭了起来。

这事已经过去四十余年了，现在想起来，还觉得口中有股酸甜酸甜的味道。

这些年来，只要一见到“杏”，或者有人提起了“杏”字，我立刻就会想起当年那棵老杏树下的场景。在我的心目中，“杏”，是“木下有口”的谜底，更是一段难忘的记忆。

2016 年 9 月 3 日写于合肥

白水为泉

喜欢带有“泉”字的地名，如甘肃酒泉，福建泉州。我对于“泉”字向来感到亲切，无他，就因为“泉”是“白水”。

应该说，与“白水”二字有缘，且结缘很早，早在青春年少之时。

“白水”是一个地名，一个让人难以忘怀的小山村。第一次到达白水的时候，那地方还叫作白水公社。现在，白水公社早已不存在了，只是一个行政村，名叫白水村。记忆中，那个地方从来都不是白水公社，也不是白水村，它只叫白水湾。

白水湾的名字可不是某人杜撰的。自古以来，那个地方就叫白水湾。只因后来人说话图省事，尽量简化，才把这“白水湾”三个字说成了“白水”两字。“白水湾”也好，“白水”也罢，都是很好的名字，听起来很美。

美的还不光是它的名字，那个地方本来就很美好。最美的还是那一湾河水。白水，或者白水湾，这名字叫得名副其实。那里的水，真的是白色的水，且有一道很大的河湾。

水是潜水。潜水是一条河，源自大别山腹地岳西县境内的深山老林，流出大别山，流经江淮平原，在怀宁县注入长江。一河穿越三县。在岳西境内时，它曾叫菖蒲河。进入潜山县后，就叫潜水，或者潜河。入了怀宁县境以后，它又有了新的名字，叫皖河。皖河是一个极有怀旧意味的名字，让人觉得这条河很恋旧。河眷恋着一座山，一座曾经与它相依相偎的山。山叫皖山，古时的皖公山，也叫天柱山。这条河从皖山脚下流出，一直恋恋不舍，不情不愿，一步一回首。离皖山渐渐远了，只能远望皖山，无法回到皖山的膝下，河就把自己的名字改了，以皖为名，表达对皖山的眷恋之情。

潜水其实就是泉水。水的源头在岳西县境内高山上的一处泉眼里。水自源头流出，一路走来，河的两岸都是高山茂林。从两岸山上流下来的水，纳入潜水，使得潜水逐步壮大，河面逐渐宽阔起来。最初的水，后来的水，都是来自山间的泉水。

泉水当然是白水。这可不是望文生义，事情本来如此。有“泉”必“清”，曰“清泉”。想起了唐代诗人王维《山居秋暝》中的诗句：“明月松间照，清泉石上流。”眼前立刻浮现出松间月明、石上泉清的画面。而清和白又总是结伴而行，形影不离，有清必有白。故说泉是白水，想来也是必然。

不过，白水湾里的白水，并不是如此推断出来的。白水湾的水，的的确确就是清白的水。来自深山的水，纯净清亮，澄澈透明。那一段河床特别干净，只有沙石，没有淤泥。河边的沙滩上全是些银白的细沙，在阳光下望去，曦曦闪亮。倘若在月光下看去，那些白沙就不是沙了，是积雪，一大片厚厚的积雪。清澈的河水，流淌在干净的河床上，依偎着这雪白的沙滩，清水自是白水了。而且，在坡度较大的河床上少不了有一些个头稍大的鹅卵石，中流击水，在河面上激起了层层雪堆般的浪花，直截了当地把河水的颜色展露出来了，让人一目了然。站在这条河边，对于白水之白，相信不会有人怀疑。

白水湾的“湾”字，同样名副其实。潜水自高山上源出，抵达白水时，河流似乎想起了什么，好像不愿意出山了，便做出了一个回头的动作。流出去的水还能回头吗？当然不能。那条河在这里欲回头而又不能回头，只好绕出一个很大的弯子，非常不舍、十分无奈地继续东流而去。这里遂留下了一道巨大的河湾，白水湾因此得名。

实际上，这道大河湾的形成，功劳还不在于河流本身，理应归属于河流两岸的山体。天下的水，一概没有太多的想法，河水的目标很明确，始终寻找低处，义无反顾地朝着低处流。从来都是山的走势决定河的走势。山岿然不动，动的是河。山让河怎么走，河就会怎么走。潜水流淌到白水湾，进入了一处四面高山、中间平坦的盆地，水便绕着山脚寻求出路。水一路找寻的轨迹，构成了这道巨大的河湾。

当年在白水湾时，曾经惊喜于大河湾里日夜流淌的白花花的清水，更加惊叹于四周高耸矗立的青山。山外还有山，一山更比一山高，唯有此处是盆地。那时，已经看得十分清楚了，是山造就了水。在那里，四面的青山造就了一个美丽的白水湾。

我在白水湾生活了整整三年。那三年，是人生最美好的时光。初到白水湾时，还是个不谙世事的少年郎。那年，16 岁。离开白水湾时，19 岁了，俨然一个血气方刚、风华正茂的青年。

这三年，自是一生中最重要的岁月。通过升学考试，被录取到坐落在白水湾的师范学校，读书三年，而后毕业分配，从这里走出去参加工作。当年，各地缺少教师，全省通过中考选拔了一批优秀的初中毕业生进入中等师范学校学习，快速为中小学培养教师。若干年后，当教师不再紧缺时，师范学校的生存便遇到了困难，坐落在白水湾的师范学校最终人去楼空。如今的师范学校旧址，只剩下一些断壁残垣了。

母校不见了，白水湾这个美丽的小山村就是母校。每次到了白水湾，还是感到特别亲切。甚至，平时一见到“白水”二字，也觉得亲切。哪怕只是见了以“白”和“水”作为偏旁部首的字，比如“泉”字，总是想起白水湾，想起母校，想起曾经的青春岁月。

有次，无意中发现，关于“泉”字，《说文》上这样解释:“泉，水原（‘原’通‘源’）也。”看到这句话，立刻想起了白水湾。

“白水”为“泉”，“白水”便是我一生之源。青春岁月自白水湾开始，人生之路亦由白水湾起步。白水湾，我一生一世不竭的源泉！

2016 年 9 月 8 日深夜写于合肥

酉时之水

中秋节那天，开车返乡，一上高速公路，便看到了一幅令人警醒的公益广告图。

画面是一个变形的“酒”字。左边的“三点水”，被画成了几滴硕大的泪珠，呈摇摇欲坠状。右边的“酉”字，被画成了一张人脸。脸的上部是“八”字形的眉毛，眉梢往两边下沉。脸的下部是被拉扯得很长的嘴巴，呈“一”字形。这“酉”字，看上去就是一副哭的表情。再加上左边的“三点水”，让人一目了然，是“酒”在哭，且哭出了一行热泪。

看到这幅图画，我不知道旁人做何感想。我的感觉是除了警戒，还有嫌恶。警戒理所当然，就是这幅公益广告图所要达到的目的——驾车的人，须远离酒。嫌恶也有理由，一想到这杯中之物，不知道曾经误了多少事，害了多少人，能不嫌恶？不管驾不驾车，都必须远离这“酉时之水”。

不知道这“酉时之水”的说法，算不算我的一家之言，我也忘了这一说法究竟始于何时。反正，我现在一见到“酒”字，就不自觉地皱起眉头，眼前立刻浮现出这四个大字：“酉时之水。”

虽是望文生义，却不能怪罪我的偏颇。原来，酒，这东西真是害人。酒，轻而易举就让人变形。有些人一遇到酒，人就不是原来的人了。你看，就连诗仙李白都不能免俗，沾了酒，就不知道自己是谁了，竟然“天子呼来不上船”。酒，不光迷醉男人，也迷醉女人。平时总是以端庄和高雅示人的贵妃，在醉酒之后，也是媚态尽显。

幼年，我听过这样一个笑话。某君外出饮酒归来，醉卧水塘埂上，吐尽腹中污秽，幕天席地，呼呼大睡。水塘里一群王八远远地闻到了酒味，纷纷爬上岸，抢食醉者呕出的污物。于是，一群王八皆醉，睡在埂上不醒。结果，某君醒来，发现身边趴着好些王八，毫无向来的机灵，全都呆了傻了，一动不动。某君再看看地上残剩的污物，就明白了是怎么一回事，遂脱下外衣当作包皮，将那些醉卧不醒的王八一一捡拾，包裹了带回。进得家门，妻子见丈夫步履蹒跚，白了一眼问："又醉了？"某君把头一扬说："王八醉了。"说罢，把包裹一抖，王八们纷纷落地，四仰八叉，丑态百出。

其实，真丑态百出的才不是王八，是某君。这"酉时之水"真的很容易让人出丑。在吾乡，有一句俗语说，吸一辈子烟，烫一辈子手；喝一辈子酒，丢一辈子丑。岂止如此，更有甚者，不仅丢丑，而且还丢掉了性命。这些年来，有关饮酒丧命的传闻不绝于耳。酒，似乎成为一个时代的公害了。所以，在很多地方，开始推行"禁酒令"，违者得究。酒，如同洪水猛兽，令人唯恐避之不及。

酒是如何走到了这一步？说句公道话，责不在酒，还是在于人。

酒，原本是一种美好的文化。中国上下五千年的历史文化，可以说一直有酒相伴左右。学生时代在课堂上读过，"对酒当歌，人生几何""举杯邀明月，对影成三人""白日放歌须纵酒，青春做伴好还乡""明月几时有，把酒问青天"。这些让酒富于诗情画意的句子，至今人们耳熟能详。

在酒的饮用上，古今差异甚大。今人饮酒似乎很干脆，多半一个字，干。把杯子一碰，就彼此干杯了。仿佛酒是仇家，不干了它不痛快。古人饮酒讲究礼仪，不是碰杯即干杯那么简单。古人饮酒过程分为四步，即拜、祭、啐、卒爵。先要做出拜的动作，表示敬意；接着，把酒倒出一点点，洒在地上，以示祭谢大地生养之恩德；然后，用手指头沾上一点点，尝尝酒味，并加以赞扬，令主人高兴；最后，仰面朝天，一饮而尽。整个饮酒的过程，充满了敬畏，充满了感恩。

今人饮酒，虽豪放，但少了礼数。原因在于，原先的"酒文化"，已经在不知不觉中演变成了如今的"酒桌文化"。在很多时候，在很多场合，酒，已经由雅品变成了俗物。甚至，酒，不再是酒，俨然成为一种媒介，一把钥匙。酒，能为人"牵线搭桥"，能给人开门，能给人办事，能给人带来许许多多意想不到的好处。无怪乎，"禁酒令"应运而生，酒不得不遭受冷遇了。

后来，我发现，我于无意中把"酒"字说成了"酉时之水"，本是望文生义，却碰巧遇见了依据。

相传，杜康造酒完全是受了梦的启发。梦中，一位鹤发童颜的老者告诉他，以水为源，以粮为料，再在将粮食浸泡于水里的第九天的酉时，找三个人，每人取一滴血加入其中，即有奇迹出现。杜康如法炮制，果见奇迹，造出了一种味道香醇的饮品。在给饮品取名的时候，杜康想到，饮品里有三个人的血，又是在酉时滴进去的，就把“三点水”和“酉”放到一起，写成了“酒”字。这饮品是在第九天做成的，这个“酒”不妨就念作“九”吧。从此以后，人世间就有了这种由谷物酿造而成，让人迷恋，让人陶醉的饮品，它就是酒。

真是太巧了，当我的“望文生义”与这个古老的传说不期而遇地吻合之后，我便坚信“酉时之水”有根有据，不只是望文生义了。

其实，这个“酉时之水”，除了有些时候人们爱说的那个不太好听的“杯中之物”的别名之外，还有一些非常好听的别称，比如“清圣”。陆游诗云：“遣闷凭清圣，忘情付黑甜。”还有“绿蚁”。白居易诗曰：“绿蚁新醅酒，红泥小火炉。晚来天欲雪，能饮一杯无?”李清照词曰：“共赏金尊沉绿蚁，莫辞醉，此花不与群花比。”有关酒，这样优美的名字，又是用在这样优美的诗词之中，谁不赞美和叫好呢？这与后来让人耻笑、遭人嫌弃的杯中之物，实在是不可同日而语了。

只可惜了，什么时候都会有人在那里暴殄天物。这些人在糟践自身赖以生存的自然环境的同时，也在糟践着老祖宗留传下来的传统文化。

2016 年 9 月 17 日写于合肥

皖本完美

生在皖地，长在皖地，身为皖人曾经自问，皖在何处？抬头极目四望，皖就在身边，几乎触手可及。

皖是一座山。山名皖山，又称天柱山。如今，知道天柱山的人，应该很多。知道皖山的人，似乎就不多了。从前的皖山，熟知的人多。唐朝散文家独孤及知道皖山，他为皖山写过文章《皖山祷雨文》。明朝诗人张叔豫对皖山有过研究，他写过《皖山图序》。明朝官员石简曾到皖地，登皖山，作《游皖山记》曰："嘉靖丙申，余自高凉移皖。""群山如画，然犹未见其源也，命舆人往而观焉。"清朝才子储光黔是皖山本地人，别号就叫皖山居士。平生围绕皖山转，寄情山水，行吟草野，遗诗几百首，后人辑为《皖山诗存》。

这些人名可能有些生僻，不为大众所知。不妨说两位众所周知的，一位是李白，另一位是王安石。李白有诗《江上望皖公山》曰："奇峰出奇云，秀木含秀气。清宴皖公山，巉绝称人意。"皖公山，即皖山。前者全称，后者简称。江是长江，于皖山东南方四五十公里处浩浩汤汤东流而去。天气晴好，立皖山顶可见长江，江如一白练。李白慧眼，于长江水面上竟能望见皖公山，还看清了山上"秀木"，着实让人艳羡。王安石在骑马途中望见了皖山，随即口占一诗《望皖山马上作》。诗曰："收马倚长崖，烟云争吐没。"诗出王安石之口并不稀奇，他曾经在皖山脚下为官多年，官名"舒州通判"。离皖山近，他对皖山肯定不会陌生。

皖是一条河。起先叫皖水，源自岳西县内一座名叫黄毛尖的高山上。出岳西，经皖山，过怀宁小吏港，到达石牌后与另外一条名叫长河的河流汇合，始称皖河。皖河是长江的一条支流，由西向东横穿了安庆市辖五县，在市西郊沙帽洲之南注入长江。有了皖河，古皖之地方成鱼米之乡。

山是水的靠山，水是山的子嗣。有山在，水就有源头，水才活得欢，水才走得远。山本身无法行走，水却可以载着山去远行。有水在，山不会孤单，远方的海都是山的亲戚。大河流的后面必有大山，皖水便如此。有了皖山，乃至整个大别山，作为它的坚强后盾，这条河便能从古流到今，流出了几千年的历史，也流出了一派辉煌灿烂的文化。

皖是一座城。春秋时期“皖国”的都城，如今只是一座县城。县叫潜山县，城叫梅城。梅城之名，据说来自曹操率军南下途中“望梅止渴”的典故。梅城人称呼自己的家园，习惯于叫皖城。皖城，似乎比梅城更有厚重感。

因为皖山皖水，古时有皖国。后来，没了皖国，还有皖县。再后来，皖县不存，古皖之地改称潜山县。在潜山县城，“皖”的痕迹随处可见。除了城叫“皖城”，还有路叫“皖国路”。其他建筑也多以“皖”命名，诸如博物馆名“皖光苑”，广场上的雕像专为“皖”而立，名曰“皖公”。皖公者谁？古皖国一位仁慈君主也，人称皖国大夫。雕像立于潜山县城东大门，外来者一到“皖城”，首先看到的便是“皖公”。站在“皖公”面前，会感到一股浓郁的“古皖”文化气息扑面而来。

今天的“皖”，已经远远不止“古皖”的概念了。“古皖”只是今“皖”的一个县，今“皖”乃一个大省。康熙六年以来，“皖”即“皖省”，不再是“皖县”。皖省之内，辖域辽阔，名山大川，遍布其间。南有长江，北有淮河，东有丘陵平原，西有绵延群山。整个江淮大地，处处徽风皖韵。

生为皖人，吃着皖米，喝着皖水，自然爱皖情深。从前，却不甚明白“皖”的含义。有次，一位外地朋友陡问，“皖”为何意？那一瞬间，这个皖人真有点懵了，心里毫无底气。为不让人看笑话，当即信口开河，来了个望文生义的解释：“白玉无瑕！”朋友竟信然。

自持的理由很简单。“皖”，从“白”，从“完”。“白”是明亮、清白，“完”是完好、完美。有了“清白”，再加上“完美”，“皖”岂不“白玉无瑕”！对与不对，也不管了，只求把现场的尴尬化解了事。

正是有了那次不假思索的答问，皖人爱“皖”，又深了一层。

皖人始信，“皖”本完美。

2016 年 10 月 27 日写于合肥

米在麋下

从前，对于“麋”的字形结构曾经有过疑问。在这个上下结构的字形中，存疑的不是“麋”的上半部“鹿”字头，而是“麋”的下半部“米”字底。《说文》的解释是：“麋，从鹿，从米，米声。”

从鹿，很好理解。麋是一种动物，俗名“四不像”。其角像鹿，尾像驴，蹄像牛，颈像骆驼，但从整体上看又都不像。像鹿的成分还是多一些，所以它的名字通常就叫麋鹿。从米，就有些费解了。难道麋这种动物还跟稻米有什么关系？

翻开中华农耕文化史册，我们就会惊讶地发现，原来，麋，从鹿，从米，并非杜撰，确有来由，麋鹿和稻米之间还真的曾经结缘。甚至可以说，早期的稻米生产和传承，曾经倚重过麋鹿这种动物。没有麋鹿，或许就没有早先的稻米。在农耕文化史上，曾经有这样两个词语，一个叫“鹿田”，一个叫“蹄耕”。从这两个词当中，便可以隐约看出麋鹿与田耕、与稻米之间的关系了。

麋鹿与原始稻作农业之间，的确存在过一种十分密切的关系。这种关系，是由麋鹿对生存条件的选择客观决定的。麋鹿是一种草食动物，原产于我国长江中下游沼泽地带。有水有草的地方，才能适合麋鹿生存。麋鹿性好合群，善游泳，喜欢成群结队地跋涉于沼泽地上，以啃食泥地上的嫩草和水生植物为乐。所以，古籍文献上记载，“鹿，水兽也”，“性喜泽”。

如今，野生麋鹿早已难觅踪迹。曾经在江苏大丰麋鹿养殖场，见过人工驯养的麋鹿种群。走近了就会发现，这种古老的动物体型庞大，性情憨厚，人很容易接近他们。麋鹿的主蹄掌宽大，侧蹄发达，蹄趾能够分开，趾间有皮腱膜，有点类似浮游禽类的蹼。这就决定了麋鹿能够在沼泽地里自由行走，遇到深水也能泅渡，麋鹿水性好，善于游泳。今人已见不着麋鹿泅水的情景了，但古籍上确有记载，麋鹿善泅，横渡长江轻而易举。

早期的麋鹿，聚群而行，存在于温暖湿润、水草丰茂的长江流域。麋鹿的生存环境，恰好与水稻的种植环境相匹配。传统农业的稻田，要有整齐的沟渠系统，稻田要经过细致的耕、耙、耖，让泥土烂熟，且保持水面平整，以利排水和灌水。要做到这一点，不是一件容易事，仅靠人力难以实现。在畜力耕作方式出现之前，稻田泥土的烂熟只好凭借外力而为之。聪明的先民们自有办法，想到了那些生存于有水有草的沼泽地带的麋鹿们。他们在麋鹿群反复踩踏过的水田里，撒下稻种，种植水稻。那时候先民种植水稻不像现在，只知道撒种生禾，还不知道先育秧而后再栽插秧苗效果才会好。

麋鹿从水田里经过的时候，会把水田里的青草啃食干净。从麋鹿嘴角不时洒落的零星草叶以及残存在泥土里的草根，在麋鹿群经水田过之后，全都被踩踏进泥土之中了，在泥土中腐烂。此时的水田，水和土呈一片黏糊状，基本上达到了种植水稻对于水田的要求。

如此之说，绝非个人主观臆断，古书有记载，可以查证。在麋鹿踩踏过后的水田里种植水稻，史书上称之为“麋田”。在《越绝书》中有这样的记载：“播种五谷，必以手足，大越滨海之民，独以鸟田……当禹之时，舜死苍梧，象为民田也。”后来，东汉的王充认为这种说法不足以采信。他说：“苍梧多象之地，会稽众鸟所居……象自踏土，鸟自食苹，土蹶草尽，若耕田状，壤糜泥易，人随种之……”又举海陵麋田为例反驳说：“海陵麋田，为象耕状，何尝帝王葬海陵者耶?”王充以“壤麋泥易”来形容被踩踏过的土壤之糊软情状。所谓海陵麋田，在《博物志》里有较为详细的描述：“海陵县扶江接海，多麋鹿，千百为群，掘食草根，其迹成泥，名曰麋畯，民人随此而略，种稻不耕而获其利，所收百倍。”此处的海陵，在东汉时属广陵郡，今天的江淮之间，核心地带位于江苏泰州那一片，离现在的麋鹿驯养基地江苏大丰市不远。

麋鹿的性情温驯善良，极容易被人类猎取。尤其是它的皮、肉、骨、茸都富有价值，越发遭人惦记，使得麋鹿的数量不断减少，可以利用的“麋田”也因此越来越少。同时，在古老的长江流域，人口快速增长，促使人们开辟出更多的稻田，将沼泽地改作稻田便是当时人们的首选。在此情况下，再依赖麋鹿踩踏田泥来种植水稻已经不切实际。先民们从麋鹿踩踏田泥中得到了启发，改为利用水牛踩踏，把田里的泥土踩踏成稀糊状之后，再播种水稻，也可以收到与“麋田”同样的效果。于是，原始的稻作农业进入了一个可能令今人很陌生的“蹄耕”阶段。

从前在一本书上看到，麋鹿也称“泥鹿”，原因就是麋鹿这种动物总是生活于泥水之中。后来发现，情况还不是书上说得这么简单。在古时的广陵郡，属于江淮官话地域范围，古语中“泥”与“米”同音且同义。如今，在安徽省肥东县那一带的方言中还留有痕迹，如“泥鳅”不叫“泥鳅”，叫“米鳅”。一种方言的形成，绝不会随随便便，无缘无故，总会有它的根源，有它的道理。

弄清了麋鹿与稻米之间的关系，对于肥东方言中的“泥”与“米”，对于“麋”的字形结构，便不难理解了。

米在“麋”下，不是望文生义、简简单单的偶然发现，而是一种有根有据、有来由的必然存在。

2016年12月25日写于合肥

禾乃为秀

前段时间在北京，有机会去了一趟农业博物馆。在那里，给自己补上了一堂十分重要的关于农业文明的课程。回来以后，脑海里总有几个大字的影子在飘来飘去，若隐若现，始终挥之不去，让人不吐不快。这几个字好像是：禾乃为秀。

禾乃为秀？岂不是废话，典型的望文生义！傻瓜都能看得出来，还用你说?！其实，事情还真的不是那么简单。虽然《说文》上有过解释："秀，从禾，从乃。"若是没有在北京农业博物馆里的所见所闻，还真的说不清楚，"秀"与"禾"及"乃"之间，是否存在某种极深层次的关系。

平常看"秀"，总是轻轻松松地把它当成"美好""秀丽""优秀"来看待，从不会去深想，在"秀"的背后，曾经有过多少艰辛和苦涩。真没想到，"秀"只是一个过程，甚至如同女子十月怀胎那样艰难而又神圣的过程。

这么说，可能会给人故弄玄虚之错觉。还是回到了"秀"的字形上来吧，或许这样就很直观了，谁都能看出一二。"秀"上面的"禾"，自不必说，是指稻麦一类，需要抽穗成粒的作物。"秀"下面的"乃"，在《说文》上有"再次""重新"之解。撇开此说，仅从字面上看，"乃"与另外一个字密切相关，成为另外一个字的重要部首。这个字是"孕"。"乃"为"孕"头，见到了"乃"，人们很容易想到"孕"。所以，是不是可以这样说呢？"秀"字下面的这个"乃"字，实乃"孕"也。"禾乃为秀"，其实就是"禾孕为秀"？为了寻找答案，不妨借用"五四"时期作为新文化运动旗手的那位博学之士的一句话，大胆地假设，小心地求证。

在农业博物馆里，第一次发现，古时候，人们将稻、麦等禾谷类农作物的孕穗过程，称之为“秀”。回来后，翻阅古书籍，查找资料，得以证实。汉代的《杂阴阳书》载：“稻生于柳或杨，八十日秀，秀后七十日成。”“小麦生于桃，二百一十日秀，秀后六十日成。”这里的“秀”，指的是孕育谷穗。至于“柳”“杨”“桃”之类的树名，该是借指时令了，在春天，在这些树木吐叶之时。关于“秀”字，类似的说法还见于《诗经》，《诗·大雅·生民》曰：“实发实秀，实坚实好。”

古人对于稻麦类的开花、授粉、结实的过程，可能还不甚了解。不懂也没有关系，天人合一嘛，可以拿人来类比他物。在古人看来，谷子之所以有实，是因为谷壳之中本来就有一个“人”。起先只是小小的“人”，后来越长越大，长得丰满壮大起来。这个“成长”的过程，也就是古人所说的“秀”。在古人眼里，谷物孕穗，也叫“做肚”，与女人怀胎并无二致。所以，在“秀”的字形上，“禾”的下面是个“乃”字。这个“乃”字的形体，很容易让人联想到一位“大肚”的妇人。如此看“秀”字，便可以理解为“禾”已经“怀孕”了。

果真，谷物“秀”的过程，与妇人怀孕的过程，的确存在着惊人的相似，同样面临着许多不确定因素，存在着种种不可预测的风险。阴晴、冷暖、干湿等诸多因素，都会对谷物“秀”的结果有影响，可能出现“秀而有实”，也可能导致“秀而无实”。“秀而有实”，就是谷壳里面真的有“人”，且“人”越长越大，长成大“人”。这里的“人”，也可以理解为“仁”，植物果实皮壳之内的东西。如此理解，似乎也有依据。古时候，在明代之前，“人”和“仁”常常通用，少有区分。

对于“秀而无实”的谷子，古人还专门造出了一个字：“秕。”《说文》解释说：“秕，不成粟也。”“粟”中必定有“米”，带壳为“粟”，去壳为“米”。壳里无“米”，自不成“粟”。在古人眼里，“秕”，是因为谷物壳里的那个小小的“人”，没有孕育成功，中途“夭折”了，才导致谷壳空瘪。

年复一年，周而复始的农事劳作，让古人摸索出了某些规律，形成了一些经验。古人确信，“秀”后的谷穗，不成“仁”便成“秕”。农事劳作的目标是“成人”或者“成仁”，人们特别忌讳“秕”，想尽一切办法来规避“秕”。明嘉靖年间，南京国子司业、文学家马一龙在其《农说》中说：“稻花必在日色中始放，雨久则闭其窍而不花，风烈则损其花而不实，二者皆秕谷之患也。”明代科学家、政治家徐光启也曾说：“稻花见日吐出，阴雨则收。正吐之时，暴雨忽来，卒不能收，遂致白飒之患。若连朝雨，反不为灾，不免耽搁吐秀，有皮壳厚之病。”对于“秀”字，古人尤其重视。他们有自己的研究，有自己的见解。这些研究和见解，在今天看来，仍然不失参考价值。

也许，凡事不可深究，深究了更见复杂。原本简简单单的一个“秀”字，深究之下，它便不再简单了，内涵丰富而且深刻。一个“秀”字，“秀”出了悠久的稻作文化，“秀”出了灿烂的人类文明。这个“秀”字，还是原来的那个“秀”吗?

从此，不敢轻看“秀”。

2017 年 1 月 7 日写于合肥

亦荆亦楚

少年时代曾经上山打柴。家住丘陵地区，上山打柴要跑一些路。不近，也不远，总有十里八里吧。山就是大别山了，至少也算是大别山的余脉。

打柴的活很累人，却也很有趣。有趣的是，在打柴的山中，可以见到许多平时在身边见不到的东西。那些形形色色的花草树木、飞鸟爬虫，都会让一个未谙世事的少年感到新奇，稀罕着好一阵子。在少年的心里，草木和虫鸟都是他的朋友。每次进山打柴，遇见一种新的动、植物，他就视同结交了一位新朋友。

楚，便是在山上打柴的时候遇见的一位好朋友。不过，楚的名字是后来才知道的，当时并不知道它叫楚。只知道它的另外一个名字，荆。因为它成年以后多长成长条形的藤蔓，乡人习惯叫它荆条。乡人打柴的时候，必寻生有荆条的地方。荆条本身就是好柴，它油性大旺火，还结实经烧。一段荆条在灶膛里要烧上半天，脸色通红。不像茅草之类的柴火，到了灶膛里只是“嗤嗤嗤”的一声傻笑便变了脸色，化为一抔冷灰烬。此外，荆条还是打柴人必不可少的工具。因为荆条长而有韧性，常被打柴人用作捆绑柴火的绳索。它比绳索更好用，能将柴火捆绑得更为结实，还不容易断掉。

在吾乡，凡上山打过柴的人，大概没有不认识荆条的。不过，认识荆条的人，不一定就能认识楚。或许，在一些人们的心目中，荆是荆，楚是楚吧。

真正认识楚，还得感谢《诗经》。那时，少年已经走完了他人生中的那段懵懂时光，开始追求诗与远方。上山打柴已经成为过去，但他还是喜欢时时刻刻待在山上。后来的山，是另外一座山，应该叫作书山。在 20 世纪 70 年代末期、80 年代初期，青年学子的案头，或者在自己某个精美的笔记本的扉页上，总会写有这样一句话：“书山有路勤为径，学海无涯苦作舟。”作为自己的座右铭，用于励志自警。于是，在那座“山”上，带着初生牛犊的闯劲，十分勇敢地敲开了《诗经》的大门。

行走在《诗经》的长廊里，遇见“周南·汉广”时，听到有人正在吟诵这样的句子：“翘翘错薪，言刈其楚；之子于归，言秣其马。汉之广矣，不可泳思；江之永矣，不可方思。”透过《诗经》的窗口放眼望去，顿时，双眼发亮，好像与另外一个自己意外相逢。天啊，那个在汉江边山上打柴的青年樵夫，他突然遇见了自己的意中人。你看，她就在汉江的那一边，他与她隔着汉江四目相对。他想对她说句知心的话儿，又担心江水阻隔，距离远了，她会听不见。于是，他干脆扯开嗓子，面对汉江大声唱起了歌谣：“杂树丛生长得高，砍柴就要砍荆条。那个女子如嫁我，快将辕马喂个饱。浩浩汉江多宽广，不能泅渡空惆怅。滚滚汉江多漫长，不能摆渡空忧伤。”唉，遇见了自己心爱的人，却不能走到近前去说句悄悄话。你看，那个青年樵夫多么心焦，他唱出的歌谣多么感人。

听完青年樵夫的歌谣，才明白在《诗经》中遇见的并不是另外一个自己，是一位多年不见的老朋友，它的名字叫“荆条”。不，叫它“荆条”可能显得俗气。《诗经》是块雅地，它容不得俗气。成不了大雅之堂座中客，还可以与小雅为邻啊。不如从《诗经》中寻找它的名字吧，“言刈其楚”，“楚”，就是它的名字了。

物有好名，立刻摇身一变，跟过去判若两物。正如乡人口中的“荆条”，一旦于《诗经》中找到了它本来的名字“楚”，便立刻高雅起来。在《诗经》里邂逅从前的“荆条”朋友时，很容易联想到“楚楚有致”，或者“楚楚可怜”之类的形容词，荆变成楚了，完全是另外一副温文尔雅的模样。

走出《诗经》，又回到了从前打柴的山上。当然，这个回只是回忆。从前是回不去的。人也不是从前的人，山也不是从前的山。从前，山上的那位曾经叫它“荆条”如今叫“楚”的朋友，多年未见，是否一切安好如初？

还记得，它呈灌木状生长，到了秋天便会落叶。整个冬天，它只光秃秃的一根茎干，有些弯曲。若是横卧地上，一不小心踩上去，它在脚下一滚动，会吓人一跳，让人以为脚下是一条蛇呢。到了春天，草木复苏时它会长叶，叶如巴掌，比巴掌略小；叶边有锯齿，多棱角，好像人的五根手指头；叶的背面生了一层密密的绒毛，颜色绿中带些淡紫。农历四月，楚会开花，花有青、紫两色。秋天结果，果实球形，黑色，皮亮，味道微甜，是山中鸟雀的美食。因为得到了鸟雀的垂青，楚，才能够在山中家族繁荣，发扬光大，从遥远的《诗经》年代一直走到了今天。

真要感谢三千年前那位在汉江边山上砍柴的青年樵夫。没有他那曲动听的歌谣，也许至今还不会知道，荆就是楚，楚便是荆。

荆楚自古就有自己的地盘，至今仍存。在那块土地上，荆楚从不分家，总是亦荆亦楚。似乎当年那个青年樵夫和他隔江相望的女子，终于走到了一起，执子之手，与子偕老。

2017 年 2 月 22 日写于合肥

美好之藻

曾经对“藻”有偏见，误解很深。印象中的藻，不干不净，与秽为伍，丑陋不堪。

误解缘起一湖。湖是国内五大淡水湖之一。这些年，湖与这座城市越走越近，直至相依相偎，作起了难舍难分状。前几年，眼前老出现两个字：蓝藻。蓝是蓝色，藻是水生物。从字面上看去非常美好，果真见到了本物，便觉得此物玷污了一个美好的词汇。向来清澈的湖水，因蓝藻暴发，顷刻变成一锅草绿色浓汤。但与汤羹尚异，汤羹香甜可口，这充斥了蓝藻的湖水，则腥臭难闻。

原本对“藻”并无成见。因为污染水体的蓝藻，让人恶心，便对“藻”无从感好。人就是这样，许多时候，总是情感支配着理智，主观遮蔽着客观。觉得好的东西，不好也好。觉得不好的东西，好也不好。偏见并不可怕，漫不经心读一本书，或许能解决问题。譬如，读过《诗经》后，便对“藻”字另眼相看了，怎么看都觉得此物甚美。

“藻”，原来竟是一种圣洁之物。不信？去问《诗经》吧。在《国风·召南·采蘋》一诗中，有“藻”。诗曰：“于以采蘋？南涧之滨。于以采藻？于彼行潦。于以盛之？维筐及筥。于以湘之？维锜及釜。于以奠之？宗室牖下。谁其尸之？有齐季女。”即将出嫁的少女，外出“采蘋”“采藻”，用筐筥盛回，用锜釜煮熟。做何用途？当然是吃。不过，不是自己吃，也不是给别人吃，是给神明吃的，用于祭奠祖先。上供神吃，心到佛知。凡做供品，无不圣洁。上供之人，必定虔诚庄重。

《诗经》中的“藻”，可不是“蓝藻”之“藻”。“蓝藻”之“藻”，属于低级生物，只是一种细菌。《诗经》中的“藻”，则是一种水生植物，形似豆类，有人叫它水豆。《诗经》时代，将“藻”作为供品，“藻”必定是人的食物，能吃，且味美。人只知神明存在，却没见过神明何等模样。祭奠之时，人总是将神明想象成人加以敬重，放在神明面前的供品，必是人世间的美味佳肴。

除了美味，“藻”也是美物。在古人眼里，“藻”是一种美丽的风物。北宋大文豪苏东坡，曾于不经意间写到“藻”，“藻”成了他笔下的美景。在苏东坡那篇著名的精短散文《记承天寺夜游》中，有这样的句子：“庭下如积水空明，水中藻荇交横，盖竹柏影也。”大文豪写月光下的竹柏影子之美，何以形容？东坡想到了“藻”和“荇”，这两种水生植物于水中摇曳横陈之态。在东坡的心里，“藻”和“荇”的样子必是至美。

除了美物，还有多种美好。东汉班固《答宾戏》曰：“董生下帷，发藻儒林。”“发藻”就是“显示文采”，“藻”即“文采”。在现代汉语中，除了“文采”，“藻”还被直接引申为“美好”“修饰”“修养”，等等。“藻”的语义极为丰富，但万变不离其宗。所有的引申还是来自它最基本的意思，《诗经》中那种好看又好吃的水生植物。

不必艳羡古人，文文雅雅地享受口福。正如《诗经》中的“采藻”。其实，现在人口福更好。有“藻”吃，且比《诗经》中的“采藻”，来得更轻松，味道更鲜美。不说别的，只说那道家常菜——海带，人人都该吃过。今人嘴刁，难伺候。既要解馋，又怕肥腻。说难也不是太难，回家去炖一锅海带排骨汤便解决了问题。有这种带状的大海藻在，人家的小日子便过得有滋有味，肥而不腻，惬意得很。

2017 年 2 月 24 日写于合肥

憋屈的蓬

三千年后，那个叫蓬的植物，忽然觉得很憋屈。蓬，没有得到人们应该给予的喜爱和尊重。

身为一种不受人欢迎的野草，蓬，并不自贱。它没忘记自己本是名门之后，祖先登过大雅之堂，家族是从《诗经》里走出来的。

还别不信，《诗经》里真有蓬的身影。在《国风·召南·驺虞》诗章中，你会遇见蓬："彼茁者蓬，壹发五豵，于嗟乎驺虞！"春日的田野，蓬蒿初生，茁壮成长。那时的蓬，已然是《诗经》里面一道美好的风景。

蓬，无法接受眼前的现实。今人提起蓬，似乎多是贬义。别的文字不愿意承担的义务，被强加于蓬。比如，形容散乱时，便说蓬，动辄"蓬乱""蓬头垢面"。还有，明明是一间简陋的草棚，不说草棚，偏说"蓬厂"；人家房屋上那扇破败的窗户，与蓬毫不相干，却偏叫"蓬窗"；某人穷困了，不关蓬的事，那户人家竟自称"蓬筚"。

蓬，曾三省吾身，却怎么也想不明白其中的道理。为什么诗书传家的蓬，竟到了草芥不如的地步？

蓬，难忘自己的青嫩岁月。明媚的春光里，蓬的生命青翠欲滴，是人们餐桌上的一碗好菜。带着一股淡淡的药香，吃到嘴里，让人顿感神清气爽。遗憾的是，受人欢迎时，人们并不叫它蓬，叫它另外一个名字，蒿。在人类食物大为丰富都不知道该吃什么的今天，人们也没有舍弃作为美食的蓬。在江淮地区，人们习惯春天吃蒿子粑。蒿子粑以米粉为主料，拌以捣烂成泥的嫩蒿子头，搓成了圆球，再压扁成饼形的粑，贴在锅壁上淋油烤熟了吃。难怪有人好那一口，蒿子粑实在味香诱人。蓬很郁闷，那香气明明源自蓬，后来却没有蓬的功劳，连个名分也不给蓬。

蓬也有过引人注目的时光。青嫩的岁月之后，蓬有了窈窕的身材，少女一般亭亭玉立。细条的叶子，极似女孩的眉眼，叶的边缘生出些长长的睫毛。到了夏天，蓬开白花，花形如舌。蓬很自豪，其他果实成熟，只能瓜熟蒂落，蓬不一样，成熟的籽实非但不落，还会飞。蓬的籽粒如蒲公英，自备了小型“飞翔伞”，遇风便飘扬起来，把子孙后代送到更远的地方去。蓬的籽粒在空中轻飏，如花似雪，姿态优美，却无人点赞。人们倒是对蓬的同类大加赞美，那些如蓬飞扬的蒲公英。人们只承认蓬也能飞，在它名字前加了个“飞”字，叫它“飞蓬”。

不光好吃好看，蓬，还是一味好药。在《本草纲目》中，蓬，有新的名字，叫鱼胆草，或小山艾。其性微苦、辛，凉。有清热利湿、散瘀消肿之功效，内服可以治肠炎、痢疾、传染性肝炎；外用治牛皮癣、跌打损伤、疮疖肿毒。蓬，凭借自己一身本领，救死扶伤，减轻人的病痛。做了一辈子善事，蓬，竟有功无名。

无名事小。蓬，最不能面对被人轻蔑，尤其不能忍受诗人的轻蔑。你看，诗仙李白在《南陵别儿童入京》诗中狂妄直呼：“仰天大笑出门去，我辈岂是蓬蒿人。”在李白的眼里，“蓬蒿”之辈简直是胸无大志的庸物。诗圣杜甫，原以为他还算沉稳，孰料到他一高兴便忘乎所以，随随便便拿起蓬来说事。你看，在《客至》诗中，杜甫见客人来了，竟也出语轻佻：“花径不曾缘客扫，蓬门今始为君开。”好个杜甫，你住草堂，干吗不直说草门，偏说蓬门？

别以为是诗仙、诗圣了，就很了不起。想当年，蓬为《诗经》座上客时，李白和杜甫，你俩影都没有呢！

每读这些带“蓬”的诗句，蓬，总不禁愤愤然。

2017 年 2 月 26 日写于合肥

护生者荠

很早就认识荠菜，它是身边的一种野菜。对荠菜有亲切感，类似对儿时的小伙伴。

在家乡那有山有水、不温不寒的丘陵地区，荠菜随处可见。田间地头，乡路两边，只要能生草的地方，都是荠菜的地盘。

春天一到，天气回暖，许多草木尚在返青的梦寐中，荠菜率先绿了。零星的绿，散落在枯草丛中，很不起眼。蹲下身子细看，那种绿色小草，体形如心，叶片如羽。等到草木葱茏时节，荠菜便会被淹没在万绿丛中。或许还能找到它的身影，那时它会开出一种与众不同的花，远看如满天星斗，近看如米粒撒地。

大概因为荠菜开白花，花小如米，在吾乡，它不叫荠菜，叫地米菜。偶尔，也有人叫它护生菜。

这“护生”二字，可不是乡人的顺口溜。原来，地米菜在吾乡只是一种卑贱的野菜。春荣冬枯，自生自灭。乡人发现，放养的猪到了野外，最喜啃食地米菜。于是，乡人打猪草时，便将地米菜同其他野菜野草一起纳入篮中。后来，遇上灾荒，口粮不够吃，人不得不去野外找食。许是受了地米菜名字中“米”的启发吧，乡人认定它跟人有缘，便将地米菜作为充饥的对象。采回洗净煮熟一尝，地米菜果然与自家种的菜蔬没两样，绝无异味，还多些淡淡的香甜。地米菜帮助乡人度过了好些青黄不接的日子，乡人对它心存感恩，并不因为好吃，便将它一网打尽。乡人多有讲究，无灾无荒，不食地米菜。在乡人看来，谁的吃食还是留给谁吧，不可夺食于口。

地米菜不仅救人于灾荒，还救人于病痛。遇腹泻、遇水肿、遇内伤吐血以及妇人崩漏，乡人会求乞乡间土郎中。土郎中给出的药方很简单，多是地米菜，再佐以车前草，或者蜜枣、龙牙草之类，用水煎服。反复几次，果然病愈。由此，乡人看出，此菜大善，真的护生。

巧了。乡人眼里护生的地米菜，学名荠菜，另外一个名字正好叫作护生草。故说荠菜护生，则名副其实。

关于荠菜的功用，古人许有文字记载。西汉刘向《别录》曰："利肝，和中。"明朝李时珍《本草纲目》曰："明目，益胃。"清朝赵学敏《陆川本草》曰："消肿解毒，治疮疖、赤眼。"

历代文人墨客，多爱食荠菜，喜将荠菜写入诗文。范仲淹最爱荠菜，专门写有《荠赋》："陶家翁内，腌成碧绿青黄，措入口中，嚼生宫商角徵。"苏轼是文学家，也是美食家，他好荠菜，亲自动手把荠菜做成美味佳肴。苏轼于《与徐十二书》中道："今日食荠极美……虽不甘于五味，而有味外之美……其法取荠一二升许，净择，入淘了米三合，冷水三升，生姜不去皮，搥两指大同入釜中，浇生油一蚬壳多于羹面上……不得入盐醋，君若知此味，则陆海八珍，皆可鄙厌也。"不是饮食行家，说不出这些做菜的道道。清代扬州八怪之一郑板桥诗曰："三月荠菜饶有味，九熟樱桃最能名。"郑板桥会吃，他最爱吃三月的荠菜、九熟的樱桃。

如此写荠菜的诗文，其实都步了后尘。最早将荠菜入诗的，是《诗经》。《国风·邶风·谷风》曰："谁谓荼苦？其甘如荠。"简简单单八个字，以荼之苦，反衬了荠之甘，足见远在《诗经》时代人们就爱荠菜的甘美了。

荠菜，这种从《诗经》里走出，走过了三千年历程的草本植物，因其护生，大受世人欢迎。如今，该野菜一点都不野了，大棚里天天有产出。于是乎，好荠菜者有口福了，一年四季皆有新鲜荠菜可食。

到饭馆，菜有荠菜肉圆子，荤素搭配，口味刚刚好。主食有荠菜饺子，还有荠菜包子。喜欢哪样，自己点吧。

若嫌不够味，专程回趟家乡吧，吃一口清炒地米菜。那味道，除了满足口福，或许还能降解乡愁呢。

2017 年 2 月 27 日夜写于合肥

吃栗不易

栗子好吃，众口周知。吃栗不易，也是共识。

年岁渐长，与零食渐行渐远，独对栗子例外，几乎见一回买一回，不想错过。见也不多，秋冬时节才可能于街角遇上卖栗者。栗子现炒现卖，趁热吃味更佳。卖栗子的人推着小车，车上架一口大铁锅，锅下面一台炉灶，炉膛里生着通红的炭火。锅里装了大半锅漆黑油亮的砂粒，砂里埋着栗子。栗子皮壳厚韧，直接贴锅很难炒熟。凭借热砂的高温，从四面八方向栗子围攻，栗子想不熟都难。

炒熟的栗子有明显的标志——面部开裂，露出一小块淡黄色的栗仁。或许先有切口，炒熟后切口膨大。裂口真像人张开的嘴巴，栗仁好似人的牙齿。龇牙咧嘴的样子，一个大笑的表情。这种表情极易对人形成诱惑，人买栗子，估计多冲着栗子上面小小裂口。没有裂口的栗子，到手以后很难办啊，它那光滑结实的皮壳，让人无从下手，牙齿也难以抵达栗子的核心部位。

其实，这还不算最难。到了这一步，栗子离嘴巴就很近了。真难难在前边，从树上采摘栗子，从栗子的果实中取出那种带着坚实皮壳的褐色籽粒。原来，在栗子光滑的皮壳外面，还有一层皮壳。外层皮壳十分特殊，呈球形，拳头大小，名叫栗蓬。栗蓬浑身密密麻麻的毛刺，极易扎人，不给人亲近的机会。刚刚从树上下来的栗果，好似一个个蜷缩着身子的小刺猬。栗果上的毛刺亦如刺猬的刺，用于自保自卫。失去保卫的果实，还不被贪嘴的动物吃得一干二净。栗子不像桃子，桃子被吃的是皮肉，留下了不能吃的内核，而种子恰恰保全在内核之中。栗子呢，被吃掉的正好是内核，是种子，被遗弃的才是没用的两层皮壳。栗子外表必须有毛刺，毛刺保证了这一物种的延续。

相传，猴子最爱吃栗子，想吃栗子又不敢去拿，怂恿猫去上当。倘若没有一身毛刺，凭着猴子的狡猾和贪婪，栗子早已空前绝后。

或许，正因栗子不容易被吃掉，才成为一个古老的物种。栗子存在的历史，少则两千多年吧。此话绝非妄言，有《诗经》为证。早在《诗经》年代之前，栗子已然存在。在《国风·鄘风·定之方中》里有诗句：“树之榛栗，椅桐梓漆，爰伐琴瑟。”诗句在颂扬卫文公广栽树木，其中栽有榛栗。榛树栗树的果实，都可以用作祭祀的供品。从诗句中，可见栗子早已存在，栗子同榛子一样，都是美味坚果。要不，怎会用于祭祀，敬献到祖先神灵面前？

无从知晓远古时代栗子味道，只知道当今栗子味美。美就美在两个字上，“甜”和“面”。仅看两字，“甜”和“面”不过寻常滋味，于其他食物照样获得。不过，“甜”和“面”为栗子特有，它物无法替代。

不光味美，栗子还有很好的药用价值，能强腰补肾壮筋骨。李时珍说：“有人内寒，暴泄如注，令食煨栗二三十枚，顿愈。肾主大便，栗能通肾，于此可验。”苏轼的弟弟苏子由曾食栗养生，作诗曰：“老去自添腰脚病，山翁服栗旧传方。客来为说晨兴晚，三咽徐收白玉浆。”子由同兄长一样会吃，将栗子嚼成琼浆玉液慢慢咽下，吃过还不忘教教别人。

在吾乡，有一句农谚：“七月毛桃八月楂，九月毛栗笑哈哈。”说的是，七月野山桃熟，八月山楂熟，九月毛栗熟。关于栗子成熟期，古书早有记载。西汉刘向《别录》曰：“栗生山阴，九月采。”不仅说出了栗子成熟期，还介绍了栗子的习性，喜阴不喜阳，常居山之北。知道了栗子产于何处，几时成熟，想吃栗子时便明白如何寻找。

吃栗心切，容易犯错。犯错的代价是受伤，手被栗蓬外表的毛刺扎伤，或者被滚烫的栗壳烫伤。食栗时不能性急，切不可火中取栗。果真接近了火中之栗，准会听到背后有猴子轻声窃笑。

2017 年 2 月 28 日夜写于合肥

心有芄兰

芄兰是一个极富诗意的名字。该是某位女子的名字吧，它有女性阴柔之美。果真是女子，她就是个知书达理的女子。出身书香门第，芄兰是《诗经》里的一种植物。

《诗经》读得早，至今已三十余年。识得芄兰之美名，也早。《国风·卫风·芄兰》曰："芄兰之支，童子佩觿。虽则佩觿，能不我知。容兮遂兮，垂带悸兮。"读《诗经》时，只知道芄兰是一种植物，被那个懵懵懂懂、不解风情的童子佩带在身上，作为一种炫耀的饰物。却不知道芄兰究竟为何物，它是否还存在于今人视野之中。从那时起，芄兰便以问号的模样进驻心间，在心里安居，一住就是三十余年。

喜欢胡适那句名言，大胆地假设，小心地求证。对于心中疑问，一直没有放弃追索。当年，书上的解释实在简单，芄兰，一种植物，又名女青。女青，跟芄兰一样，多了一个清新柔软的名字。还是不明白女青为何物，在有限的经验积累里，无从查找女青踪影。很长时间里，关于芄兰，逗留在芄兰即女青，女青即芄兰，一个类似于"鸡生蛋蛋生鸡"绕人的怪圈里。

一个偶然机会，读到三国时期吴国学者陆机的《毛诗草木虫鱼疏》。这本书专门针对《诗经》中提到的动植物进行注解，可谓中国第一部动植物专著。无意中发现书上有关于芄兰的注解："芄兰，一名萝藦。"

有这萝藦之名，便多出一条寻找路径。顺藤摸瓜，竟很快寻到了答案，对萝藦有了大体了解。这是一种多年生草质藤本植物。藤蔓长可数米，断之，有乳汁。茎圆柱状，下部木质化，上部较柔韧，表面淡绿色，有直纵条纹，幼时密布短绒毛，老时毛渐脱落。叶子心形，面绿色，背粉绿，柄长，顶端丛生腺体。花为总状式聚伞花序，花冠白色，有淡紫色斑纹，近辐射状，花冠裂片披针形。果实黄绿色，近梗蒂处浑圆，果身椭圆，头部尖尖，呈流线型，极似一个肥大的辣椒。它的表面比辣椒平整，没有皱褶。

如此介绍文字，越看越觉眼熟，眼前立刻浮现出一幅遥远的图景。少居乡下，大山脚下小河边，是孩子们嬉戏的天堂。至今记得，河埂上草木丛中，有一种喜欢缠绕其他草木的藤状植物。其藤茎极像山芋藤，叶子也极像山芋叶子，花果不似山芋。山芋很少见花，即便开了也低调，不引人注目；这花却开得热烈，有些张扬夺目。山芋不结果，但有实。实为根茎，不挂枝头，深藏土里。它结果，果似一枚小青瓜，纺锤形。瓜老即开裂，成两只小瓢。内瓤是一些黑色的籽粒，每颗籽粒上都有一丛放射状的绒芒，类似于蒲公英的籽粒，风一吹籽粒便飞走了。它飞到哪里，来年春天，那地方就会多出这种看似山芋藤、山芋叶子的植物。这种藤状植物，还有一个特点也似山芋，它的藤或者叶柄被折断，即流出白色汁液。其汁液流出量，比山芋更多，颜色更白，近乎羊奶白。

这种藤叶植物，曾经是耕牛口中的美味。牛在河边吃草，最喜吃这种类似于山芋的藤状物。牛吃过的草茬上，挂着星星点点白色汁液，牛嘴角也流溢着大量白浆。似乎牛嘴里咀嚼的新鲜草料汁水太过丰沛，来不及吞咽，便有一部分溢了出来。

在大别山区，人们叫这种多汁的植物为羊奶草，也有人叫它老人瓢。羊奶草之名，是因为它的白色汁液而起。至于老人瓢，则是因为它干裂的果实了。

后来，翻开《本草纲目》，从李时珍笔下得到了印证，萝藦即女青。继而，我又于明朝天启年间倪朱谟编纂的《本草汇言》中，看到如此描述：“萝藦，补虚劳，益精气之药也。此药温平培补，统治一切劳损力役之人，筋骨血脉久为疲痹者，服此立安。”这才知道萝藦原是一味好药。

曾经遥不可及的芄兰，一直将其视为某种虚无的高雅之物。没有想到，它竟是笔者早年见过、至今存有记忆的寻常植物，一种益人之草本。

2017 年 3 月 4 日写于合肥

路边新柿

小区里绿化不错，几乎难见裸土，凡是空地皆有植被。花花草草见缝插针，高大乔木也随处可见。

某天早晨出门，走在小区的人行道上，忽然发现熟视无睹的路边，多出了一棵树。准确地说，那还不能算作一棵树，它只是一株小树苗。至少，算不得一棵成年的树。

因为树小，即便于原先的草地上栽植，也不太引人注目。对于那株突然多出来的小树苗，说不上它究竟出于何时。那天早晨偶然发现它，不是因为小树苗本身对视觉的冲击，是因为树枝上挂着一个纸质的吊牌。吊牌上写道："私家果树，请勿攀折。"

原来，这是一株被栽种在公共地带的私人名下的植物。有段时间，小区物业组织了一项活动，动员业主购买苗木，自己动手掘穴培土，在物业许可的位置上栽种花草树木。栽下以后，也由业主自行管理，该植物的权属归业主个人所有。物业宣布了此项规定，业主们跃跃欲试，许多人真的参与进来。这项活动的意义，大概不在于它的结果，所谓的权属，应该在于它的过程。栽培植物的劳作过程，于久居城市的人来说，或许是一种享受，让人有种成就感。这只是业主一方的感受，物业那边估计不仅如此，可能还有别的收效。比如，通过业主亲自动手劳作，享受劳动成果，会将小区里的园地，当成私家领地，当成自己理想中的一亩三分地；让业主爱自己的小家，亦爱小区这个大的家。

看了吊牌上的文字，才知道那是一棵果树，不是一般的景观树。树有大半个人高吧，主干在接近树冠的地方分了叉，一根竖直的干变成了两根横平的枝。枝上有些稀疏的树叶，叶子呈椭圆形，叶梢冒尖。若在冬天，没有叶子，还真的不知道这是一棵什么树。看到了叶子，一点也不陌生了，它是一棵柿子树。不过，印象中的柿子树好像都很古老，至少是大树，这种柿子树秧子，还真是第一次见到。

乡下祖居老宅门前，曾经有棵柿子树。那可是一棵古树，树高过了屋脊。树冠如屋顶，罩了下面几间屋子大小的阴凉地。树干粗似稻萝，一人抱不过来。树皮粗糙皲裂，如龙身上的鳞斑，有许多大块的翘起，形成半脱离树干状，用手轻轻一掰，便能掰下一大块干枯的树皮。柿子树是落叶乔木，春天生叶，夏天开花结果。到秋天叶落时，柿子便熟了，许许多多火红色的果实吊在柿子树的枝头，极像一盏盏小灯笼，把一个季节照得透亮。当年，苏东坡看到成熟的柿子挂满枝头，诗兴大发，留下了这样的诗句："柿叶满庭红颗秋，熏炉沉水度春篝。"

乡人爱柿子树，有吃还好看。喜欢将其栽在房前屋后，以添风景。甚至，还喜欢将"柿子树"这三个字用作地名。家乡有个邻近的村子名字就叫柿子树村，家里有几户亲戚住在那个村子里。小时候常到柿子树村子去走亲戚，走亲戚还不是主要目的，真正的意图是去寻找那棵想象中的柿子树。名叫柿子树村，那地方总该有棵柿子树吧。去了多次，就是没有见到自己想象中的那棵柿子树。据说，原来还真有过一棵古老的柿子树，后来就没了。原来是多远？在清朝？还是明朝？后来又在何时？为什么后来没了柿子树？谁也说不清，反正就是口口相传，曾经有过柿子树，所以这地方才叫柿子树村。如今，早已不见了那棵柿子树，这地方依然叫柿子树村。走出家乡之后，发现叫柿子树的地方远非家乡那一个村子，以"柿子树"命名的地方多着呢，随便走到某地都有可能遇见一个叫柿子树的地名。

看来，柿子树实在招人喜欢。在小区人行道边的绿化地上栽植柿子树的那户人家，于千千万万的植物之中选择了柿子树，不会无缘无故。毫无疑问，那户人家特别偏爱柿子树。

偏爱不会平白无故，偏爱的理由也不会只是柿子树生得好看那么简单。作为果树，果实好吃才是根本。青柿子硬邦邦的，不可吃，吃了涩嘴。熟透的柿子，柔若无骨，味道甘甜，清凉爽口。好吃，还极富营养。据说，一枚柿子所含的维生素，够人一天所需。此外，柿子还有很好的药用价值。李时珍在《本草纲目》中说："柿乃脾肺血分之果也，其味甘而气甲，性涩而能收，故有健脾、涩肠、治咳、止血之功。"好吃，养人，还治病，难怪有人偏爱柿子了。

关于柿子树的优点，古人曾经总结出"七绝"：一曰树多寿，二曰叶多荫，三曰无鸟巢，四曰少虫蠹，五曰霜叶可玩，六曰嘉实可餐，七曰落叶肥厚，可以临书。不说后边五样，单说前两样，一“寿”，一“荫”，谁能置之不理？对于柿子树，人们便没有理由不喜欢了。

在小区里见到那棵柿子树是在春天里。到了夏天，它竟开出了一些白色的小花。花谢后，花蒂上便冒出个纽扣般的小东西。小家伙一天天长大，长成汤圆大，长成鸡蛋大，长成拳头大。开始是青色，表面上还挂着一层薄薄的白霜。渐渐的，由青到绿，到黄，到红。每天从它身边经过，目睹了它的一个生产周期。但有一点，尚不明白。原生的柿子树，一般要过七八年才能挂果，嫁接过的柿子树，也得五六年方见果实。这棵柿子树，还是小树苗呢，移栽至此，竟然当年挂了果。不知道是什么原因，许是某种新技术起了作用吧。如今新技术，足以乱四季，甚至乱老幼。人眼前的新鲜物，多的是了。

挺有意思，到了柿子在树上有些引人瞩目的时候，大约在夏末，抑或秋初，树上换了一块吊牌。吊牌上文字有部分改动：“私家果树，请勿采摘。”很显然，前一块吊牌上的文字，是针对树上的枝叶，后一块吊牌，则是针对树上的果实了。

小区里的人，似乎很听话，人叫别采摘，便真的无人采摘。树的主人自己好像也没采摘过，可数可记的几枚果子，就那样很撩人地挂在枝头，很显眼，一副很是炫耀的神情。一种火红的光泽，十分刺激人的眼珠。尤其是果实压枝，让枝头低垂的情景，真是让人感动。偶尔有挺着大肚子的孕妇，从树旁走过。很容易将那人那树一样看待，一样地给予了一份特别的尊重。

忽然，有一天早晨路过时，发现枝头的柿子少了一些。不是个数少了，是果实上有了些缺口，没有一个完好无损的果实了。正在纳闷时，两只早起的花喜鹊翩然而至，大大方方地栖落于柿子树枝上，树枝一时上下震颤不已。幸亏树枝下早被主人装上了支架，那可是为防止果实太沉压垮了树枝。没有那几个支架，指不定树枝就被果实压垮，喜鹊飞来无枝可栖了。

树上的柿子是怎么残缺的，根本不用想了，那肯定是鸟雀们的杰作。树上挂的吊牌，对人起了作用，对鸟雀们却不起任何作用。这也难怪，鸟雀们不识字啊。

柿子树的主人也只是对人采取了措施，并没有对鸟雀采取任何措施。或许，这甜美的柿子正是留给鸟雀们吃的吧。给鸟雀们吃了会有人们意想不到的好处，此后，世上的柿子树便会越来越多。

2017年3月4日写于合肥

有鸡有黍

前几天，有朋友电话相邀，去他的私人田庄一聚，吃顿农家饭。朋友说，他煮饭用自种的生态米，青菜在菜园里现摘，鱼在池塘里现捞，鸡在草地上现逮。如此清爽的农家饭，简单、方便，吃了还放心，怎不叫人向往？

放下电话，没想如何赴约，倒是想起了唐代诗人孟浩然的诗句："故人具鸡黍，邀我至田家。"依古人待客之道，有鸡有黍，便是好菜好饭，算规格很高。"鸡""黍"携手同时现身于文字中，孟浩然不算早，比他早得多的就有《论语·微子》："（丈人）止子路宿，杀鸡为黍而食之。"

时间越千年，人类饮食习惯却没有多大变化。用"鸡"类和"黍"类做成饭菜，仍是人们难以割舍的吃食。鸡，靠两条腿脚、一对翅膀，或走或飞，从《论语》时代，到唐代，再到今天，依旧是餐桌上的一道风景。黍，却不一样了，很多场合难得一见，让人感到遥远和陌生。

"黍"的确十分遥远。作为一种古老的农作物，它的身影在《诗经》里时常出现。《诗·魏风》有"无食我黍"，《诗·周颂》有"其镶伊黍"，《诗·王风·黍离》有"彼黍离离，彼稷之苗"。似乎《诗经》时代，就是黍的时代，黍无处不在，随处可见。可惜，予生也晚，与古老的黍失之交臂。无缘亲睹，黍从苗到穗，再到实的生长过程，自然对黍陌生。

身边不见黍，只好请教典籍。《说文》解释："黍，禾属而黏者也。"这个解释，差不多等于没说。黍之"禾属"，无须求解，读《诗经》《论语》或唐诗，早明白了。唯一收获是"黏"，知道了黍有黏性。黏性并非为黍独有，许多谷物都有黏性。对此，李时珍颇有研究，《本草纲目》说："盖稷之黏者为黍，粟之黏者为秫，粳之黏者为糯。今俗不知分别，通呼秫与黍为黄米矣。”可见，在李时珍时代，人们对黍已不称黍，将黍与秫通称为黄米。

说到黄米，不能再说遥远和陌生了。跟鸡一样，黄米至今还是餐桌上的一个角色。西北、东北皆产黄米。所谓黄米，原来就是黍的果实去壳后的籽粒。黄米好吃好用，除了直接煮粥做饭，还常用来酿酒和蒸糕，以其待客。

在陕北的一些地方，做黄米馍馍，是过年必不可少的项目。时近年关，人家便拿出一些当年收成的黄米，放在清水里浸泡约一天一夜后，在大石碾子上一遍一遍地碾成面糊。用棉纱布包裹草木灰吃干面糊里的水，面糊成面泥。加上老酵头，将面泥和匀，放在热汤的大炕上，用被子捂紧，使其发酵。经过一夜发酵，次日早晨，便可以吃上香喷喷的黄米馍馍了。

在北京，有一种小吃叫黄米面炸糕。主料自然是黄米面，辅料有豆馅，还有桂花糖。初出油锅的黄米面炸糕，颜色金黄惹眼，味道香甜可口。

东北人爱吃的黄米黏豆包，是用黄米面加红小豆，且以白糖、桂花酱作为调料做成。制作方法与做普通包子无异，无非和面、发酵、装馅，最后蒸煮。这种黄米黏豆包，比普通包子吃起来更香，更有劲道。

在山西南部、河南北部一些地方，流行一种农家自酿的土酒，是用黄米自然发酵酿成，名叫黄米酒。据说，此酒具有滋阴壮阳、养肝健脾、开胃消食之功效，是当地人养生保健、招待客人之佳品。

生为南人，属地不产黄米。所幸到过北方，东北、西北也都去过，亲见老乡侍弄黄米，也吃过黄米馍馍和黄米黏豆包。北京的黄米面炸糕，更是熟悉不过。由此，对于原本陌生的黄米，便不再陌生。只是，未曾尝试黄米酒。有机会去山西、河南时，一定记得尝一尝。诚如此，对于黄米便会有一个更全面的认识了。

由黄米想到黍，由黍又想到鸡。有鸡有黍，饭食丰盛。想起来了，朋友约定明天去农庄，将在那块乡野之地，“开轩面场圃，把酒话桑麻”。当然，也会好好品尝朋友“杀鸡为黍”之厨艺。

2017 年 3 月 10 日夜写于合肥

有面有鱼

第一次到淮南，是在十多年前的一个上午。

中饭由一位朋友做东。跟着朋友走进小饭馆，几人直奔餐桌旁边的小方桌，各霸一方，抓紧开战。那时候，还不兴掼蛋，各地都在打升级，也叫打“拖拉机”。一边在热火朝天打扑克，一边是东道主在精挑细选点菜。

估计菜点得差不多了，服务生问主顾，主食点什么？朋友反问，有什么主食？那服务生说，有米有面。朋友不假思索地说，好，有米有面，咱淮南人就喜欢有里有面。来一份米饭，一份面鱼。说完，朋友独自莞尔，笑得淡然。这位朋友做事利索，人却不温不火，斯斯文文。

打牌走神了。被朋友与服务生对话打了岔，开了个小差。想起淮南地理来，它位于淮河南岸，典型的不南不北，是南方的北方，也是北方的南方。淮南产水稻，更多产小麦。此地饮食习惯，可谓南北兼顾。吃米饭，也吃面食。待客时，无论客从何处来，有米有面，能满足客人不同的饮食要求。一顿饭，点了两样主食，量少样多也不至于浪费，宾主多了选择，皆大欢喜。淮南人说话脆朗，事也做得爽气，的确是有里有面。

真正让人走神的还不是“有里有面”这四个字，是“面鱼”那两个字。有里有面，一听了然，它来自“有米有面”的谐音。“面鱼”二字，则有些费解，难道饭食中“有面有鱼”？曾经吃过油炸的面粉裹鱼，竟然是它？小差先开到此，在心里以问号暂停，句号尚且无法画圆。

因为面鱼，小差一开，心难收拢。扑克牌打得心不在焉了，心里老想，那面鱼到底是什么样儿，什么时候才能上桌，一睹尊容。如此打牌，对家难免不悦。

凡事就该认真。打牌也不例外。原本需要两人配合，一人不认真，另外一位也就没劲了。这个不认真，可不能怪罪那个不认真的人，怪只怪那两个让人走神的字：面鱼。因为这两个字，扑克牌打得不认真，那顿饭吃得也不认真。那时尚且年轻，还能喝点酒。酒杯已摆好，酒也上桌子了，却制止东家开酒瓶，连说了几个“不喝”。嘴说不喝，倒是真心话，不是客套。心里想的是抓紧吃饭，早点见到面鱼。

在饭馆吃饭，得遵守人家的操作流程。想让主食跟菜一起上，一般很难。得先上菜品，且凉菜先上，热菜后上，一步不乱。除了凉菜，热菜必须现做，一道一道烧炒。至于主食，米饭和馒头可以事先备好，其他与菜一样，也得现做现上。餐桌上的玻璃圆盘，转了一圈又一圈，菜终于上齐了。尝过许多菜，觉得好吃，却没有记住那是些什么菜，心里想的，全是“面鱼”二字，只盼着面鱼早点上桌。

你急，面鱼不急。米饭到了，面鱼还没到。千呼万唤，大团圆时刻到了，所有饭菜上齐，面鱼最后登场，句号终于画圆。见到面鱼时，眼睛也瞪圆了。天啊，哪是有面有鱼，不就是一盆面疙瘩嘛！

东道主过来盛米饭。某人说，别，还是自己来。某人南人北相，爱吃面食。用小勺子在汤盆里舀了几勺子面鱼，装进碗里。一勺子里面有两三个指甲盖般大小的面疙瘩，放到碗里，面疙瘩不见了，小鱼一样，在汤水下面潜伏。

放下勺子，无由头地笑了。笑自己孤陋寡闻，思维狭隘。听说面鱼，便想到有面有鱼，怎不想到有面如鱼呢！同时，也笑这面鱼之名，叫得多好啊，形象、灵动，让一种普通的吃食，品位、形象得到了极大地提升。试想一下，如果它不叫面鱼，就直呼面疙瘩，那多无趣。恐怕，吃起来，也只是面疙瘩的味道，不是面鱼的味道了。

后来才知道，在淮南，关于面疙瘩的名字，有叫面鱼的，也有叫鱼子面的。面疙瘩稍大，是面鱼。面疙瘩细小，就叫鱼子面了。听说鱼子面时，不再犯傻了，不会联想到它是一种由鱼子和面粉一起做成的饭食。想到的是，面如鱼子，汤水里潜伏着许许多多、密密麻麻鱼子般的小疙瘩。

有幸做过几年淮南人。在淮南，时日一久，发现淮南饮食，不是好吃那么简单，舌尖上面是有文化的。这也是必然，淮南本是饮食文化的重要发祥地。其实，淮南饮食代表作不是面鱼，或者鱼子面，是豆腐。在淮南城西，有山曰八公。相传，当年淮南王刘安于八公山上炼丹时，卤水落入豆浆，无意中成就了豆腐。此后，天下人餐桌上便多出了一样美食。豆腐的故乡在淮南，淮南人自豪地说，天下豆腐淮南味道最美。

淮南面鱼味道也很美，终究抵不上淮南豆腐名声大。亦如八公山附近那几座小山，其实风景也美，却少有人提起，大概被八公山遮挡了吧。

2017 年 3 月 11 日写于合肥

萱草忘忧

最早遇见“萱草”，是学生时代，在“竹林七贤”领袖人物嵇康的文章里。嵇康《养生论》说：“合欢蠲忿，萱草忘忧，愚智所共知也。”

后来毕业，走进一所中学，身份从学生变成老师。给学生点名，发现班上有俩学生名里带“萱”，一个叫“怡萱”，一个叫“雅萱”，都是女生。先后点到两位女生姓名时，皆微微一笑。为她俩高兴，其父母一定拥有良好的文化素养，在别人争着用“春兰”“夏荷”“秋桂”“冬梅”为女孩子取名时，目光离开了身边的花，找到了一种让人“保持快乐”“忘记忧愁”的遥远的草。看女生名字，便知道她们有个良好的成长环境。

那时年轻，才二十岁出头。凡事习惯于“一是一，二是二”的固定思维，对萱草的认识，仅停留于萱草就是萱草的层面上。感觉萱草如仙草，不食人间烟火，距离自己很远。没想过，有朝一日在什么地方亲眼见一见真的萱草。

生活中见不着萱草，在书本上倒是有过不期而遇。《诗经·卫风·伯兮》说：“焉得谖草？言树之背。愿言思伯，使我心痗。”“谖”音同“萱”，意为“忘记”，便认定“谖草”就是“萱草”了。紧跟的后句，“言树之背”，“背”即“北堂”，易让人想起离今天相对较近的一本书——《红楼梦》。书中有这样的句子：“北堂有萱兮，何以忘忧？”至此方明白，萱草不仅是忘忧草，它还常常被用来借指母亲。

父母在，不远游，远游便是无奈。此为古信条。侍奉在母亲身边，人心安稳，不生离愁，甚至所有的忧愁都化为乌有。明白这道理，是读了古代诗人有关萱草的诗作。读过唐代诗人孟郊《游子吟》：“萱草生堂阶，游子行天涯。慈母倚堂门，不见萱草花。”也读过元朝诗人王冕《偶书》：“今朝风日好，堂前萱草花。持杯为母寿，所喜无喧哗。”依诗人意思，不能陪伴在母亲身边，就让萱草代替自己陪伴母亲吧，但愿萱草能让母亲忘掉思念游子之忧愁。诗中的萱草，还是没有让人走出萱草忘忧的境界。

读到李时珍《本草纲目》，才大吃一惊。李时珍说：“萱本作谖……吴人谓之疗愁。”吃惊的不是这句，读过《诗经》，已明白“萱”即是“谖”。“疗愁”也好理解，能“忘忧”自然也“疗愁”。吃惊的是李时珍另外一句轻描淡写之语：“今东人採其花跗乾而货之，名为黄花菜。”瞬间，真相大白，石破天惊。原来，被视为仙草的萱草竟是黄花菜。真不敢相信摆在眼前的事实，不敢相信有哪个名叫“萱”的女孩愿意被人称为“黄花菜”。没想到斯文高雅的萱草，曾经是《诗经》里的风景，也是历代文人墨客笔下重要的意象，实际上身份低微，不过寻常百姓家餐桌上的一碗小菜。

若早知道萱草即黄花菜，到嵇康《养生论》为止，不再期待在浩如烟海的古诗文中，与萱草狭路相逢，有《养生论》足够。常以黄花菜下饭，定是快活似神仙，养生效果极好，做个不老翁，跟彭祖好有一比，活他千儿八百岁。

此语非妄。吃黄花菜不难，吾乡有产。见过黄花菜，李时珍所谓“乾而货之”，长在地里的黄花菜，都见过。干黄花菜，似干豆角，不过个头没干豆角长。黄花菜在春天播种，生根，发芽，长叶，抽茎。茎直，细长。叶，形似茅草叶，略厚，表面有蜡质光泽。夏天开花，花蕾似金针，因此也叫金针菜。花开似百合，喇叭形，花管长，花色橘黄，故得名黄花菜。吃过黄花菜，不是偶尔吃，是经常吃。说实话，黄花菜味道不是很好。干黄花菜泡发不透，清洗不彻底，吃起来还有股酸味。

常吃，是惦记着黄花菜的好。好处多，据说它健脑抗衰老，降低血清胆固醇，还有晴热、利尿、除湿、健胃、明目、安神、止血、通乳、消肿等功能。难怪，黄花菜有多个别名，竟有别名就直接言明了它的功效，如健脑菜、安神菜。

众多别名中，有个别名尤为突出，让人惊讶，似乎过分夸张了黄花菜的某种功效，叫它宜男草。《太平御览》说：“妇人带宜男草，生儿。”真假，只有古人知道。信不信由己。

信李时珍《本草纲目》，萱草即黄花菜，黄花菜也“疗愁”。走了一圈，又回到原点，想起嵇康语，萱草忘忧。

2017 年 3 月 12 日写于合肥

有草如矛

读《诗经》，偶遇白茅："野有死麕，白茅包之。有女怀春，吉士诱之。林有朴樕，野有死鹿。白茅纯束，有女如玉。"

《诗经》中的白茅是一种草本植物，草叶修长，青翠柔韧。那个年轻的猎手，就地取材，将刚刚射中的獐鹿，用白茅包裹好，送给他在林中遇见让他一见倾心的女子，作为见面礼。远在《诗经》年代的白茅，其作用一点不亚于后来工业文明时代的红色丝绸。如今，凡贵重礼品，其包装物里，总少不了丝绸。丝绸象征美丽、高贵，让人心生爱慕。当年的白茅，大概也有此意吧。

最早接触白茅，并不在《诗经》里。《诗经》离得太远，《诗经》里的植物却近在身边。家乡山冈、河边的草地上，有一种野草名叫丝茅。它春天发芽，夏天开花，秋天结籽。阳春三月，丝茅草出芽。嫩芽孕育成一个细长的苞，芽头尖尖，如矛如针，也似豪猪身上的毛刺。地上长出了密密麻麻的丝茅草芽，如千千万万枚针矛扎地。因此，这种草芽儿在许多地方叫作茅针。家乡的语言比较独特，描摹事物往往富有动感效果，叫这种如针矛扎地的草芽儿为"茅扎"。

嫩"茅扎"可吃。儿时，"抽茅扎"是馋嘴小伙伴们的一桩快事。到山冈上去，到河边的草地上去，将那些似针矛扎地的草芽儿一根根抽拔起来。每抽拔一根，都能听见一声"唧哟"。那种很清脆的声音，给人带来一股清爽的甜味。吃过"茅扎"的小馋猫们，一辈子不会忘记那种味道。剥开"茅扎"一半鹅黄一半淡绿的外衣，便会露出一根细长的洁白、湿润、柔软的内瓤来。吃的就是内瓤，它除了清爽的甜味，还有一点儿面，嚼起来有劲道。

想当年，春天到了，天气一暖，那伙小馋猫们，早早地盯上了房前屋后的草地，盼着那些如针如矛的草芽儿快快冒尖。

进入夏天，丝茅草便会开花。花白色，似絮似绒，细如小狗的尾巴。其实，它就是小馋猫们最爱吃的嫩“茅扎”白色内瓤。“茅扎”一“老”，那件外衣就会由里到外渐渐鼓胀起来，胀到一定程度，原先裹紧的包衣会裂开一条缝，“茅扎”内瓤即从裂缝里冒出来；遇见了阳光，接触到空气的内瓤，情绪振奋，使劲地伸展身躯，让自己最大限度地暴露在阳光下、空气中；最终，将自己舒展成一束蓬松的荻状绒花。

有花就有实。“茅扎”开花，必然结籽，否则，它凭什么繁衍后代呢？“茅扎”的籽粒很小，小到用肉眼不容易看清，隐藏在绒花之中。风一吹，花绒携带着细小的籽粒，轻轻松松地离开了母体，随风起舞，飘落到或远或近的地方去生根发芽。

感谢李时珍。若无李时珍，人们对于诸多植物的认知，可能还会在懵懂中摸索。老人家做了大量的功课，对草木的习性特点弄得清楚明白，给后来人以极大的便利。李时珍说：“白茅三四月间开白花成穗，结细实。其根甚长，白软如筋而有节，味甘，俗呼丝茅，可以苫盖，及供祭祀苞苴之用。”读了李时珍的这段话，对于白茅立刻亲近了许多。白茅并不高贵，也不遥远，身边寻常可见。当年那帮小馋猫们于其上“抽茅扎”的丝茅草，其实就是白茅。

丝茅草性喜沙地，少见生于泥地。记得儿时“抽茅扎”的经历：有时性急，用力过猛，会将整棵丝茅草连根拔起。抖落根部沙土，细细长长、约半寸一节的白色丝茅草根，便呈现在眼前。放在水里一摆，泥沙全无，干干净净。逢节处两个指甲一掐，“嘎嘣” 响断下 截来。送进嘴里，细细地嚼，吞尽汁水，吐出残渣。汁水味甜，比茅扎内瓤更甜。那是清爽的淡甜，这是浓厚的深甜。丝茅草根的味道，印证了李时珍于几百年前对于白茅的文字记载，味甘。

《本草纲目》曰：“治吐血不止，白茅根一握，水煎服之。”吐血不止那还得了，岂不性命堪忧！幸好，世间有白茅在，李时珍慧眼识妙药，以白茅治吐血。没想到，这种味道甘甜的草根，竟是一味救人性命的良药。

读《诗经》，遇草木。追根求源，草木们由远及近，近在眼前。世间万千草木，皆有其独到之用。此后，断不敢轻视一草一木。

2017 年 3 月 26 日写于合肥

萝卜亦菲

假装文艺范，提着菜篮子到菜市场买菜。站在一堆粗大的白萝卜跟前，说要买 2 斤菲菲。人家不大白一眼才怪呢，卖菜的摊贩定会觉得站在他面前的那个人脑子有毛病。

菲菲该是女孩名字吧，一个带有浓郁花香的名字。要找菲菲，去学校幼儿园吧，或者去婚姻介绍所，跑到菜市场找卖菜的小摊贩要菲菲，岂不遭人白眼？卖菜的人，实际得很，不会想入非非。眼前只有蔬菜，没有菲菲。

萝卜青菜，各有所爱。喜爱萝卜者众多，虽然它极其平常，甚至低贱。萝卜对生存环境要求不高，南北方皆宜种萝卜。淮河以南的萝卜秋种冬收，一般不在田地里过冬。在南方，萝卜到了春天就会显老。萝卜老的标志是空心，原本结实水润的萝卜内瓤，变成干枯蓬松的絮状物。在吾乡，有句俗语叫“空心萝卜”，意说人上了岁数，身体不再结实，没啥用了。多为自谦之语，也有用于调侃。的确，萝卜一旦空了心便不好吃，不能再做菜，只能作为饲料去喂猪。

出身低微的萝卜，在众多的菜蔬里，却算得上一样好菜。萝卜的好，好在味道上。新鲜的萝卜，香脆、多汁、味甜，怎么做都是一碗好菜。前段时间，从书上读到了古代两位文人雅士、美食家有关萝卜的文字。一位是明末清初的李笠翁，他在《闲情偶寄》里说：“生萝卜切丝作小菜，伴以醋及他物，用之下粥最宜。”一位是清代的袁子才，他的《随园食单》里专门列举了萝卜：“萝卜取肥大者，酱一二日即吃，甜脆可爱。有侯尼能制为鲞，煎片如蝴蝶，长至丈许，连翩不断，亦一奇也。承恩寺有卖者，有醋为之，以陈为妙。”这等有闲情雅致的文人，爱吃且会吃，吃出了常人不可言表的味道和情趣。

萝卜的好，除了味美，还有色美，给人美好的视觉享受，滋养人眼球。最常见的是白萝卜，一切两开，汁水汪亮，洁白如玉。偶尔也见青皮萝卜和红皮萝卜，其内瓤比外表更好看。刀切面上，白里透绿，白里隐红，质地极似玛瑙。胡萝卜表里如一，通体粉红，横着切断，可见类似树木年轮的圆圈，有点像眼睛。据说多吃胡萝卜对眼睛有益，估计其中少不了有“吃啥补啥”的理念在。把不同颜色的萝卜切成丁块，放在一起，做成凉拌菜，那颜色真可谓五彩缤纷了。这道菜很容易让人想起，多年以前那位幽默风趣的老太太和那个儿子般的年轻人表演的小品，年轻人开饭店，以五颜六色的萝卜糊弄食客，美其名曰：“群英荟萃”。老人家性直不阿，不与同流，一针见血地指出那是“萝卜开会”。

好吃好看，还不是萝卜的最好。萝卜最大的好处，是它的养生功能，它有益于人身体健康。关于萝卜，民间有许许多多谚语。“萝卜上市，医生没事”，“萝卜进城，医生关门”，“冬吃萝卜夏吃姜，不用大夫开药方”，“吃着萝卜喝着茶，气得大夫满街爬”，诸如此类，不胜枚举。元代有位诗人，为赞美萝卜写下了如此诗句：“熟食甘似芋，生吃脆如梨。老病消凝滞，奇功真品题。”在这位诗人眼里，萝卜生、熟都好吃，还能防治小毛病。明代著名医学家李时珍对萝卜极力推崇，主张每餐必食，他在《本草纲目》中说萝卜：“大下气、消谷和中、去邪热气。”

除了萝卜本身，萝卜的籽实也有药效。小的时候，因为消化不良，没少喝味道很苦的焦茶。那焦茶便是用萝卜的籽实老火炒制而成，最能消解腹胀。

萝卜的好，人尽皆知。置身俗世沾满人间烟火味的萝卜，却有一个不俗的别名，尚不广为人知。别名很文雅，叫菲，与芳为邻，人称芳菲，或者一字叠用，叫菲菲，皆为美好的字眼。

不信？萝卜不配以“菲”为名？那就该去请教《诗经》了。在《诗经·风·邶风·谷风》中，会读到这样的诗句：“采葑采菲，无以下体？”诗中的“菲”，便是萝卜之类的草本植物。

看来，年代久远的《诗经》，不能不读。否则，某些美好的植物之名会被遗忘。读《诗经》，不只是读书人的事情，贩夫走卒也该读。不然，人要“菲菲”，他只得翻白眼了。

2017 年 4 月 15 日写于合肥

春日食笋

靠山吃山，靠水吃水。家乡近山，是大别山的余脉。乡人吃食，自然少不了来自山野的馈赠。

春日里，人家的餐桌上有一道菜特别诱人，笋片炒腊肉。这菜好吃又好看。好吃源于竹笋的鲜，加上腊肉的香。好看在于颜色搭配。笋片乳白如玉，腊肉油亮微黄，再佐以青色的蒜叶，端上桌子很是惹眼。不闻其味，仅察其色，便想夹取一筷子送入口中，先尝为快。

春日食笋，并非吾乡人独享的口福。南方诸地，只要有竹的地方，人们都会食笋。古来如此。明末清初文学家李渔，同时也是美食家，他对吃食大有研究，他在《闲情偶寄》里谈到了食笋。笠翁老先生很是幽默，他由东坡的诗说到竹笋烧肉。东坡诗曰："宁可食无肉，不可居无竹。无肉令人瘦，无竹令人俗。"看似东坡必须于二者中选其一，笠翁替东坡出了个主意，把竹和肉结合在一起，便做到了食也有肉、居也有竹，不瘦也不俗，不用再做艰难选择了。二者结合的办法，是用竹笋烧肉。这主意不错，或许东坡早已明白。东坡可不是书呆子，他是伟大的诗人、文学家，同时也是杰出的美食家。当年，他在黄州发明的"东坡肉"，带给了后来人长达千年的口福，至今仍被世人津津乐道，爱吃不舍。

说到竹和肉的结合，有必要郑重强调，这竹，可不是一般的竹，它只能是竹的雏形——竹笋。古人对竹笋有诸多别称。《尔雅》称之为"竹萌"，《笋谱》称之为"竹芽"，《说文》称之为"竹胎"。无论哪种说法，笋皆为竹的生命起始阶段。关于竹笋，明朝李时珍有过研究，他说："笋，从竹、从旬，谐声也。""从竹"，很好理解，一眼便能看出"笋"字是"竹"字头。

"从旬"，却有些令人费解了，至少从字面上找不到答案。李时珍借用了北宋名臣陆佃的话细作解释："旬内为笋，旬外为竹，故字从旬。今谓竹为妒母草，谓竹生旬有六日而齐母也。"如此一说，便让人明白了。竹笋出土十日以内还算笋子，十日以外就算竹子了。笋子出土半个月后，新竹便与老竹一般高了。成年的新竹，多般高过老竹。看来，用以烧肉的竹笋，必须是出土十日之内的竹笋。否则，那就不是竹笋烧肉，就会变成竹子烧肉了。

至此，想起早年读过的一则寓言，记不清是哪朝哪代的事了。相传有个北方人，他去南方的吴国办事。吴国人客气，热情招待了他。请他吃饭，专门烧了个南方特色的竹笋汤。那位北方人不认识竹笋，问："这是什么汤啊？怎么这么鲜美？"吴国人回答说："这是竹笋汤，是用最嫩的竹子做的。"北方人回家后，想起了刚刚吃过的味道鲜美的竹笋汤，想让家人分享他幸遇美食的快乐。他对家人说："我今天烧个好汤给你们尝尝。"说过，他便把垫在床上的竹席掀开，选了几根柔软的竹篾，将其折断，然后放到锅里烹煮。他煮啊煮啊，加了好几次水，可竹篾就是煮不烂。他尝了尝汤，除了涩口，别无滋味，根本没有在吴国尝到的那种味美。这个北方人叹了口气说："想不到那个吴国人，竟会这样骗我。"其实，吴国人并没有骗这个北方人，只怪这个北方人自己粗心，遇事不求甚解，把竹笋当成了竹子，不能区分竹子成年与未成年。

当然，这样的故事也只能发生在信息闭塞、人类孤陋寡闻的古代。如今，北方不产竹笋，人们照样可以吃到竹笋。想吃新鲜的，有冷藏保鲜竹笋。脱水的笋干，更是随处可买，价格也不贵，想到便能办到。这个寓言于今人来说，只是一个蹩脚的笑话，说了人也不会笑，谁都不会相信有人竟然傻到那种程度。

在吾乡，人们食笋是有讲究的，大多爱吃冬笋，不怎么吃春笋。原因有二：一是春笋远不及冬笋好吃，出土以后的竹笋，怎么吃都有些涩口。冬笋是不露出地面的，它深埋在地里，只有内行人才知道哪儿藏有冬笋，下手一拿一个准。再一个是春笋的成材率高，吃一枚笋子便少了一棵竹子，心疼着呢。不像冬笋，有些原本就不能成材，甚至都出不了土面，懂行的人一看便清楚。这样的冬笋，不吃便亏了。

果真要吃春笋，那也不是随随便便挖起来吃，会提前做好准备。正如胡兰成笔下的胡村人那样，用一口瓦缸将一棵即将出土的笋子罩住，让笋子出土以后不见阳光，甚至连空气也不流通。那笋子从土里面冒出来，会在瓦缸里如蟒蛇一般扭曲盘旋，直至装满瓦缸，把瓦缸冲翻。当然，不会真的让笋子冲翻瓦缸。真冲翻了瓦缸，阳光一照，暖风一吹，那里面的笋子便老了，不再好吃。用瓦缸罩住，目的就是让春笋能像埋在地下的冬笋一样鲜嫩。

吾乡人与胡兰成说的胡村人还是有差别的。在吾乡，用来罩住即将出土的春笋往往是一口不大的水缸，胡兰成说的是酒瓮。一酒一水，贵贱自明。大概是由于胡兰成生于富庶之乡吧，说起用以罩住春笋的瓦缸，都有些富贵气。其实，按照胡兰成自己的说法，他出身贫寒。

2017 年 4 月 29 日写于合肥

不尴不尬

人生难免遇尴尬。

尴尬临头，总归难受。轻者面红耳赤，甚者让人无地自容，恨不得找个地缝钻进去。

也不尽然。尴尬落在某些人头上，根本不是尴尬，只似一缕微风轻轻掠过树梢，引起枝叶须臾的颤动。风一过，树便安静如初。

遇见尴尬场面，别人或者自己，多了便没有记忆。倒是在书中读到某些尴尬场面，印象深刻，最难忘的有两次。

一次，是在黄永玉的书中。黄永玉在一篇回忆画家李苦禅的文章里，讲了这样一个故事。民国年间，青年黄永玉与人到中年的大画家李苦禅因为艺术而交好。黄永玉时常去李苦禅家里，找李苦禅切磋画艺，有时也找李苦禅玩儿。李家的大门对黄永玉是敞开的，黄永玉说来就来了。某天，黄永玉不知遇上了什么高兴事，一溜烟跑到了李家，想在第一时间告诉李苦禅，让朋友分享他的快乐。孰知到了李家却不见李苦禅。李家开着门，不见有人，黄永玉便在院内四处寻找。当他掀开一间耳房的门帘时，尴尬顿时发生了。屋内有人，黄永玉朦朦胧胧看到了一个赤裸的身影，好像还是个女人。黄永玉差点吓破了胆。愣了片刻，转身就逃，跑得飞快，好像身后有只猛虎在追赶他似的，跑慢了会立刻毙命。

原来，李苦禅的老母亲在屋内洗澡。李老太太见门帘被人挑开，一股亮光涌进屋内，顿时很吃一惊。待她看清楚了门外那张熟悉的面孔，老人家立刻明白了是怎么回事，好个“莽撞鬼”！在黄永玉落荒而逃的背后，李老太太扑哧一笑，朝着门外大声叫喊：“想喝奶？来吧！”

初读黄永玉讲述的这段故事，对李老太太颇有微词，怨老人家不够自重，有轻薄之嫌。后来细想，还真不是这么回事。李老太太在那场重大尴尬面前做出的反应，一“笑”一“喊”，看来简单，实则不易。透过这个简单的反应，可以看出老人家的仁厚和智慧，足以相信这老太太是个大仁大智之人。

说实话，当时的场面，如果不是李老太太，换作另外一位妇人，尤其是年轻妇人，或许，她的反应会十分激烈，用“山崩地裂”来形容都不为过。诚如此，黄永玉此后就该断了李家这条路，再也无脸踏进李家大门了。幸亏遇见的是李老太太，老人家一句幽默话，既为自己轻松解嘲，又给黄永玉彻底解压。把一件足以“上纲上线”的大事化小化了，化暴风骤雨为和风细雨了。

另外一次，是在吴祖光的笔下。吴祖光在《写了四百万字的新凤霞》一文中，回忆了他和妻子新凤霞在家里遇见的一件趣事。20 世纪 50 年代初期，吴祖光和新凤霞新婚之后住在北京东单栖凤楼。一天，小两口在家里请客。客人大多是前辈艺术家，有齐白石、欧阳予倩、梅兰芳、程砚秋、洪深。也有比较年轻一些的，如陈白尘、于伶、盛家伦、袁水拍、黄苗子和郁风。客人到齐，大家坐定，准备开饭。此时，出现了一个小小插曲，白石老人的目光不看餐桌，一直盯着新凤霞看。新凤霞倒是落落大方，若无其事。座中有人窃笑，白石老人丝毫不察觉。坐在白石老人身边的伍大姐忍不住了，轻轻推了白石老人一下，低声说：“不要老看人家，不好……”这下子，白石老人不愿意了，他很生气地说：“她生得好看，我就要看！”眼看着场面出现尴尬，新凤霞走前一步，站在白石老人面前说：“我是唱戏的，就是叫人看的。您只管看吧。”

瞬间，云开雾散，阳光明媚。满屋子一片欢笑。黄苗子的夫人郁风趁机打趣说：“老先生这么喜欢新凤霞，收她做干女儿吧。”不等白石老人做出肯定或者否定的反应，乖巧的新凤霞立刻作起了小女儿状，亲热地叫了一声：“干爹！”而后十分虔诚地跪下去给白石老人磕了个响头……

关键时刻新凤霞表现出来的“乖巧”，绝非一个“乖”字加一个“巧”字那么简单，“乖巧”源于心胸和识见。白石老人是举世闻名的美术大师，艺术家的目光盯在“美”的身上，当是一件十分正常的事情。对美无动于衷，那就不是艺术家了。新凤霞明白这个道理，她才放下身段，甚至不惜牺牲尊严，照顾到了一位长者、一位艺术大师的情面，营造了一个欢喜和谐的场面。

活在尘世，尴尬之事时有发生。谁都希望能够轻轻松松、不露声色地化解尴尬，却不一定人人都能做到。先天造化不够，唯有后天修炼弥补了。读书，或许是最简单有效的修炼。

2017 年 4 月 30 日写于合肥

羊大为美

好久不看电视了。早晨上班，坐在公交车上，一抬头正好面对车顶悬挂的移动电视。一幅电视画面吸引了眼球，情不自禁地看了一次电视。

这幅电视画面，不是美人图，也不是养眼的风景。它是一个故事，一个养心的故事。画面显示，一辆大货车停在路上，一只瘦高体弱的老羊，立在车前，羊头紧抵住车头。看那架势，一定是大货车侵犯了老羊，蚍蜉撼树，老羊也要与大货车拼命！

原来，画面之外还真是有个动人的故事。电视主持人告诉观众：一只老羊带着一只小羊，在路边吃草。小羊是“初生之犊不怕虎”，更不知道在公路上奔跑的汽车，比老虎还要可怕。吃饱了青草，小羊悠闲自在地在路上溜达，见到了路上奔跑的长着两只“大眼睛”的巨大怪物，小羊只觉得很好玩，一点都不害怕，根本不知道避让。于是，悲剧发生了。那个巨大的“怪物”，见小羊不愿意避让它，它才开始避让小羊。无奈，那时已晚，避让不及，小羊殒命车轮之下。“怪物”还算厚道，事发时四周无人，仅有两只羊，一只在路边啃草的老羊，还有车轮下那只倒霉的小羊。“怪物”在路上停了下来，它完全可以溜之大吉。待老羊发现小羊已倒在车轮下的一摊血泊中，老羊疯掉了，飞也似的从路边跑过来。老羊先是在车底下，嗅闻血泊中的小羊，似乎发现了什么。它立即转身来到车前，以自己的脑袋死死地抵住那个巨大的“怪物”。

看了这幅画面，听完这个故事，心里突起一阵强烈的震颤，脑海里浮现出“羊大为美”四个大字，被这只瘦高的老羊因爱而生的大勇大敢深深感动。

关于羊的典故，以前知道不少，记得最清楚的有两个。

一个是羔羊跪乳。《春秋繁露》曰：“羔食于其母，必跪而受之，类知礼者。”羔羊似乎懂得母亲的艰辛不易，所以心怀感恩，到了吃奶的时候，必须跪在地上。很久以前，人类就从羊的身上发现了“至孝”和“知礼”的美德，羔羊跪乳遂成为训诫，代代流传，至今仍在。

另一个是五羊衔谷。《广州通志》载：“广州府五仙观。初有五仙人，皆持谷穗，一茎六出，乘五羊而至。仙人衣服，与羊同色，五羊俱五色，如五方。既遗穗与广人，仙忽飞升而去。羊留，化为石，广人因即其地祠之。”这是一个美好的传说。五位仙人送给广州人民优良稻种，加上广州地区具有阳光充足、气候温和、雨量充沛的良好的自然条件，使得广州地区连年粮食大丰收，广州也就成了岭南最富庶的地方。如今的广州，有好几个别名，“羊城”“穗城”“五羊城”，都是因为五羊衔谷的故事而来。故事里的羊，已是赐福人类的神仙。

羊是一种温顺的动物。羊因其性情温顺，曾被赋予特殊含义。《三字经》的开篇曰：“人之初，性本善”，表面看来与羊无关，实际上，话语当中还是看得见“羊”的影子。其中的“善”字与“羊”有关，表明古代统治者冀望人性如羊，便于管理。不仅“善”中有“羊”，与“善”为伴如影随形的另外一个字，“美”，其中也有“羊”。《说文》说：“美，从大从羊。”望文生义地理解：“羊大为美”，似乎也有道理。古人心目中的“羊”，多半被引申为帝王之外的黎民百姓，而“大”恰好是帝王的象征，帝国版图辽阔如海，实在是“大”。古代帝王们也深知，光有“大”不行，还得有“羊”，有“羊”有“大”，那才叫完美。老子《道德经》云：“治大国若烹小鲜”，“鲜”字也挺有意思。据说，将鱼和羊一起烹煮，味道最好，既无鱼的腥味，又无羊的膻味，确是一种难得的美味。读《道德经》就会明白，帝王们气度非凡，举重若轻，把治国视为烹调。由“鲜”想到“美”，便明白“美”的含义丰富，除了治理国家，还有味道甘美。所以，《说文》对“美”解释为：“美，甘也。”

早晨，电视上的那幅有关羊的画面，尤其是画面背后那个有关羊的故事，彻底颠覆了早已形成的对“羊”、对“美”的认识和理解。羊，可不是那种逆来顺受任人宰割的温顺之物，为了爱，羊可以豁出一切，与面前强大的险恶势力拼命对抗。这是什么？这才是真正的大美，是羊身上体现出来的一个格外的“大”！

从车头那只瘦高体弱的老羊身上，明明白白地看到了四个大字，“羊大为美”！

2017 年 5 月 6 日写于合肥

孔庙访桧

写下这个题目，心生一份担忧。桧，也值得一访？“桧”与“秦”联袂之后，一直为人不齿。清乾隆时状元秦大士到西湖瞻拜岳坟时，曾题写这样一副对联：“人从宋后无名桧，我到坟前愧姓秦。”可见，对于“桧”，世人有多忌讳。

不过，此“桧”非彼“桧”，同字不同音，更不同义。不是人名，无关秦桧，它只是一种树名。

一个偶然机会，到了山东曲阜。未抵曲阜，先想起拜谒孔庙。去孔庙前，忽记起明人张岱的《陶庵梦忆》。书中写到孔庙，一篇《孔庙桧》专述孔庙里一棵桧树。此去孔庙便多出一份记挂，除朝拜圣贤，还想寻访当年孔子亲手种植的那棵桧树，顺便检验一下古人文字的可信度。

张岱《孔庙桧》曰：“进仪门，看孔子手植桧。桧历周、秦、汉、晋几千年，至晋怀帝永嘉三年而枯。枯三百有九年，子孙守之不毁，至隋恭帝义宁元年复生。生五十一年，至唐高宗乾封三年再枯。枯三百七十有四年，至宋仁宗康定元年再荣。至金宣宗贞祐三年罹于兵火，枝叶俱焚，仅存其干，高二丈有奇。后八十一年，元世祖三十一年再发。至洪武二十二年己巳，发数枝，蓊郁；后十余年又落。摩其干，滑泽坚润，纹皆左纽，叩之作金石声。”

一棵树枯了几百年，竟能再荣，荣了又枯，枯了又荣，存续了两千多年，直到张岱眼前。他摸树干光滑，看树皮纹理，听叩击树干的清脆之音。张岱的文字，将这棵树的前世今生记述得十分详备，让人觉得这棵桧树实在太神奇了，甚至不敢信以为真。有机会去孔庙，自然想寻那棵树。

到了孔庙，真的见到了那棵树。一进门，最先入眼的是庭院里许许多多形态各异的森森古木。它们好似一本本厚重的历史书册，沧桑的岁月充实了书的内容，使得每棵树皆有看头。古木太多，随便哪棵都有千儿八百的树龄。到底哪棵古树才是孔子亲手种植的呢？问孔庙解说员，那姑娘说，别急，马上会看到。听她如此作答，心倒定了下来。看来张岱未作戏言，那棵树的确存在，至今尚能见到。

果然，再进一道门，到孔庙主体院落大成门内，一树高挺，耸然在目。树东有一碑，书“先师手植桧”朱红大字。解说员说，这就是孔子亲手栽的那棵桧树。相传，孔子共植桧树三株，因年代久远，另两株早已枯死，此株大难不死，几经荣枯，巍然独存。不过，四十年前，它差点灰飞烟灭。孔庙工作人员的一句话，救了这棵千年古树的老命。解说员如此一说，游人访客目光全落在她脸上，期待她说出当年工作人员那句救了树命的话。

原来，当年一群红卫兵小将气势汹汹地闯进孔庙，开始了臭名昭著的打砸抢。所到之处大破“四旧”，见到旧物，如有杀父之仇，欲将其毁灭而后快。那棵古树自在“四旧”之列，只是小将们运用惯常方式，一时奈何古树不得。想破坏，办法总是有的。一小将提议，干脆一把火烧了这老朽。话音未落，那位被打翻在地还被踏上一只脚的孔庙工作人员挣扎着说，绝不能烧！它不是孔子亲手所栽，它是一棵新生树！

听说新生，小将们突然手软。新生一词，在当时可是常用于小将们这类人物啊，他们才是那个年代的新生力量。面前这棵树生发于朽木之本，却不属朽木，属新生一派，跟自己算是一伙吧。由于无知之中那一点点源于自私的敬畏，孔庙里这棵桧树，还有它许许多多同伴，终于幸存。的确，无知还不可怕，可怕的是没有敬畏。

目光从高高的树梢上游移下来，顺着树干，到达树根裸露的地面。最后，停留在树东边那块石碑上，盯住了碑文中最底下那个字，“先师手植桧”的“桧”。原先，对桧的树名是陌生的，不知桧为何树。眼前这棵树倒不陌生，它是极寻常的一种柏树，圆柏。也叫香柏，因为它的灵魂有香气。至此，方知桧树即柏树。下次再说孔子手植树，不说那是一棵桧树，就说是一棵柏树吧。以“桧”名树，生僻，容易犯讳，招人反感。

站在古树下，想起了张岱《孔庙桧》。文章说：“孔氏子孙恒视其荣枯，以占世运焉。”这棵柏树，可谓孔氏家族命运的象征。其实，它又何尝不是这个曾经多灾多难、枯而又荣的古老民族命运之象征！

2017 年 5 月 30 日写于合肥

艾便是爱

很早认识艾，那是一种灵魂有香气的植物。

先在地上认识艾，而后，又在书本上邂逅。

在土地上认识艾的时候，尚且年幼，才是五六岁的蒙童。家里不大的菜园里，专辟出一小块地，用于种植那种散发着奇特药香味的蒿草。它的外形有点像麻，有高高直直的茎，也有浅绿灰白的叶，叶子上面同样布满了白色的绒毛。看起来，叶面很粗糙，不似别的叶面光洁滑亮。只是它个头没有麻高，才证明它不是麻。最初以为它是一种蔬菜，有香气的菜蔬也不少见嘛，芹菜，还有茼蒿，都有香气，还都好吃。这块地由祖母亲手种作，便问祖母，那种有香气的蒿草叫什么？祖母说，叫艾。艾能吃吗？祖母嗔怨道，馋嘴的猫，就知道吃，它的用处比吃强多了，能保人平安吉祥。又问祖母，为什么能保人平安吉祥？祖母瞪着眼道，孬子孬问！等你长大了、娶了媳妇生了娃，自然明白。祖母说得有些神秘，瞪眼却不威严，两只眼窝子里分明流淌着慈祥的爱意。

听祖母这么一说，知道了艾与生育有关，但还不甚了了，只信祖母不会乱说。祖母年尊，与村子里同龄的老妇人有点不同，她多一个角色。祖母是个接生婆，村子里许多人家上、下两代人的生命，都是经祖母双手捧到世上来的。多次见祖母逗村子里那些个半懂事半不懂事的娃娃，问娃娃："可知道，你呱呱坠地，睁开眼睛看见的第一个人是谁?"娃娃回答说："当然是我妈。"祖母摇摇头说："不对，你最先看到的人是我。"娃娃一脸茫然，一溜烟跑回家问他母亲，他母亲说："对呀，你最先见到的人就是那位老奶奶。"

祖母的话留了一半没说，后来通过自己观察，竟也知晓。祖母出诊，上门给人接生，除了让人替她拎着那只由政府配发令她骄傲的医用皮箱，总不忘递给人一束晒干了的香艾。请祖母接生的人，回去时一手拎着医用皮箱，一手拿着香艾，似乎告诉人，香艾是药，只因皮箱里装不下，才另手拿着。而且，这药拿回去，非别人用，为产妇专用。常听祖母慨叹，女人生产真是可怜，差不多到鬼门关走了一遭。所以，祖母去接生总是给人带上一束香艾。这可能就是祖母所说的，艾能保人平安吉祥吧。无意中曾听祖母嘱咐人家艾的用法，将艾与凉水一起下锅烧开，煮上几滚，煮出艾的浓香味，然后给产妇熏蒸沐浴。

关于艾，最初的了解，仅限于祖母的说法，只知其然不知其所以然。凭一个孩子的见识，以为艾只是本地“土产”“土用”。差不多在十年后，上中学时期，读《诗经》，在《王风·采葛》中读到：“采彼艾兮，一日不见，如三岁兮！”这才知道，艾并非名不见经传的土俗之物，古书上早有记载。

查阅典籍，艾作为药物，用于治病防病，可谓历史悠久，迄今已有2000多年。现存最早的一部方书——战国时期《五十二病方》记载了艾的疗效与用法，以后历代本草均有记载。艾非吾乡特产，许多地方都产艾，尤以蕲州（今湖北蕲春）艾最佳。在湖北蕲春，至今还流传着“家有三年艾，郎中不用来”的谚语。这句民谚，源头在于孟子吧。孟子曾说过：“七年之病，求三年之艾。”可见，艾的药用价值，被人发现和利用该有多早了。

再到后来，还注意到艾的用途远不止药物。在吾乡，有“端午插艾”的习俗。端午节那天，乡人早早割一束新鲜的香艾，分成两半，交叉分插于门楣两端。据说，如此可以驱鬼辟邪。不容你不信，一些古代经史书籍上竟有白纸黑字的记述：端午节，许多地方都有“悬艾人、戴艾虎、饮艾酒、食艾糕、熏艾烟、洗艾浴”等习俗，甚至有的地方，端午节名字都与艾相关，直接叫“艾节”。

其实，端午时恰逢寒暑气交互转换，蚊虫苍蝇滋生，细菌病毒繁殖，人在此时最易生病。古人缺乏科学观念，误以为人的一切灾害皆因鬼邪作祟所致，所以古人称五月为“恶月”或者“百毒月”，端午日曾被视为“恶日”。

有恶便有善，善终归战胜恶。有“恶月”“恶日”存在，浑身散发着香气的艾，便以人类保护神的形象挺身而出，保人健康平安，让人吉祥如意。

人多喜艾，因为艾多善意。可能，也因艾音好听，艾便是爱。可否这样认为，地生艾，便是对于人类的关爱？

2017年6月25日写于合肥

最爱菡萏

莲是一种人见人爱的美物。凡夫俗子难以免俗，人爱亦爱。同样是爱，却有不同。

于莲之爱，先是爱了莲的根茎——藕。爱藕，爱的是实惠。藕是美食，生吃又脆又甜，熟吃又甜又绵。藕还是一味好吃的良药，南朝梁人陶弘景《名医别录》曰：生藕性寒，能生津凉血；熟藕性温，能补脾益血。生食熟食，于人有益。

虚实相生，有实即有虚。藕之虚，虚得实在，腹有洞天，实实在在的虚心者。不仅虚心，而且有节。见过藕的人，不会忽略藕身上那个与众不同的细节。藕如竹，亦有节。虚心有节之外，还有一样不容忽视——“情思连绵”，正所谓“藕断丝连”。当然，亦有例外，庐州包河藕，据说无丝。生在包门，自然秉持了包氏家风。那黑脸包龙图最让人敬佩亦最令人丧胆的，正是他铁面无私。

虚虚实实，总有许多可爱之处，无怪乎藕令人生爱。有爱藕心切者，对莲花不称莲花，亦不称荷花，干脆直呼藕花。宋代才女李清照便如此，《漱玉词·如梦令》云：“兴尽晚回舟，误入藕花深处。”“藕花”之称，恰到好处。若将句中“藕花”换成“莲花”或者“荷花”，还有原来的韵味吗？

爱莲，除却爱莲之根茎——藕，便是爱了莲之叶。说到叶子，更习惯于叫它荷叶。夏天，到荷塘看荷叶，真是一件赏心悦目事。荷叶原先在水下，只是一根从淤泥里生发出来的茎，一根努力向上的茎。茎的顶端是芽，冒出水面之后，芽才渐渐舒展开来，形成一片浅锅形的叶子。长长的茎将叶面高高举起，很像顽皮的孩子撑开一把绿阳伞，用力过猛，撑过头了，令伞仰面朝上。原本并不密集的茎芽，长成荷叶，便变得挤挤挨挨。荷叶块头大，片片相连，将荷塘水面罩个严严实实，放眼望去，一派“田田”的样子。近观一片荷叶，常见叶心有一颗颤动的水珠。原来，荷叶正面有一层厚厚的蜡质，它不沾水。雨点或者露水洒在上面，会形成一颗晶亮的水珠，在叶面低洼处，伴随着荷叶摇晃而震颤滚动。

人爱荷叶，历来各有爱法。汉乐府《江南》云：“江南可采莲，莲叶何田田，鱼戏莲叶间。”民国年间，朱自清在清华园夜不能寐，便去看荷塘月色：“曲曲折折的荷塘上面，弥望的是田田的叶子。叶子出水很高，像亭亭的舞女的裙。”

少时喜爱荷叶，一心想做叶窝里那颗晶莹剔透的露珠。荷叶是露珠的母亲，荷叶的手掌将露珠高高捧起。露珠当然明白，它就是荷叶的掌上明珠。壮年时亦爱荷叶，将自己想象成荷叶底下那一尾嬉戏的游鱼。“鱼戏莲叶间。鱼戏莲叶东，鱼戏莲叶西，鱼戏莲叶南，鱼戏莲叶北。”鱼在荷叶下，自由自在，想游就游，想停就停，没有奔波，没有操劳，多么惬意的生存状态。

似乎没有真正爱过开得正好的莲花，或者叫它荷花。尽管宋代诗人杨万里将荷花说得那么美：“毕竟西湖六月中，风光不与四时同。接天莲叶无穷碧，映日荷花别样红。”六月的荷花的确荣盛一时，诗人又是在杭州西湖赏荷花，自然别有一番风韵。荷花美，诗亦美，传诵千年，魅力不衰。读诗或者赏荷，对于那些“别样红”的映日荷花，总有一丝淡淡的忧伤。那种别样的红，意味着什么呢？不言而喻，夏日终将过去，秋天很快到来，这是一条不可逾越的规律。凋谢和枯萎，无可回避，近在眼前。

爱莲，最爱是菡萏。芙蕖、芙蓉、菡萏、玉环、溪客、静客、翠钱、红衣等等，莲的别名多到让人数不胜数，个个超凡脱俗，无不可爱，却尤爱菡萏。《尔雅·释草》曰：“荷，芙渠……其华菡萏。”菡萏是一种状态，荷花将开未开，含苞待放时。那情状宜与美人相提并论，《诗·陈风·泽陂》即如此：“彼泽之陂，有蒲菡萏。”

菡萏初立，“小荷才露尖尖角，早有蜻蜓立上头”。蜻蜓也是爱莲者吧，爱的即是菡萏。在菡萏高高的鼻尖上，蜻蜓正做着一场好梦，迟迟不肯醒来。

2017 年 7 月 2 日写于合肥

狗尾红蓼

从俗到雅，距离有多远？

说是十万八千里，或许一点都不为过。这话无须问人，只需看看身边的某种物事，它会给你一个令人惊讶的答案：其中的距离，只不过一步之遥。譬如，在乡路边，在小河边，遇见一种名叫狗尾巴花或者红蓼的植物，你在吃惊的同时，也会恍然大悟。

其实，狗尾巴花或者红蓼，原是一种植物，两种叫法而已。茎秆细长直挺，有点像苎麻的杆子，秀秀气气的模样；叶子硕大椭圆互生，叶面上还有一些清晰可见的叶脉纹理，极似烤烟的叶子。开出的花，呈穗子状，比谷穗规整许多，五寸长短、拇指般粗细的圆柱体；花色鲜艳，有桃红，有粉红，也有纯白色。那些红色的花穗，说它似狗的尾巴，未免牵强附会，红颜色的狗世间少见。至于白色的花穗，看起来还真有些像狗尾巴呢，白色的狗寻常可见。所以，这种学名红蓼的植物，在民间，人们习惯于直接状其形而称之为狗尾巴花。它几乎生不择地，许多地方可见，只有空气稀薄的青藏高原例外。

除了形象逼真的俗名和斯斯文文的学名，它还有一个鲜为人知的雅名：游龙。雅名自然出自雅处，见到了“雅”字便会想到《诗经》。于《诗经·国风·郑风·山有扶苏》中，读到了这样的句子：“山有桥松，隰有游龙。不见子充，乃见狡童。”句中的“游龙”，便是那种学名红蓼、俗名狗尾巴花的植物。从狗尾巴花到游龙，的的确确仅仅一小步，这一小步却足足跨越了三千年的历史时空。走在乡间窄小的土路上，迎坡攀登，一步高过一步。或者，沿着那潺潺溪水溯流而上，艰难地爬上了一道又一道险滩，最终抵达山高之上，水源出处。那是莽莽丛林，《诗经》里的植物王国。

后来才知道，狗尾巴花除了学名红蓼、雅名游龙，还有大接骨、追风草、丹药头等诸多别名。天生草木，各有所用，切莫随意轻视世间草芥。对于红蓼或者游龙，尤其不可忽视。你看，它长得大大方方、排排场场，特别是花，开起来热热闹闹，貌似狗尾巴也丝毫不损它的大气。此物定不是等闲物，仅从它别名上便可看出，它有药性，于人有益。对此，《本草纲目》上早有记载："此蓼甚大，而花亦繁红，故曰荭，曰鸿，鸿亦大也"；"祛风除湿，清热解毒，活血，截疟"。文字先言蓼花的个头及颜色，再说它的功效用途，说得清清楚楚，未曾学医不懂药物的外行人，一眼都能看得明明白白。

红蓼这草芥，实用尚在其次，它还是一种具有美好象征的意象。历代诗人多爱红蓼，以红蓼入诗者不计其数。唐代诗人白居易《曲江早秋》曰："秋波红蓼水，夕照青芜岸。"宋代诗人张孝祥《浣溪沙·洞庭》中有句："红蓼一湾纹缬乱，白鱼双尾玉刀明。"南宋诗人陆游则直接以"蓼花"为题赋诗："十年诗酒客刀洲，每为名花秉烛游。老作渔翁犹喜事，数枝红蓼醉清秋。"明代诗人张四维曾吟出这样的诗句："秋到润州江上，红蓼黄芦白浪。"清代诗人杨芳灿也有诗句："红蓼滩头秋已老，丹枫渚畔天初暝。"翻开古籍书本，这才发现诗词中的红蓼，竟然比路旁、水边平常所见还要多的去了。由此更加坚信，这俗称狗尾巴花的草本植物，原本就是一桩高雅之物。

面对高雅，何不也来一次附庸风雅？春天，红蓼花开时，去草色青青的河边吧。在河边湿地上，连茎带叶，自然少不了它的花，掐了几枝红蓼回来。插在透明晶亮的玻璃瓶中，以水清供一个有香气的灵魂。那花红叶绿的红蓼，生命力极强，逢水即活。它最懂得感恩，哪怕滴水之恩。它用感恩之心营造出一番浓浓春意来，以春光轻拂人面。

当然，如此小情小调，似乎应该出自某些生活方式精致的女士之手。鲜花陪伴美人，才是刚刚好。此举若是某个五大三粗的男子所为，可能会引发旁人捂住嘴巴偷笑。会笑话这男子有贾宝玉的小众情怀，他让人闻到了浓浓的脂粉气息。

贾宝玉是俗是雅呢？或许，也就在雅俗之间吧。进一步他就彻底俗了，退后一步呢，可能他还真的就很雅。

2017 年 7 月 8 日写于合肥

茶饮记趣

别无他好，唯有茶饮，一路走来，茶趣越来越浓了。

少时饮茶，宛如牛饮。最喜满口温热茶，端起茶碗来，仰着脖子“咕咚咕咚”，一饮而尽。如此豪饮，只为解渴，不解茶味。不渴不饮。岂有不渴之理，整日疯疯癫癫，后背上的汗水很少干过。饮则饮茶，不喝开水，更不喝凉水，白水索然。人言饥不择食，也不尽然。有人渴了还是会择水，在白水与茶水之间，必定选择茶水。

早年好饮茶，却无好茶饮。对茶要求不高，似乎只要是茶就行，所饮多是粗茶。所谓粗茶，主要指茶叶老成，不是嫩芽。当然，也包括做工粗放，没有精制细作。粗茶反要细泡，一把乌黑的陶泥茶壶，足足装了两瓶开水，一小撮茶叶下去，就够味了。茶色深黄，茶香浓郁，茶味醇厚。其实，那种茶就是传说中的让人怀念不已的大碗茶。

记得读师范那几年，不时步行往返。途中，难免口渴。路边，有一木柱草顶的茶亭，有位老人坐在亭里卖茶。那时茶水便宜，才 2 分钱一碗。老人算账，或许有自己的算法。水是旁边小溪里清凌凌的山泉水，不用花钱。柴火是从山上捡拾来的一些干枝枯叶，不用花钱。至于茶叶嘛，当然是自家山地里长出来的，也不用花钱买，但还算是收钱了，2 分钱一碗，收的便是茶钱。估计，老人家连卖茶的工夫钱都没算上。反正没事，在家闲着也是闲着，不如坐在路边，看看南来北往的陌生面孔，与行人搭搭话，给行人解解渴。茶水便宜，开水更便宜，便宜到不收钱呢，随便喝。学生时代，囊中羞涩总是常事，日子向来紧巴。过往路边茶亭，喝的却是 2 分钱一碗的茶水，从未喝过一次免费的白开水。可能不是出于某种高尚才不喝免费白开水，不占人家的便宜，主要还是偏好饮茶吧。没有茶叶的白水，渴了也难以下咽，觉得隐约有股泥腥味。

参加工作后，每月拿到薪水，手头渐渐宽松。开支的对象，当然首选柴米油盐酱醋茶。茶虽不在前排就座，却不可忽略。居家过日子，不能没有茶，尤其在平稳安逸的日子里。早晨睁开眼睛第一件事是喝茶，晚上睡觉前的最后一件事还是喝茶。每每照顾好自己，睡觉前先喝上一口茶，别让自己夜间口渴难受。

那时对茶已渐有了解，也初步具备了对茶做出选择的能力。家乡位于大别山区，原本就是茶叶产地，家家户户都种有或多或少的茶树。茶是绿茶，做法为采摘青芽嫩叶铁锅炒制，名副其实，茶就叫作炒青。一方水土养一方人，一方人最爱一方水土之上的养人之物。和身边多数人一样，喝茶爱喝家乡茶——炒青。

这种几乎与生俱来的茶饮习惯，一直保持了好多年。原以为今生今世不会改变，没有想到一次云南之行，就被不知不觉地改变了。此后的茶杯里，不只是炒青，有时也有来自云南的“砖”和“饼”。

十几年前，有个偶然机会去了一趟云南，而且到了位于云南省的西南部、距离昆明将近800公里的勐海县。在那里，看到了恍若异域风情美丽的热带风光，遇见了许多从未见过的珍奇植物，最难忘的当数那些树龄长达千百年的古茶树。此前，印象中的茶树都是丛生的灌木。到了勐海才发现，茶树竟然还有乔木，且是些高大的、耸入云间的乔木。

从前所见茶品，外形无非几种，米粒状、兰花状、雀舌状、竹叶状，如此而已。在勐海，见到了一种饼状的茶品，茶饼大如北方人爱吃的锅贴烙馍。简简单单的草纸包裹，无需密封保鲜，自然状态下便能长期保存，长可达十年二十年，毫无问题，反而茶味更醇。

那天，现场观摩了傣族姑娘的茶艺表演。在优美动听的葫芦丝音乐背景下，身着民族服装的傣家少女，坐在茶案前。先是以开水暖茶壶、茶杯，接着投送黑色的“茶砖”于茶壶中。盖上壶盖，稍等片刻，便开始斟茶了，女子起身将装了七分满的茶杯，一一送到客人面前。整个茶艺表演的过程，如行云流水，若燕子轻飞。女子轻柔的动作，完全不属于劳作，是舞蹈，是音乐，是抒情诗，是一种行为艺术。接过茶杯，半揭开杯盖，见了茶的汤色，一时惊讶不已。茶色深褐，几近枣红。说实话，凭着当时自己有限的茶饮经验，以为这样的茶汤绝不会有什么好滋味。见过陈年的绿茶，饱吸了俗世之气息后，茶色深暗。若是手重放多了茶叶，泡出来的茶水便是这种浓重颜色，那种茶味令人难以入口。

犹疑之中，杯沿还是触碰到了嘴唇。这种不可思议的矛盾动作，必定缘于某种气息的诱导。气息来自茶杯，正是那种浓颜重色的茶汤气息。它有春天草木之清香，也有夏天花香之轻盈，还有秋天果熟之浓郁。轻呷一口，香沁心脾，味润肺腑。天下还有这等好茶？原来，茶还可以这样泡、这样饮？如此茶饮，必定不为解渴，亦不再是生活中的某种必须。茶饮，已然一种人生享受，是看得见尝得到的物质享受，也是只能自己品不足为外人道的精神享受。

2017 年 6 月 18 日夜写于合肥

室有芝兰

最近，忽然怀念一间房子。一间待了五年的房子，前段时间因为某种变动，搬出了那间房子。那是一间东南朝向的房子，窗户很大，且有一个很大的窗台。它最大的亮点是采光好，冬天的阳光总在宽大的窗台上缱绻大半天。

怀念那间房子，还不是怀念房子本身，而是怀念那个宽大的朝阳窗台。其实，也不是窗台本身，是怀念窗台上一盆花。准确地说，那还不是一盆花，只是一盆草。至少一年当中绝大部分时间，它都是一盆草，不见花开。

“我从山中来，带着兰花草。”草本的兰花本来就是草，名叫兰花草。这是胡适诗句，当然也是张口就唱的校园歌曲。在安徽老乡胡适心目中，兰花就是草。至今吾乡人仍称兰花为“兰草”，连中间的“花”字都省略了。

那盆兰草是搬进那间房子时开始养的。在那间房子里待了五年，那盆兰草也默默地伴我五年。如今想起来，心里有些歉疚，曾经对兰草有过太多的忽视。这种忽视，并不是不喜欢兰花，是因为自己的确太忙了。忙，说起来也许难以令人置信，它好像永远是一个最容易找到的借口。其实不然，真是因为太忙而忘记了兰草甚至兰花的存在。

记得有一次，一位朋友串门。进了屋子，直奔窗台，眼睛盯着那盆兰草。盯了不算，还将手伸到花盆里去，在兰草根部触摸泥土。当他手指接触泥土的那一刹那，他惊叫起来：“呀！这盆兰草该浇水了！”这才想起，已经很长时间没给兰草浇水了，半个月？一个月？记不清了。

还有一次，是冬天，在春节之前。一位朋友推开房门，还未跨进便惊讶起来：“呀，这棵兰草开花了！”是吗？我怎么没有看到呢！其实，朋友惊叹那一刻他自己也没有看见兰草已经开花，他只是闻到了一股若隐若现的幽香。

经他一叹，室中之人方闻到一丝淡淡兰香。抬眼看窗台，在兰草碧绿的叶子之中，果然一茎独立，顶端开出了一朵兰花。金黄底色上镶嵌了一些紫红色纹路，淡雅而又大方。其名为草，看起来一点也不草莽，不是大家闺秀，也是小家碧玉。

那一刻，愧疚之情油然而生。不过，很快找到了原谅自己的正当理由。“入芝兰之室，久而不闻其香，即与之化矣。”在这间屋子里，没有闻到兰花之香，不是嗅觉出了问题，是因为与兰花之香融为一体了。这可不是开脱之词，是孔老夫子之哲语。夫子喜欢兰花。除了这句，夫子还说：“芝兰生于深谷，不以无人而不芳。”这兰花之香，是兰花天性使然，并非为了取悦于人。想到这里更加释然，原来，窗台上那株兰花，它不是为我而开，是自己觉得该开了也便开了。本在春天才开的兰花，寒冬里早早地开了，也不稀奇。一来占了窗台之地利，没有风吹，却有日照；二来屋子里冬天有暖气，成天暖洋洋，不亚于春天，可能让兰花产生了错觉，以为春天已经来了。

兰花如此性情本真，难怪它自古以来就是文人心目中的偶像。战国时期大诗人屈原特别爱兰，他在《离骚》《九歌》《九章》中多次写到兰花。“余既滋兰之九畹兮，又树蕙之百亩”，语出《离骚》。蕙是兰的一种，一茎一花是兰，一茎多花为蕙。屈原爱兰，不同时节栽种不同兰花。诗仙李白亦爱兰，为兰吟诗：“孤兰生幽园，众草共芜没。虽照阳春晖，复悲高秋月。飞霜早淅沥，绿艳恐休歇。若无清风吹，香气为谁发。”以兰入诗，最早在《诗经》。《陈风·泽陂》曰：“彼泽之陂，有蒲与蕳。有美一人，硕大且卷。寤寐无为，中心悁悁！”蕳，是兰的一种。生长在水边的兰，让人想到身材“硕大”的美人，夜不能寐，心里难过。

古诗文中的兰，要么喻指君子，要么喻指美人，都是美好的象征。也正因为这样，五年前搬进那间屋子时，没有选择象征富贵的牡丹，也没有选择广为人爱的发财树，唯独选择了兰草。

从那间屋子搬走时，曾有一事颇为犹疑，那就是关于那盆兰草的去留。最后，选择留下它。美好的东西并不一定必须带在身边，还是应该将它置于最适合它的地方吧。譬如，兰草之于那个朝阳的窗台。

见不到兰草，也不要紧，相见不如怀念。哪怕不幸落入某个俗套。

2017 年 7 月 22 日写于合肥

茺蔚益母

年轻时远离医药，甚至讨厌药物，视药物为不祥之物。人到中年，忽然对药物亲近起来，竟视医者、药物为友。

三年前认识一位女药师。她曾经在一家省级医院药房工作，退休后继续发挥余热，被一家私人药房聘任，坐堂指导卖药。她时年七十好几了，却乌发童颜，耳不聋，眼不花，其状态与实际年龄严重不符。令我等晚辈自愧弗如，严重汗颜。

那段时间，身体亚健康特征明显，经常头晕目眩，且腰腿酸疼。熟悉了那位年长的女药师，且忘记了她的药师身份，将她当成老中医了，便去药房向她问诊。女药师毫不客气，俨然一位见多识广、经验丰富的老中医。听完症状自诉，女药师劈头盖脸责备起来："坐，坐，坐，都是坐出来的毛病！需要活血化瘀！"女药师随手在一块不大的白纸上开药方，下笔就开"茺蔚"。一看便心生疑问，禁不住提示女药师："茺蔚不是益母草吗？男人也能吃？"女药师头都不抬，胸有成竹地说："怎么不能吃？它活血明目。茺蔚可以说是益母草，但二者又不完全是一回事。你不必担心，不会让你误吃妇科药。"女药师嘴角露出一丝微笑，似乎对面前那个少见多怪的晚辈有些调侃的成分。

其实，还真不该说那个向女药师问诊求药的人少见多怪。起码对于茺蔚和益母草，或多或少他还知道一点。早年读《诗经》，读到《王风·中谷有蓷》时，便对益母草有所了解。"中谷有蓷，暵其乾矣。有女仳离，嘅其叹矣。嘅其叹矣，遇人之艰难矣！"句中的"蓷"，即现在的益母草，也叫茺蔚，还有坤草、九重楼、云母草等几个别名。

在益母草众多的别名当中，尤对"茺蔚"印象深刻，曾经在课堂上听老师讲过一个故事。相传很久以前，在如今的鄂豫皖三省交界的大别山中，有个名叫茺蔚的小男孩，他母亲在生他时得了“月子病”，久治不愈，十分痛苦。多年下来，身体每况愈下，竟至卧床不起。小茺蔚对病中的母亲看在眼里，急在心里。他暗下决心，一定要把母亲的病治好。于是，一个年幼而懂事的孩子，外出奔波，四处寻医问药，为母亲治病，历尽艰辛却未能如愿。母亲的病，越来越重，让他心急如焚。一天，这孩子跑了很远，天黑了无法回家，只好借宿古庙。庙内一老僧，问其所以，得知原委。念他一片孝心，便送他四句诗，让他去找一种草药。诗云：“草茎方方似麻黄，花生节间节生花，三棱黑子叶似艾，能医母疾效可夸。”小茺蔚念念不忘四句诗，将它熟烂于心。次日一早，一路走，一路吟诵着四句诗，沿着河滩寻找诗中所说的草药，他终于找到了一种茎有四个棱角、节间开满小花的草本植物。茺蔚十分兴奋，将那种草药采了回家，熬成汤汁给母亲服用了。很快，母亲果真痊愈。由于这种草药是小茺蔚为医治母病而找到的，且又益于妇女，人们称它为益母草，把它的种子叫作茺蔚子。

记住了茺蔚之名，是因为这个动人故事，也因为益母草之名。世间草木千千万，如此这般直言有益于母性的草木，还真不多见，有印象的仅此一例。人由母生，人须孝母，就该多多做些“益母”之事。“益母”，多么善意的劝诫！“益母草”，一种温情之物，感人至深。

熟悉益母草，除了茺蔚寻药救母的故事，还因为这种草药在吾乡有见。一种性偏寒凉的草药，它习惯于临水而生。儿时，在家乡皖河湿地，常见到这样一种野草：它在春天随百草一起发芽、长叶，而后抽茎。一般野草都是圆茎，它的茎呈方形。入夏以后，茎越抽越高，高到一米左右。茎上有节，叶逢节生，生即一对，两边对称。到端午前后，它会开花，花缘节开，由下到上，节节都有花开，真有些“芝麻开花节节高”的意味。因为长得像芝麻，乡人一般不叫它益母草，叫它野芝麻。入暑之后，花便由下到上次第凋谢，结出一些棱形的褐色籽实。这种籽实在秋天成熟，收获晒干后可以入药，成为女药师笔下的“茺蔚”。

拿到了女药师配伍的几副中药，其他药名没记住，倒是记住了“茺蔚”，知道它能活血化瘀、清火明目。同时也明白了，茺蔚并不等于益母草，它是益母草籽实。茺蔚和益母草的关系不言而喻，一对母子。

2017 年 7 月 23 日写于合肥

水在哪里

写下“水在哪里”这个题目时，忍俊不禁。笑自己实在天真幼稚，竟然问起了这个不是问题的问题。

水在哪里？诗人李白早已给出了答案：“黄河之水天上来。”那么，天上的水又是从何而来？当然来自地上，地上的江河湖海，地上的绿色植被，一切可能蓄水的地方。天上有水，才会三不知地下场雨，把水降到地上。地上有水，才会形成江河湖海，才有绿色植被。江河湖海该是水的故乡吧，水从故乡出发，一路滋润大地万物，且由地上到天上，再由天上到地上，最后重又回到故乡。如此循环往复，奔波不息。若要问起水在哪里，答案不在天上就在地上。

人们很难想得起来，水，其实就在自己身上，人体里70%以上成分都是水。人连续20天不吃饭尚能存活，连续3天不喝水便没命了。水，足以让人活命。关于饮食，人们只知道饮的是水，往往忽视了食的也是水。甚至，食物中饱含着比食物本身更多的水分。比如看起来干爽爽的小麦和水稻颗粒，好像与水没有关系。说出来可能让人难以置信，一公斤小麦饱吸水分不少于500公斤，一公斤稻谷饱吸水分更是超过了1000公斤。

与人形影不离的暗中之水，让人熟视无睹，很难用来解释“水在哪里”之疑问。远水解不了近渴，人们往往也不会关注天上的雨水和地上的江河湖海。尤其是浩浩汤汤的江河湖海，因为离得太远，难以亲近，人们才不容易想起那些盛大之水。

问起水在哪里，我的第一反应是水在池塘里。池塘里的水，是我关于水最初的记忆。家乡位于大山脉与大平原之间的过渡地带，属于丘陵地貌。有河流，但离河流不近，并不临河而居。人类居住地不能没有水，不临河流还可以面临池塘。家乡有许许多多、大大小小的水塘，一座村庄旁边必有一口池塘。从前，清水汪汪的池塘，很像村庄的眼睛。那眼睛自是少男少女眼睛，澄澈透明，不是老人眼睛，浑浊朦胧。有了池塘，村庄才显得灵动，才有生气。说起池塘是村庄的眼睛，多少有些玄乎。若说池塘是村庄的一口大水缸，倒是实实在在，一口池塘养育了一座村庄。世世代代，村庄里的人喝着池塘里的水过日子，从孩童长成大人，最后老去，一茬又一茬，池塘却还在，依然是少男少女的明眸。

可是，到了吾辈这一代，池塘忽然改变了想法，它不再承担滋养村庄的义务。池塘说变就变，翻脸很快，少年的明眸变成了昏花老眼。原本清凌凌碧波荡漾之水，很快变成混浊不堪的黄泥浆。虽然无法饮用，可黄泥浆里毕竟还有水。到后来，池塘干脆底朝天了，泥水荡然无存。没有水的池塘底部很难看，极似没有眼珠的眼窝子，让人看着不舒服。或许是为了自遮其丑吧，池塘底部很快生出了丛丛蒿草。一场雨又一场雨浇过，蒿草们越长越茂盛，完全覆盖了池塘之底，甚至也如水一般填满了池塘。

池塘无水可饮，人们穷则思变。办法总比困难多，地面无水，便向地下要水。20 世纪 90 年代，放弃池塘取水，于房前屋后打井是村庄里最寻常的事。花了钱，费了劲，果真把地下的水打出来了。水从井里喷出来，开出一朵朵白色牡丹花，人的脸上同时也开出花来，不是白牡丹，是一朵朵深褐色野菊花。从深井里抽出来的水，水质清爽，冬暖夏凉，让人产生一饮而尽的冲动。将井水烧开泡茶，茶味也纯正，至少没有原先用池塘水烧开泡茶能喝出的泥腥味。可惜，好景不长，没过几年，井里的水越来越少，最后终于抽不出水来了，水井成为枯井。当然，也有水井从来都没有抽出过水来，甫一打出来，它就是一口枯井。枯井可不是好东西，它是一只张开了血盆大口的猛兽，虎视眈眈，觊觎着某些幼小懵懂的生命。因为一口觅之不得的水，不知引发了多少人间悲剧。

不得不佩服人类的智慧，伟大的人类确实太聪明了。远的不说，只说取水。在池塘无水可饮，在深井里也打不出水来时，一根塑料水管接到了千家万户。水，不用舀，不用挑，自己长了脚跑到人家里来了。就连水缸也不需要了，水就乖乖地待在管子里，一拧便出来，争先恐后地喷涌。有了既方便又洁净的自来水，人们很快忘记了池塘，甚至水井。若是问起某些半懂事半不懂事的孩子，水在哪里？十有八九，孩子会说水在自来水管里，一拧龙头便能见到水呀。孩子说得还真没错，家家户户的水，都在自来水管里。

近些年来，人们对自来水管里的水已经越来越不满意了。不满意也没有多少好办法，改变不了管子里的水，只好在自家的水龙头上打主意。不少人家在水龙头上加装了过滤装置，美其名曰净水器。至于它的作用嘛，显而易见，用以净化自来水，让从水管里流出来的水，通过过滤变得纯净一些，让人放心饮用。

即便这样，人们对于自来水管里流出来的水还是不太放心。便有一种瓶装水应运而生，在市场上走俏。拧开瓶盖直接饮用，也可以倒进水壶烧开泡茶。据说，那种装在塑料瓶里的水，来自大山之中百十米深的湖底，水质纯净可靠。这种情况下，若是问起水在哪里，看着正在饮用的水，想起家里储存的水，许多人心目中的水，大概都在那个小小的塑料瓶子里吧。

最让人感到震惊的是有人开始拿塑料瓶装水作为礼物送人了，如同从前某些酒友见面送人一瓶老酒一样。今年春节前，去一位朋友家串门，临别时朋友要送我一瓶水，说那水来自青藏高原，是不久前他自己开车从西藏带回来的。谢绝了朋友的好意，我没有接受那一瓶水。并不是轻看了那一瓶水，我也知道，那肯定是一瓶无害之水，甚至是一瓶圣洁之水。

可是，水毕竟是人每天必不可少之物，每天早上睁开眼睛人就得找水。一小瓶水相对于人的饮水需求，真可谓杯水车薪了。

再说，来自青藏高原的水又有什么了不起。长江之水，黄河之水，其源头不也在青藏高原嘛，到头来还不是被人嫌弃了。

2017 年 8 月 5 日写于合肥

草木中人

少时，猜过一个字谜。谜面："草木中人"。毫不费劲说出了谜底："茶"。

猜谜之趣便是这样，在谜面上琢磨，往往费尽思量，踏破铁鞋难找谜底。一旦说破谜底，人恍然大悟，原来如此，其实倒也简单。比如"茶"吧，说其字形，从"草"从"木"，"草""木"中间还有个"人"。人在草木间干嘛？极有可能是采摘。说其字义，"茶"是一种草木类植物，有益于人。居家过日子必不可少，名列开门七件事，比肩柴米油盐。

不说别人，单说自己。生在茶乡，从小爱饮茶。几十年来，生活习惯改了不少，唯有一样无改，那是茶饮。每天早晨第一件事是烧水泡茶，几口热茶下肚，立刻神清气爽。倘若哪天早上因为什么缘故没有饮茶，那一整天定会无精打采，一副若有所失状。

后来读书稍多，对茶多了些了解。发现早期的茶并非现在的"茶"，是与它接近的"荼"。唐代以前没有"茶"，只有"荼"。那时，"荼"可念"涂"，亦可念"诧"或"槚"，后者即"茶"。唐代以后，"荼""茶"分开，"茶"便是茶。

读《诗经·豳风·七月》遇"荼"："采荼薪樗，食我农夫。"书上对"荼"解释为"带苦味的植物叶子，即苦菜"。更愿意将"荼"理解为"茶"。茶，何尝不是一种"带苦味的植物叶子"。这种理解于《尔雅》中找到了印证，《尔雅·释木第十四》记载："槚，苦荼。"

茶与人类食物同源。陆羽《茶经》说："茶之为饮，发乎神农氏。"远古时代，人类以采摘野果、捕食野兽为生，一不小心便会中毒生病，甚至死亡。爱民如子的部落首领神农氏，见子民因误食而病而死，非常痛心，决心品尝百草，以身试毒，验证哪些东西可食，同时寻求解毒之药。

一日，神农氏正在树下煮水自饮，因刚刚尝过某种有毒之草，靠着树干迷糊了。不知过了多久，在一种沁人心脾的清香中苏醒，他听到“嗤嗤嗤”水沸之声，知道锅里水已烧开。神农氏挣扎移步舀水喝，发现原本清水变成了黄绿色，且漂着几片绿叶。那股让他苏醒的梦中清香，正从锅里飘出来。

神农氏猛吸清香，喝下那口黄绿色汤水。初入口时有些苦涩，继而口爽，回味香甜。不一会，神农氏身上中毒症状渐渐缓解，悄悄消失，浑身轻松有劲。神农氏非常开心，感谢天助神农，让他于无意间发现了一种可以解毒的仙药。神农氏抬头仰望大树，见树叶与锅里叶子一个样，知是树上叶子落到了锅里。神农氏不知道那树叫什么名字，只知道它开白花，便叫它“荼”。

这种不知其名姑且以“荼”命名的植物，正是后来茶圣陆羽笔下的“嘉木”。《茶经》记载：“茶者，南方之嘉木也。”野生茶树多为高大乔木。在云南，尚能见到直径1米以上、树龄1700余年古老的茶树。当然，如今一般茶园里的茶树多为灌木，一丛一丛，被修剪齐整，盆景似的。每个茶园，宛若一个美丽的风景区。

国人爱茶饮。原因多样，有因茶的滋味，也有因茶的意味。从滋味上说，茶，苦中有甜，先苦后甜。仅此一点，便合了国人口味。而且，茶能养生，它生津解渴、利尿解毒，还提神醒脑、消除疲劳。从意味上说，茶能养心。它品性“清澈”，由“清”极易想到“廉”，故有“以茶养廉”之说。用于自奉，便是“粗茶淡饭”。宋代有位太医叫孙居昉，他自号“四休居士”，“四休”即“粗茶淡饭饱即休，补破遮寒暖即休，三平两满过即休，不贪不妒老即休。”粗茶淡饭放在首位，作为生活清简的代名词。用于待客，则主张“清茶一杯”。热气腾腾的茶水端到客人面前，待客氛围便显得既热情又俭朴。《晋书》和《茶经》都记载了“陆纳杖俶”的故事：陆纳是东晋著名的廉洁之士，任吴兴太守期间，一次遇大将军谢安到访，陆纳仅备果品和茶水招待谢安。其侄陆俶觉不过意，恐怠慢了贵客，便私自命人备下丰盛的酒席。谢安走后，陆纳大怒，责怪侄子铺张浪费，打他四十杖。世间多些陆纳，在许多场合，茶才不至于让位于酒。

养廉之物方是养人之物。“茶”谓“草木中人”，草木养人，人离不开草木。

2017年8月13日写于合肥

富贵无顶

去山东曲阜拜谒孔府。回来后，好长一段时间，心里总有两个字时沉时浮、盘桓不去，一个是“富”，一个是“章”。原因是字的写法别致，“富”字头上少了一点，“章”字下面一竖朝上出头。依平常眼光看，俩字就是错别字，可孔府解说员偏做出了别出心裁的解读：“富”字头上少一点，那叫“富贵无顶”；“章”字下面一竖出头，可谓“文章通天”。

“富”“章”二字，出自孔府正门楹联：“与国咸休安富尊荣公府第；同天并老文章道德圣人家。”解说员介绍，此联为明朝宰相李东阳所撰，清代学士纪晓岚所书。游客到此驻足读联，目光总在这俩字上久久逗留：“富”字为何省略上点，“章”下面一竖真能通“曰”？作为书法这俩字写法并不稀奇，古已有之，于碑帖上寻常可见。如此书写，又是俩字并列，似乎只能现身于孔府大门两边，出现在其他地方都不合适。纵观古今，“富贵不过三代”，好像是一个不破的定律，孔府却例外。两千多年来，孔子家族久盛不衰，除非国运衰微，它是中国历史上最有生命力的贵族之家。细品孔府门前这副对联，尤其琢磨“富”“章”二字，一股“富贵”之气扑面而来。其实，在孔府有“富贵”之气的楹联非独此一处，稍加留心，时有发现。

在孔府楹联中，有对孔府曾经获得官职爵位表示钦慕和炫耀的楹联。孔府重光门上有联：“爵列三公荣衮黻；身通六艺绍箕裘。”“三公”指三种官位，即周代太师、太傅、太保，西汉太尉、司徒、司空；“衮黻”指礼服上黑与青相间的花纹。祖祖辈辈与达官贵人为伍，孔家后人当然以此为荣。孔府六厅有一联：“恩纪金鱼，永镇东山棨戟；祥征玉燕，常绵北海簪缨。”“金鱼”源自古代高官服饰，紫服之上，佩有金符，刻有鲤鱼；“棨戟”是古代官吏所用的仪仗，出行时作为前导，或列于门庭；“簪缨”是古代显贵的冠饰。联中多次嵌入古代高官专用之物，意在颂扬孔府祖上高官厚禄，世代相传，福荫子孙。

在孔府楹联中，有对孔府存藏奇珍异宝表示欣赏或展示的楹联。孔府前上房有联：“彝鼎宝书罗几席；珊瑚碧树交枝柯。”祭祀用鼎尊青铜礼器，珍稀绝世的古典书籍，摆满案几；来自海洋的珊瑚，出自深山的碧玉，琳琅满目。作为诗书礼仪人家，孔府历来陈设在书香之外还有珠光宝气。至于孔府东偏房那一联：“宝剑古书，商彝禹鼎；玉楼金屋，美女名花。”炫富的色彩则过于浓重了，甚至有悖孔府门风，给人以轻佻之感。

不过，孔府里更多楹联还是彰显了传统的儒家精神，表达出对孔子极度的尊敬和崇拜。孔府前上房东里间西墙壁有联：“承道统于两千载；祝冈陵者亿万人。”“冈陵”典出《诗经·小雅》，“如冈如陵”，以高冈和峻岭，寓意基业高远，根底稳固。此联直赞孔子教化人心，塑造精神，功勋卓著。

孔子有言：“仁者爱人。”“仁”是儒家思想的核心。孔府中亦有直接写“仁”之联。孔府西偏堂有一联：“蔼若春山，澄如秋水；仁为人德，吉是鸿义。”孔府前上房有一联：“道德为师，仁义为友；礼乐是悦，读书是敦。”在孔府前上房还有一副长联几乎涵盖了孔子全部思想：“居家当思清内外、别尊卑、重勤俭、择朋友，有益于己；处世尤宜慎言语、守礼法、远小人、亲君子，无愧于心。”

孔子被人尊称为万世师表，其留传后世之语往往说教意味浓厚。在孔府，偶有对联抛却了训导口吻，给人亲切感。孔府后堂楼西二间西墙壁有联：“镂玉裁冰著句；高山流水知音。”上联意为精雕细琢，写出精美的文章。下联典出《列子·汤问》，意指交友最好就像伯牙和子期那样。联文优美蕴藉，让人体悟出做好文章，交好朋友，乃是人生之大幸。在孔府后堂楼更有一联别具一格：“歌咏于是，风雨不出；主翁常定，客感自清。”联文率性而为，放松散淡，恬静闲适，读后身心清爽。此联极易让人想起《论语·先进》：“暮春者，春服既成，冠者五六人，童子六七人，浴乎沂，风乎舞雩，咏而归。”在那群天真无邪的孩子中间，孔子放下了师者尊严，表现出鲜见的灵动性情。

孔府佳联，数不胜数。去过孔府，因为那两个字，记住了孔府里众多的楹联。

2017 年 8 月 12 日写于合肥

五行草记

前几天，有朋友来。在小区附近找了个小饭馆，请朋友吃饭。朋友携了夫人、孩子一起来，专门招呼不让别人陪。一来怕被人劝酒，二来方便叙话。恭敬不如从命，宾主两家人小聚。

到小饭馆落座，先是点菜。点了鱼肉几道荤菜后，服务生主动推荐一道菜：清炒五行草。一听菜名便知道这是一种野菜，名字叫草，不叫菜。而且，还不是一般的草，它与五行有关。究竟是什么样的草，能与五行挂上钩呢？一时忘记了自己正在履行的点菜责任，与服务生攀谈起来。问服务生："该是野菜吧，它为什么叫五行草呢？"服务生说："的确是一种野菜。它有五种颜色，叶子是青色，茎是赤色，花是黄色，根是白色，籽实是黑色，恰与五行匹配，所以叫它五行草。"

服务生越说越让人觉得那五行草很神秘、很玄乎。于是，干脆央求服务生："还没见过五行草长成啥样子，能不能拿过来先开开眼界？""没问题！"服务生很爽快，用他年轻人特有的风一般快捷的脚步迅速离开餐厅，直奔后堂。转眼功夫，服务生又似风一般回到了餐厅，手里拿着一棵红杆子绿叶子菜蔬。天哪，哪里是什么五行草，那不就是马齿苋嘛！宾主双方，几乎同时发出了惊叹。

对马齿苋，这几个来自皖西南地区同乡人，可是熟悉不过了。在家乡田间地头，尤其是小河边草滩上，春、夏、秋三季，几乎随处可见马齿苋。小时候，三五成群的小伙伴半是游戏、半是干活，在河边沙地上采过不少马齿苋。至今还记得，马齿苋这种野菜浑身肥嘟嘟，给人肉肉的感觉。叶子不大，差不多马的牙齿一般大小吧，因此以马齿命名。它叶面光滑，质地肥厚，很娇嫩。指甲一碰，叶面上立即现出印痕来，印痕颜色明显深似叶面。印痕里面，有水楚楚润出。乡人讨野菜时，遇见马齿苋，只是掐断马齿苋茎秆，不会连根拔起。将根留着在，不几天又会长出新茎叶，可以再掐。嫩马齿苋茎秆仿佛水做的，一掐便断，毫不费劲，且在两边断面上，立马渗出水来。一开始只略显湿意，很快便隆起一个水的凸面。凸面越鼓越高，最后便形成一个完整的水珠子，断面上挂不住了，只得眼泪一般滴落下来。

小时没少吃马齿苋。它是一道好菜，也是一味好药。更多时候当然将马齿苋作为菜蔬来吃，拿它当药用，往往不是直接食用，而是煎水服用。作为药物，从前对马齿苋知之不多，只知道它清热解毒，皮肤上长了小疮小痘，用马齿苋煎水，喝几碗下去，皮肤也就光滑了。作为蔬菜来吃，多是新鲜吃，洗净后如炒苋菜一样，热锅里打几个滚，茎叶便都柔软下来，差不多也就熟了，盛在盘子里，红绿相衬，好吃且好看。印象最深，还是将马齿苋作为干菜来吃。春夏季节，趁着马齿苋疯长，抓紧采摘，洗净，焯水，在太阳底下晒干，便可于常温下保存一年左右。这样一来，几乎全年都有马齿苋吃。而且，马齿苋作为干菜，味道更好。新鲜马齿苋吃起来，多少还是有股酸味。焯水晒干，再水泡发开，煮得熟烂，几乎吃不出酸味了。干菜的吃法，通常又与猪肉为伍，大荤配上大素，味道自然十分爽口怡人。

对干吃马齿苋，似乎情有独钟。这几十年，好像没有哪一年没有吃上。母亲知道儿子好这一口，而且她也坚信马齿苋这东西吃了有好处，年年春、夏两季，马齿苋一出来，母亲总忙着采摘，晒干了存起来，留给儿子吃。吃惯了马齿苋，长时间不吃，会很想吃。

这不，无意中在小饭馆遇上了名叫五行草的马齿苋，心里非常高兴，大有他乡遇故知之感。清炒五行草这道菜自然点下了，甚至问服务生要不要来两份。服务生笑着说，分量大，一份就够了。可吃到嘴里，却有些失望。小饭馆里的马齿苋，不是印象中味道，就连它的缺点，专属马齿苋的那种轻微酸味也没了。不过，那道名叫五行草的菜还是“光盘”了。乡情的滋味，或许比菜肴的味道更浓吧。

想想也不怪小饭馆，他们从市场采购来的五行草已然不是野菜了，至少不是名副其实的野菜。这种名为野菜的菜蔬，来自大棚，属人工驯化产品。即便如此，每到有机会点菜时，还是会问一句：“有没有五行草?”

有次在小区超市里买菜时邂逅了马齿苋。超市老板很朴实，他挂的菜名便是马齿苋。那天买了，后来几乎见一次买一次。虽然它价格几乎赶上了猪肉价格，味道也不是原先味道。

毕竟，马齿苋还是一道好菜，于人益处多多。民间有句谚语：“马齿苋，沸水炸，人们吃了笑哈哈，因为啥？满头白发消失啦。”照此说法，马齿苋竟有返老还童之神效呢。难怪，除了五行草，马齿苋还有几个好听的名字，比如长命草、长寿菜。它也叫绿玉或者直呼金枝玉叶，不过那就不再是一道菜了，那是一道风景。它指以树的形态存在的马齿苋，那树叫作马齿苋树。

2017 年 8 月 27 日写于合肥

月亮菜记

星期天早晨到小区超市去买菜，在一档十分稀罕却又非常眼熟的菜蔬前止步了。

那是一些两三寸见长、七八分见宽的扁薄形豆荚，形体弯曲似月牙，颜色白中带绿似玉石。小超市里平时没有这种菜，只有秋季一段时间才卖这种菜。见了它好似见了久违的朋友，很是兴奋。俯下身去，捡起一枚玉白色豆荚捏在指间，感觉很肥厚，肉肉的。这不就是小时候在家乡最爱吃的月亮菜嘛！

抬头见菜摊上方悬挂的菜名：扁豆，独自笑了。笑超市主人太过拘谨了，放着富于诗意的“月亮菜”不叫，偏叫它学名“扁豆”。扁豆就扁豆吧，他卖他的扁豆，买我的月亮菜。我随手取一只塑料袋子，将那些又扁又白的月亮菜大把地装进袋子里，装了满满一袋子，菜摊上所剩不多。考虑到小区里一定还有如我这般喜欢月亮菜的人，否则，再取一只袋子，帮超市老板提前收拾干净这档蔬菜。

月亮菜在我家乡皖西南那一带丘陵地区，是最寻常的豆类蔬菜。它生不择地，落地生根，几乎不占菜园地。初夏时节，于院墙脚下、篱笆根处掏个小穴，撒下种子，掩上碎土，不几日便发出芽来，抽茎破土。茎秆越抽越长，渐渐长成藤蔓。月亮菜的藤蔓似乎很聪明，它从不匍匐在地，像长了眼睛似的，径直攀缘到院墙或者篱笆上。夏末秋初，月亮菜的花儿次第开放。见过月亮菜两种花色，一种粉白，一种紫红。这种植物真的印证了那句老话，开什么样的花儿结出什么样的果儿。开粉白的花，结出的月亮菜是白色的豆荚。开紫红的花，月亮菜的颜色便是通体紫红，如紫茄子那般紫红，煞是悦目。月亮菜的花不光颜色好看，形状也很美，极似张开翅膀正待飞翔的蝴蝶。花开时节，月亮菜的藤蔓上就像停满了千千万万的蝴蝶，白蝴蝶、紫蝴蝶。好似蝴蝶们某个盛大的节日，它们正从四面八方赶来，兴高采烈、热热闹闹地聚会呢。

喜欢这种菜蔬，因它有个优美形象的名字，也因它从藤蔓到餐桌一路都是好看的风景，更因它是一种美味。新鲜的月亮菜最常见的吃法有两样，月亮菜烧肉，或者辣椒炒月亮菜。月亮菜烧肉可谓荤素搭配，多纤维素的月亮菜饱吸了肉汁，味道格外鲜美。辣椒炒月亮菜可用青椒，亦可用红椒。以青椒炒白色的月亮菜，菜色一清二白，十分清爽。配以红椒炒，营养丰富，益于养生；尤其菜色红白相间，养眼养心。新鲜月亮菜在吾乡还有一种特别吃法，将月亮菜切成细丝，佐以青椒、茅草鱼一起炒，使得茅草鱼腥味全无，满盘皆是月亮菜的清香。

喜好顺应时令，鲜食月亮菜，尤喜在冬天吃干月亮菜。月亮菜的开花结荚季，是一个较长的过程，前后有两三个月吧，前面豆荚被采摘了，后面继续开花结荚，一茬又一茬。到中秋节前后，是月亮菜鼎盛时期，豆荚集中成熟，若不及时采摘，月亮菜便老了。乡人有自己的智慧，对一时吃不了的月亮菜，绝不会随随便便糟蹋掉，会想办法存储下来，以丰补歉，待到大雪封门、天寒地冻的日子里慢慢享用。储存方法很简单，将新摘的月亮菜洗净、焯水后晒干，干到脆时即可封存。晒干的月亮菜返璞归真呈土黄色，失水后的形体显得扭曲，豆荚更薄，而且透明。闻起来清香，吃起来甜润。干月亮菜最宜使用瓦锅，以木炭文火慢煮。多配猪肉、豆腐一起烧煮，原本干枯的月亮菜，吸足了猪肉、豆腐汤汁后，便回到了“青春”时代，显出豆荚原形来，体态丰腴饱满，吃起来非常爽口。“千山鸟飞绝，万径人踪灭。”大雪天里，没有新鲜蔬菜可食，用炭火瓦锅煨煮猪肉豆腐、干月亮菜，特别惬意。扑鼻的菜香，很容易使人想起月亮菜花开的日子，那种成群结队的“蝴蝶”在藤蔓上聚会的情景。冬天里，那些阴冷沉闷的日子，立刻有了鲜亮的色彩。

喜欢月亮菜，有过因误解而带来的惊喜和失望。有一次在饭馆里吃饭，于餐桌上见到了一道菜，被一切两半的豆荚，酷似月亮菜，只是颜色不同。它不是白色，也不是紫红色，是碧绿色。当时以为月亮菜在白、紫两色之外，还有碧绿，便认定它是月亮菜了。急不可耐地夹了一筷子，入口一尝，很脆，很甜，却完全不是月亮菜的味道。问服务生才知道，那可不是月亮菜。它叫荷兰豆，一种貌似月亮菜的外来物种。

2017 年 9 月 3 日写于合肥

锅心土记

周日不出门，在家读闲书。随手翻阅中医药典，在“伏龙肝”那一页停了下来。对于“伏龙肝”这种药物，印象实在太深了。

儿时，有次受凉了，反胃呕吐，家人找到村子里一位蓄着白胡子的老郎中看病，他只开了一味药：伏龙肝煎水。给了方子却不给药，让人回家自己找。怕人弄不明白，老郎中特别嘱咐：这药家家都有，就在灶膛里面，也叫锅心土。

老郎中这么一说，在场的大人、孩子立刻全明白了。在我的家乡皖国故地，三国时期皖县，那里曾经有过大乔和小乔，至今留存了不少三国遗迹和传说。在有关三国的众多传说中，一则曹操用锅心土给婴儿止吐的故事几乎家喻户晓。很多人在婴幼年时代，都曾尝过锅心土的滋味。

相传当年曹操率八十万大军下江南，路过我的家乡潜山县岭头乡黄土岭村时，曹操新生婴儿曹植犯病了，喝奶吐奶，喝水吐水，两天下来身体特别虚弱。曹操心系军中大事，又为婴儿的健康担忧，行军途中难免有片刻的精神恍惚。走神往往会出问题，在皖城北边十余里的田畈上，过一座木桥时，曹操从马背上摔了下来，落在河边的沙滩上，他福大命大，竟然平安无事。曹操便认定此处是他的福地，不该匆匆而过，遂命部队在此停留，略作休整。曹操走进路边一户人家，见一白发长须老者，问此地有无郎中。老者说，乡野之地哪有郎中，先生哪儿不舒服了？曹操说，是婴儿病了，一路吐奶。老者说，无须郎中，我有办法。说过，老者拿火钳从灶膛里撬出一块黑黝黝的土坷垃来，刮除被烟火熏黑的表层，剩下淡褐色板结的土块。老者将土块放进锅里，加水煎煮了约莫一根香的工夫，盛出水来，装在碗里，递给曹操，嘱曹操待水凉了再喂婴儿。曹操半信半疑，在没有其他办法的情况下，还是遵嘱做了。奇怪，喂了锅心土煎水后，婴儿很快平静下来，不哭不闹，也不吐了。

为了感谢老者救助之恩，曹操命军士动手从附近山上采石，将老者门口小木桥拆了，新修了一座石拱桥。那桥至今还在呢，乡人叫它“堕马桥”。以曹操在此堕马的故事为桥命名，世代相传，铭记曹操建桥之功德。

传说的真伪无从考证。不过，翻开《三国演义》可以看到，“皖城”的地名多次出现，让人相信曹操当年的确到过此地。此外，今日县城梅城之名，据说亦与曹操有关。行军途中军士口渴难熬，曹操曾远指皖城，说那儿有一大片梅林，让军士们望梅止渴。此后，皖城也叫梅城。

锅心土治病，不能算作偏方，古代医书上早有记载。《本草便读》曰：“伏龙肝即灶心土，须对釜脐下经火久炼而成形者，具土之质，得火之性，化柔为刚，味兼辛苦。其功专入脾胃，有扶阳退阴散结除邪之意。凡诸血病，由脾胃阳虚而不能统摄者，皆可用之，《金匮》黄土汤即此意。”现代医学也对锅心土进行了科学分析，其化学成分主要为硅酸、氧化铅、痒化铁，亦含氧化钠、氧化钾、氧化镁等。从药理上说，锅心土有缩短凝血时间、抑制纤溶酶及增强血小板第三因子活性等作用，能减轻洋地黄酊引起的呕吐症状，有止呕作用。

可见，乡人使用锅心土止吐，虽是源于口口相传的生活经验，却也符合科学道理。

锅心土是吾乡人的叫法，别处也用锅心土止吐，但不叫它锅心土，多叫它灶心土。说法大同小异，意思完全一样，它就是灶膛里、锅底下的那块土。锅心土还有一个富有感情色彩的别名，在中原往北，人们叫它“老娘土”。出门在外，免不了舟车颠簸，水土不服，最寻常的生理反应是呕吐。老娘细心，游子出远门前，她会悄悄地塞给他一个小小的布包裹。包裹里面不是用作盘缠的细软，是一块硬邦邦的锅心土。有了它，游子出门在外，便不畏舟车颠簸、水土不服了。离家千里，游子思念母亲时，便拿出包裹里的那块锅心土，放在鼻子下面嗅了再嗅，闻了再闻，从那块热土上总能闻出老娘的味道来。其实，老娘土这名字比锅心土好，它显得生动形象，更有温度。

如今要找一块锅心土，已然不是一件容易事。从前的锅灶都是砖砌泥垒的，烧的是草木柴火，才有机会于锅脐底下找到烟熏火燎的锅心土。现在，人家烧的多是液化气，泥垒灶台很难见到了，所见多是钢铁造的液化气灶。可以想见，中药典里那味名叫“伏龙肝”的药物，在流行了千百年后的今天行将绝迹。

不过，“伏龙肝”真的灭失了也没关系，人们找到了更好的替代品。“硅酸”“氧化铁”“氧化镁”之类的药片，比起“伏龙肝”来，更快捷，更有效。

想想中医药也挺有意思，明明是人所共知的锅心土，却偏偏说成少有人知的伏龙肝。还有蚯蚓，在中药典里不叫蚯蚓，偏叫地龙。“地龙”之说倒是形象，只是舍近求远，太绕人了。或许，这便是文化的特点吧，太过直接，便显得没有文化的魅力了。

2017 年 9 月 2 日写于合肥

下辑

东张西望

去唐朝看秋天

秋天来了。打起行囊吧，来一次心驰神往之旅，目的地是遥远的唐朝。一个诗的王朝，一个诗的季节。唐朝的秋天，必定诗意盎然，饶有兴味，值得一看。

别说找不到去唐朝的路径，只要还记得杜牧的《山行》，你就把握了去唐朝的方向和路线。“远上寒山石径斜，白云深处有人家。”沿着弯弯曲曲的石阶山道，拾级盘旋而上，步步逼近山的深处。到了白云所出之岫，你会惊喜地发现，白云起处竟有一间茅舍。推开柴门，一位脸色清癯的老者，山僧般端坐院中。面前清茶一杯，手中诗书一卷。读书全神贯注，不知客之所至。耐心听一听老者诵读吧，抑或陪着老者默读诗文。良久，许是老者口渴，放下书卷，饮茶润喉，这才发现面前有客。你装束奇异，让老人家心里一惊，笑问客从何处来。本不知有宋，遑论元、明、清及后来了。

走吧，别过多打搅老人家，让人安心读书。到了唐朝，该四处走走看看。不过，节令还早，“停车坐爱枫林晚”的意境，一时难以体味。“霜叶红于二月花”的景观，少说还要两个月吧。刚刚立秋，漫山草木还是一派葱茏。天气却较暑天凉快多了，众多蝉儿不知藏身何处，都在得意自鸣，惬意得很。一鸣惊人，鸣声此起彼伏，一浪越过一浪，大有一比高下的架势。偶尔有山雀从面前飞过，旁若无人地“叽叽喳喳”。原本幽静的深山，蝉鸣又加上鸟鸣，理应喧喧闹闹，反而更显幽静。幽静至极便是寂静，寂静至极便会让人不知身在何处了。陡然间心里万念俱失，唯存一首诗：“前不见古人，后不见来者，念天地之悠悠，独怆然而涕下。”还真不怪陈子昂生性脆弱，动辄涕下。那种过于寂静的环境，的确给人哭的冲动。

寂静生恐惧，恐惧生离意。好不容易来一次唐朝，又逢秋天，领略秋的诗意是正经，何必奔走千年之远把眼泪当作礼物送给唐朝。时候不早了，暮色渐近。移步出林，未走多远，发现刚刚下过一场雨。山上总是这样，雨说来就来，说走就走。同是一座山，山上山下不同天，上面烟雨蒙蒙，下面晴空万里。

日暮时分，山中雨后，最容易想起白居易。乐天老人有诗《雨中赠元九》："不堪红叶青苔地，又是凉风暮雨天。莫怪独吟秋思苦，比君校近二毛年。"红叶落在青苔地上，偏又赶上日暮雨后凉风。白居易因秋悲叹年华易逝，白发暗生，老之将至。满腔悲愁诉诸何人？白居易想到了朋友元稹。乐天老人葆有诗人天真，过于自作多情。那位小他七岁，慨叹"锦江滑腻蛾眉秀"的诗人元稹，根本没有"恐老"之感。春风得意花红柳绿的元稹，长期沉醉于粉红色的春光之中。在锦江南岸吟诗楼上，元稹正向女校书薛涛倾诉"别后相思隔烟水"呢。恋爱中的元稹，心上哪来的秋悲？果真秋上心头了，那一定是女校书被发配边地，相见时难。元稹心里犯愁，他才意识到秋霜已染两鬓。

悲秋似乎是诗人的通病，就连诗仙、诗圣也未能免俗。到了唐朝，不会不去拜谒诗仙、诗圣。见到李白时，他正吟哦《秋风词》："秋风清，秋月明，落叶聚还散，寒鸦栖复惊。相思相见知何日，此时此夜难为情。"多情的诗仙，触景便伤情。一个人孤苦在异地，秋夜里，一阵冷风吹来，他直打寒战。抬头望空中明月，思念之情愈加浓烈。飘落的叶子在风中打了几个转，而后随风飘散。唉，叶子们曾在一棵树上同观日出日落，于微风中交头接耳窃窃私语亲密无间，可惜秋天一到叶子只得各奔东西了。暮色中，栖息于树上的乌鸦，此刻也被风吹树枝、落叶飘飞响动惊醒，不堪凋零凄凉之境，"哇呀"几声，撕破了水色的夜空。秋寒之夜，此情此景，尤令诗仙心生悲凉和思念。见到杜甫时，诗圣正忙于一边登高，一边吟诗："风急天高猿啸哀，渚清沙白鸟飞回。无边落木萧萧下，不尽长江滚滚来。"杜甫仰望纷纷扬扬、萧萧而下的木叶，俯视奔流不息、滚滚而来的江水，深沉地抒发心中的无限感慨。落叶窸窣之声，长江汹涌之状，令诗圣心中陡起一种韶光易逝、壮志难酬的悲怆。

虽说秋心为愁，但愁却不该怨秋，多心才能生愁。秋本"禾""火"，意味着成熟和收获。对于秋天，实在不必悲戚！在诗意的唐朝走了一大圈，直到见了诗豪刘禹锡你才豁然开朗。这老先生与众不同，很有真知灼见，他对秋天另眼相看："自古逢秋悲寂寥，我言秋日胜春朝。晴空一鹤排云上，便引诗情到碧霄。”在刘梦得先生心中，秋天的诗兴，竟也豪情万丈。

告别刘禹锡，即刻自唐朝返回。你已完全明白，原来，秋日春朝同样美好。

春光不可负。秋天的光景，同样不该辜负。

2017 年 7 月 25 日深夜写于合肥

虎跑寺访泉

那天，从西湖东岸坐车到西湖南岸。在大慈山上，找到了虎跑寺。没想到，进虎跑寺，得先买门票。在杭州，在国内许多地方，寺庙都免门票。虎跑寺收费，也挡不住脚步。此次到杭州，来大慈山，访虎跑寺，为追寻一个人的踪迹，实现一桩久远的心愿。这人就是当年在虎跑寺出家的李叔同先生，后来名扬四海的弘一法师。所以，来到山脚下，到了虎跑寺大门口，收不收钱，都会进门。

买门票时被告知，如今虎跑寺，非昔日虎跑寺。这里没有僧人在此住持，原先的佛殿改作了李叔同纪念馆。虎跑寺不再是一座寺庙，它只是一个以寺庙为名的公园。

进得公园大门，没有停留，沿着独一无二的登山道往山上走去。目标很明确，直奔李叔同纪念馆。才走几步，好像被什么东西绊了一下脚，不由得停步。低头一看，“绊脚”的是路边的一条小溪流。一股溪水从山上蜿蜒而下，淙淙作响。溪水清澈见底，纯净若无，只有在途中遇上了石头，颠簸起来，迸发出丛丛细小的白浪花，才让人意识到溪水的存在。路边的这道溪流，有些缠人，许多人都是因为它而在此驻足良久。

溪流的出现，不足为奇，有山必有水。山上的水必定清亮透彻，自山体上泌出的泉水，纯净如婴儿的肌肤。站在路边看溪流，只一小会，未作久留。此行无关山和水，心中只念一个人。

继续前行，没走出多远，又停下来。这次，不是自己想停步，是让别人逼着停了下来。一位导游姑娘带着一群叽叽喳喳的孩子，团团围住路边的一块大石头，把进山的路给堵住了。后面的行人不得不停步，跟着孩子们一起，把目光落在人群当中的那块大石头上。不过，那可不是一块冷冰冰的石头，它是一只活灵活现的老虎，一只用石头雕刻成的老虎，石雕上落款了美术家韩美林的名字。意外地欣赏到一件精美的雕刻艺术品，只是把这尊“虎雕”与虎跑寺的名字串联了一下，此外无他念想。

穿过人群，继续赶路。没走多远，又停了下来。这次，是自己停下来的，好奇心让人却步。路边的一块平地上，聚了不少人，井然有序，排成一个长队。队列两边地上，摆放着许多大大小小的塑料桶，用来装食用油的那种。人多并不稀奇，哪里不是人多呢。地上摆放了许多塑料桶子，就奇怪了，让人不解。停下来，望了一眼，没有看清原委。离开登山道，凑近人们排队的地方，想探个究竟。原来，这些人在此排队是等候接水。一口泉眼挂在山坡上的石缝里，为方便接水，泉眼里插有一截白色的塑料水管，管径寸许。一股清凌凌的泉水从水管里汩汩而出，源源不断，灌满了一桶又一桶。在此排队候水的人，多半上了年岁，满脸世事洞明。该是杭州城里的居民吧，或许就住在这大慈山附近。杭州这座城市从来不缺水，居民家里也不会好生断水。许多人带着水桶来山上排队接水，必是因为此处的泉水不同凡响了。原来，龙井茶叶和虎跑水，自古以来就是西湖“双绝”，杭州人素以虎跑甘泉冲泡龙井茶叶为快事。人们来这里排队接水，自然也是一桩快事。

离开众人接水处，上一道小坡，经过一个凉亭，就到达目的地了。一座并不高大的寺庙式建筑呈现在眼前，门头上悬挂着一块牌匾，匾上题有“李叔同纪念馆”六个大字。字体似曾相识，近看，方知此乃当代高僧赵朴初手迹。

在李叔同纪念馆逗留很久。参拜弘一大师的雕像，仔细观看阅读关于弘一大师生平事迹图片和文字。出馆门，抬头见后山坡上有一些亭台楼阁般的古建筑，以为那些建筑也与李叔同有关，继续攀登前行。

到了才知道，此处无关李叔同，只关虎跑泉。“虎跑”的遗迹，就收藏在这南北两座亭台里。南边有一水洼，水洼旁立着一只“老虎”。这只“老虎”体型不太大，因而逼真，栩栩如生。不像刚才路边见过的虎雕，那么夸张，一看就是艺术品。北边立了一块古旧的石碑，碑上刻有“虎跑梦泉”四个大字。

原来，这水洼，老虎，还有石碑，共同记载了一个神奇美好的传说。

相传，唐代元和十年，僧人性空大师看上了大慈山上这块清净之地，在此建庙修行。不料山上竟无水，生活极不方便。性空大师只得弃庙而去。离开前夜，性空大师做了一梦，梦见有位仙人对他说，南岳有童子泉，将遣虎移泉至此。第二天晨起，果见虎，于寺庙檐下刨地成穴，穴底泉涌。性空大师遂留此修行，并扩建寺庙。泉因虎刨而出，名曰虎跑泉。寺庙因泉得名，就叫虎跑寺。

由此，虎跑寺成为名刹，虎跑泉亦为名泉，号称“天下第三泉”。泉与寺共生共存，成天下名胜。历代文人墨客至此，为虎跑泉留下了诸多佳句。清代诗人黄景仁作《虎跑泉》云：“问水何方来？南岳几千里。龙象一帖然，天人共欢喜。”诗赞美了虎跑泉，还把虎跑泉的由来，说了个清楚明白。

看过“虎跑”遗迹，心头忽然敞亮。为何别处景点不收费，此处却收费。为何那么多人不怕麻烦，不辞劳累，不嫌花钱，来山上从那一口泉眼处接水回家饮用。一切都是因为这虎跑泉。

在杭州人眼里，虎跑泉可不是普通的泉水，那是上天赐予的甘露，是神圣之水。喝上一口虎跑泉，人就沾上了一点神韵和仙气，快活似神仙。

或许，正是因为虎跑泉，因为大慈山，因为西湖，杭州才被誉为人间天堂呢。

2016年10月7日杭州归来写于合肥

一桩旧物

丰子恺真是一个饱有童心的人。这种童心往往表现为一种强烈的好奇心，对眼前的新鲜物事兴趣浓厚。于别人熟视无睹之中，他发现了新奇，且诉诸笔端，留下了一段珍贵的记忆。

1956 年 9 月，丰子恺偕夫人、女儿自上海出发，乘坐江新号轮船，沿长江溯流而上，前往九江，此行的目的地是庐山。当年，乘坐轮船行走长江，是很好的休闲旅行。沿江两岸城市众多，轮船行驶几个小时，便会停靠一个码头，一停就是一两个小时，甚至更久。船上的旅客能上岸，在沿途城市作短暂停留。

丰子恺后来在《庐山游记之一·江行观感》中写道，“上岸散步的有三处：南京、芜湖、安庆”。在南京和芜湖上岸，写得很简略，只一笔带过。在南京，他在码头上买了一把小刀作为纪念。见别人买，他也买了一把。在芜湖上岸后，没有走远，于码头附近吃了一碗豆腐花就回船上了。倒是在安庆上岸，丰子恺兴趣盎然，费了不少笔墨。先是写了安庆码头附近人多，热闹。接着写到他从人丛中挤出，走上了一条小街，“透迤曲折地走到了一条大街上”。丰子恺感到很奇怪，在许多人家的门口，他都看见了“一种平生没有见过的家具”。因为有婴孩坐在里面，且能在地上移动，丰子恺叫它“坐车”。

丰子恺说对了，在安庆，那东西还真的叫“坐车”。丰子恺对“坐车”作了详细的描述：“这坐车是圆柱形的，上面一个圆圈，下面一个底盘，四根柱子把圆圈和底盘连接；中间一个座位，婴儿坐在这个座位上；底盘下面有四个轮子，便于推动。座位前面有一个特别装置：二三寸宽的一条小板，斜斜地装在座位和底盘上，与底盘成四五十度角，小板两旁有高起的边，仿佛小人国里的儿童公园里的滑梯。”丰子恺说，他初见时不解这“滑梯”的意义，一想就恍然大悟了。丰子恺想起了自己婴孩时用过的“立桶”，婴孩站在立桶里，双手扶在桶口上，脚站在踏板上。踏板是镂空的，上有几个小洞，下面放着灰萝。丰子恺明白了，那“滑梯”的妙用，如同立桶里踏板上的“小洞”了。丰子恺感叹，安庆的坐车比石门湾的立桶高明了很多。

丰子恺笔下的“坐车”，还有石门湾的“立桶”，在安庆，从前的人定不会陌生，安庆也有这样的“立桶”。照丰子恺的说法，我们这代人多来自“子烦恼”的人家。前一个婴孩还站立不稳，后面的婴孩接踵而至。按说，多子多福，子女多，为父母者应该高兴才是。其实，孩子多了，缺乏人手，照应不过来，则是最现实的烦恼。于是，“坐车”和“立桶”便应运而生了，一个“坐车”或者一个“立桶”，就是一双很好的帮手，将婴孩独立而又安全地放置在大人身边。

儿时，当然坐过这种坐车，也站过这种立桶。还记得这种坐车很好玩，那时的婴孩们都乐意坐。好玩在它的四只轮子上，便于移动。移动中形成轻微的颠簸，能逗婴孩一乐。婴孩哭时，大人就把坐车轻轻推动，屋里屋外转上一圈，婴孩不哭了，甚至破涕为笑。

这种坐车是木制的，纯手工制作。如今，在安庆城乡再也觅不见了。木制坐车的失传，不因为它的笨拙而被淘汰。相反，正是它的工艺精巧，非能工巧匠不能制作。失传的是工艺，是巧匠。后来，在安庆如别处一样，婴孩的玩具车很多，每个婴孩的屁股底下都有。这些玩具车都是钢铁或者塑料制品，从工厂里批量出来，颜色鲜艳，模样新颖，比当年那种木制的坐车洋气多了。只是，不及早先的木制坐车方便、好用。

当年木制坐车，还有一处妙用，丰子恺没有说出来。他只看到了座位前面那一片斜装的小木条，却没有看到座位中间预留了一个很大的空洞。他看见坐车时，有婴孩坐在里面，婴孩的屁股恰好覆盖了那块空洞。倘若丰子恺发现了那个空洞，他的恍然大悟定会来得更快。空洞和那条斜斜的小木板，用处相同，只是分工不同，承担的任务有别罢了。

晚年的丰子恺，童心未泯。路过安庆时发现了这样一种坐车，且饶有兴致地写在游记里。这桩原本在安庆早已销声匿迹的旧物，至今还保存在丰子恺的文字之中。一桩旧物，不时地浮现在人们的眼前。

于丰子恺的书中读到了安庆的“坐车”，我仿佛回到了自己的婴幼儿时代。

2016 年 11 月 5 日写于合肥

东坡的眉山

到眉山东站时，才早晨七点半，天还未彻亮。街上人稀，这座位于成都平原西南部的小城，睡眼惺忪，一副似醒非醒的模样。

此次到眉山，没有别的任务，完全是因为一个人冲着一个地方而来，人是苏东坡，地方是东坡故居——三苏祠。出火车站，抬头便见公交车站。于11路车的站牌上，找到了“三苏祠”，心里踏实起来。目标既定，路径也清晰，心中有了底。看时间还早，估计坐车到“苏家”时，人家还不会开门。遂打算四下里转转，在这座城市里看看别处有没有东坡的痕迹。抬头再看公交站牌，仅在11路车的运行图上，就有好几个站点与东坡有关，如“东坡湖”“东坡广场”，还有“东坡竹园”。“东坡竹园”是公交底站，11路公交车即从眉山东站开往东坡竹园。

不用考虑如何打发时间，自知该怎样做了。坐上11路公交车，一直坐到底站，先逛东坡竹园，而后返回，沿途逢“苏”或者“东坡”字样便下车，最后才到“三苏祠”。

车到东坡竹园时，城市真的醒过来了。东方地平线上，隐约可见太阳脸红，许是起得晚了有些害羞吧，于云雾中欲现未现，遮遮掩掩。路上行人渐渐多起来，行色匆匆。

东坡竹园在城市东南隅，岷江二桥西头。开园应不久，一切都还是新的。一座占地不小的公园，竹是园的主题，东坡是园的灵魂。园里依照春、夏、秋、冬四季造景，每一景都紧扣竹子和东坡。公园门口的简介说，园里竹子在120种以上。每一丛看似平常的竹子皆有不凡的来历，背后皆有典故，典故源于东坡咏竹的诗词。“累尽无可言，风来竹自啸。”“密竹不妨呈劲节，早梅何惜认残花。”“长江绕郭知鱼美，好竹连山觉笋香。”“扶持有伴雪应怕，裁剪无人风自吹。”“清诗咀嚼哪得饱，瘦竹潇洒令人饥。”诸多诗句，有刻于石上，也有作了亭台的楹联。

乘11路车反向行进，路过东坡广场、东坡湖公园，下车作短暂停留。在东坡雕像前肃立，行注目礼。之后，徜徉于湖畔，漫步于广场，企盼于不经意间恍惚发现东坡的背影。而后，继续乘车，前往三苏祠。

在三苏祠站下车，迎面一座古牌坊。进牌坊门往街里走，是一大片飞檐斗角、古色古香的老建筑，并未立刻见到三苏祠。牌坊额匾上题有四个大字："古纱縠行"。原来，北宋时期，眉州纺织业相当发达，苏家门前那条街，便是繁华喧闹的纺织品交易市场。如今，那是一条商业步行街，从事旅游服务。从牌坊下穿过，行走一两百米，"三苏祠"三个镶金大字，赫然在目。

与"三苏祠"同时映入眼帘的，还有大门两边的两副对联。外联："克绍箕裘一代文章三父子，堪称楷模千秋景慕永馨香。"内联："北宋高文名父子，南州胜迹古祠堂。"三苏祠里绿水萦绕，竹木扶疏，楼台亭榭，古朴典雅。祠堂里楹联极多，有门有柱，就有楹联。楹联书法奔放，词意隽永。中有一联最为大雅："一门父子三词客，千古文章四大家。"此联，于三苏祠来说，当属画龙点睛之笔。读懂此联，也就读懂了整个三苏祠。记住了此联，就不枉来三苏祠一趟。

出三苏祠，时候尚早，不急于赶往火车站，遂信步街头。到达目的地之后，常有暂时的漫无目的。走过一街又一巷，总觉这座城市的空气中弥漫着一股特殊的气息，熟悉而又陌生，十分浓郁，直扑人面。起初，分不清究竟是何味道，仔细咂摸后方明白，那是一种文化的味道，这文化便是东坡文化。

走在眉山城里，明显感觉到古今眉山人对东坡的无比尊崇。且不说在东坡身后，一代代地保留、一次次地扩建了苏家宅院，由最初五亩庭院演变成如今百亩古祠堂。仅看一座新建的竹园，足以明白个中道理。世人皆知东坡爱竹，"宁可食无肉，不可居无竹"。眉山人想到做到，在多竹的眉山，原本随处有竹，还专门建了一座竹园。竹园自是为东坡而建，故名东坡竹园。晚年的东坡被贬南方后获赦北返，途中病逝于常州。眉山人此举，意在召唤爱竹的东坡魂归故里，家乡有一片竹林属于东坡，在等候东坡。

眉山虽是座年轻的城市，但在千年之前已是州郡，叫眉州。二十多年前，眉山尚为乐山市辖下的一个县。后设立眉山地区，2000年正式设眉山市。如今的眉山市辖两区四县，其中一区以"东坡"命名，东坡区为眉山市的主城区。在东坡区，还有一镇，也以“东坡”命名，叫东坡镇。如此直接以人名为行政区划命名，尚不多见。

没有查询眉山城里究竟有多少公园，熟知的几个公园都与东坡有关。譬如东坡公园、东坡湖公园、东坡湿地公园以及苏洵公园、苏辙公园，还有大名鼎鼎的中国诗书城公园。在那些风景优美的园林里，东坡的影子若隐若现。

眉山城市街道，也有不少与东坡有关，苏祠街、东坡大道、苏洵大道、三苏大道、景苏街等，都是直接带名带姓的路名。有些路名，虽与东坡姓名无关，其实还是与东坡有关。如赤壁路、西林壁路。前者，自然让人想起东坡的《赤壁赋》。看到后者，耳边会直接响起《题西林壁》那脍炙人口的诗句：“横看成岭侧成峰，远近高低各不同。不识庐山真面目，只缘身在此山中。”

眉山人重文化，连续多年举办文化节。文化节的主角自然少不了东坡，甚至名字直接叫东坡文化节。一呼众应，湖北的黄州，广东的惠州，海南的儋州，紧紧跟上，都在举办东坡文化节。于是乎，因为东坡，四个城市干脆缔结为友邦城市，轮流举办东坡文化节。理由很简单，东坡属于眉山，也属于黄州、惠州和儋州。当年，东坡所到之处，皆与当地民众结下深厚情谊，百姓都把东坡当成自己人，东坡也从不把自己当外人。所以，晚年的东坡，在回忆平生经历时，才有了《自题金山画像》诗中的慨叹：“心似已灰之木，身如不系之舟。问汝平生功业，黄州惠州儋州。”

毕竟与黄州、惠州及儋州不同，眉山是东坡的家乡。在眉山，东坡的身影，几乎无处不在。大街小巷里，随处可感知东坡的存在。

一座城市对于一位古人的纪念，如眉山对待东坡这样，实在罕见。究其原因，也很简单：一代又一代的眉山人，无不敬仰东坡，以东坡为荣。

到了眉山，就感觉到这是东坡的眉山。

2016 年 11 月 26 日眉山归来写于合肥

草堂记联

成都杜甫草堂，先后去过两次。后次，在很大程度上是冲着草堂里那些精彩的楹联而去。前次去时，太过自信，自以为记性好，凭眼睛摄录大脑储存即可，回来却很快淡忘。再去时，摄录储存任务，遂交给了一块"掌中宝"。

其实，用手机录存，也不见得十分牢靠。手机出了毛病，照样丢失信息。不如索性从手机里倒出来，用文字将其固化。

首先记住的，是草堂正门上的一联："万里桥西宅，百花潭北庄。"此联出自杜甫诗。"万里桥"，成都古时南门大桥，架于锦江之上。杜甫笔下的"百花潭"，非当今百花潭，位于青羊宫宝云庵下，它该离草堂很近，在龙爪堰那一带吧。

765 年 5 月，杜甫离开草堂，沿长江东下，秋时到云阳，因病滞留于此。写五律《怀锦水居止二首》，抒发对成都草堂的怀念。其中一首云："万里桥西宅，百花潭北庄。层轩皆面水，老树饱经霜。雪岭界天白，锦城曛日黄。惜哉形胜地，回首一茫茫。"首二句便是十分工整的一联，被后世人悬于草堂正门两边。表面上看，杜甫只是说草堂建于何处，实则表达了在离开草堂之后，他对旧居的眷恋。

其次，是悬于草堂大廨的一联："异代不同时，问如此江山龙蜷虎卧几诗客；先生亦流寓，有长久天地月白风清一草堂。"此联作者顾复初于清咸丰末年，应四川学政使何绍基之邀到四川，游宦蜀中，受各界礼聘，为幕客。上联有两重含义，既赞美杜甫亦暗指自己是不可多得的济世之才，叹生不逢时，只得且蜷且卧，居于草野。下联先说杜甫和自己皆漂流蜀中，寄人篱下，有志也难酬，空怀一腔报国热情；后赞杜甫未遇明君，却因诗垂名，留草堂长存天地间，令人景仰。言外之意，自己满腹经纶，竟报国无门，且无任何成就可以像草堂那般流传后世。顾复初在对联中将一腔怀才不遇的幽怨，借咏赞杜甫，含蓄委婉地倾诉出来。如此一波三折，曲径通幽，实属难得好联。

同是此联，1963 年 9 月，郭沫若、于立群夫妇分别题跋和书联，悬草堂南大门外楹柱上。于系郭妻，擅书法，汉隶尤佳。此联书体便是汉隶，形态端庄俊秀。

还有一联挂在工部祠，清人王闿运撰，现代作家老舍补书。联曰：“自许诗成风雨惊，将平生硬语愁吟，开得宋贤两派；莫言地僻经过少，看今日寒泉配食，远同吴郡三高。”杜甫有诗句：“笔落惊风雨，诗成泣鬼神。”上联首起即由此点化而来，称颂杜诗惊天地，泣鬼神。接着说，杜甫忠君爱国、忧国忧民之诗作，启迪影响了后世诗坛许多优秀诗人。下联首起化用杜甫诗句：“幽栖地僻经过少”，继而引用杜甫诗句“朱夏及寒泉”中“寒泉”，说当年草堂少人问津，后因杜甫在诗坛上成就巨大，才不断受后世人凭吊、瞻拜。工部祠用追崇杜甫的后代诗人黄庭坚、陆游配飨，受人供奉、祭拜之盛况，可同远在吴地的三高祠媲美。工稳、巧妙之联，用典出神入化，悬于工部祠，祠联相映生辉。

草堂北大门外楹柱上，悬有明万历时夔州通判何宇度撰写一联：“万里桥西，草堂佳句如新，宛见卜居之兴；百花潭上，水槛沧波依旧，长留怀古之思。”意说，坐落于万里桥西的草堂，诗人当年在此写下的优美诗句，如刚刚写成一样清新，透过诗句，宛然可见诗人筑草堂而居之雅兴。百花潭上，旧时水槛之下，苍凉碧波如故，诗人在此留下了怀古之情思。撰联人表达了对杜甫之崇敬，对杜诗之热爱，对杜甫草堂之深情向往。

同悬于草堂北大门外楹柱上，还有清同治四川道员许光曙撰联：“游宦上峨眉，看浣花溪畔濯锦江头，合构草堂小住；置身参稷契，忆万里依人百年伤乱，只将诗卷长留。”草堂环境幽美，撰联人也想去草堂边构屋小住了。诗人一生于动乱中漂泊流离，远大的理想抱负，只得寄托于诗，留传后世。草堂，让后世诗人艳羡不已。

千百年来，多少人怀着对杜甫的崇敬之情，于草堂里留下了名联佳对。草堂楹联，浩如烟海，灿若繁星。在此，不胜枚举，仅撷二三，窥斑见豹吧。

2016 年 11 月 19 日写于成都乐宾酒店

奇联奇人

去年深秋，去四川大学培训。车过成都东门九眼桥，跨越锦江，由江北来到江南，路过望江楼公园时，发现川大就在公园对面。其实，川大与望江楼公园仅一路之隔，从西校门出来，不过百余米，便到望江楼公园大门。

中午，未回宿舍午休，离开食堂，直奔望江楼公园。原以为望江楼公园不过是一个普通城市公园，进了公园，才知道它并不普通，属于典型的历史文化主题公园。园里所有景观风物，无不指向一个人，唐代女诗人薛涛。

公园布局无非三个板块，一块是薛涛纪念馆，直接介绍薛涛的生平事迹、诗歌成就；一块是古建筑崇丽阁，即望江楼，清朝光绪年间为纪念薛涛而建；还有一块占了公园大部分面积，一片茂密的竹林。薛涛一生爱竹，常以竹子“苍苍劲节奇，虚心能自持”之美德来勉励自己，后人在园中广植各种佳竹，望江楼公园遂成为名竹荟萃之地，因此也被称为“竹子公园”。虽是名不虚传，倘若改称“薛涛公园”，可能更加恰如其分吧。

在公园里盘桓了两个小时，许多景观都只一扫而过，大把的时间花在品读公园里灿若星辰的楹联上。尤其是望江楼上的一幅奇联，断句寻味，耗费了近半时间。

奇联奇在长。究竟有多长？是我所见过楹联中最长的一副，无法一口气读下来的对联，一半也读不下来。这样的长联自然无法写上楹柱，只好刻在两块木板上，并排镶嵌于墙。读完联文，点其字数，竟有 212 字。

上联是：“几层楼独撑东面峰，统近水遥山，供张画谱：聚葱岭雪，散白河烟，烘丹景霞，染青衣雾。时而诗人吊古，时而猛士筹边。只可怜花蕊飘零，早埋了春闺宝镜；枇杷寂寞，空留着绿墅香坟。对此茫茫，百感交集。

笑憨蝴蝶，总贪迷醉梦乡中。试从绝顶高呼，问问问，这半江月谁家之物?”

下联是：“千年事屡换西川局，尽鸿篇巨制，装演英雄：跃冈上龙，殒坡前凤，卧关下虎，鸣井底蛙。忽然铁马金戈，忽然银笙玉笛。倒不若长歌短赋，抛洒些幽恨闲愁；曲槛回廊，消受得清风好雨，嗟予蹙蹙，四海无归，跳死猢狲，终落在乾坤套里。且向危楼俯首，看看看，哪一块云是我的天!”

上联写蜀地风物：登上高高的望江楼，统览远近河山，江山竟是如此多娇。唐代李德裕、宋代范成大在茂州修建筹边楼，正好让后代骚人墨客到此吊古伤今。才女薛涛春闺苦短，负心元稹只留下枇杷巷深，岁月寂寞难熬，如今孤留香坟一座。追昔抚今，百感交集。后来者那些寻花问蝶之流，贪恋于醉生梦死之中，不禁让人振臂高呼，问这半江风和月，究竟是谁家所有?

下联叹自身遭遇：千百年来，蜀中局势风云变幻，上演了一幕幕人间悲喜剧，呼唤各路英雄辈出。卧龙岗上诸葛亮，殒没于落凤坡庞士元，氐族英雄李雄，井底之蛙公孙述，一时间金戈铁马驰骋疆场，一时间又银笙玉笛醉生梦死，都只是过眼云烟。倒不如自个长歌短赋，以消愁解恨，享受这大好风光。可悲生不逢时怀才不遇，世界之大，竟无容身之地，孙悟空纵有天大本事，也逃不出如来佛手心。不得不向高楼俯首，且看哪片云彩属于我的天空?

奇联后面有奇人。解说员现场介绍说，作者钟云舫，名祖芬，自称硬汉，号铮铮居士。清道光二十七年生于江津县。同治六年入庠，考取秀才第一名，随食饩为廪生，迁居县城设馆授徒。他措意于西学，讲授数理化，开新学之先。此公生性豪侠，刚正不阿，对贪官污吏疾恶如仇，以诗文鞭挞。光绪二十年，江津知县朱某品行不端，好狎妓嫖娼，却又于遗爱祠留“政绩”，真正是既当婊子又树牌坊。钟云舫愤愤不平，作诗讽刺：“蛮营倩女妙歌舞，猛将当关奈何。捐廉八百买苏小，从此讼庭花落多。”知县朱某恼羞成怒，革去其廪银，还欲革除其功名，关闭塾馆。钟云舫流落成都，览名胜古迹，撰望江楼长联。

对联因楼起兴，触景生情，情景交融；谈古论今，古今辉映；悲天悯人，天人合一。联长而又一气呵成浑然一体，大有叩问天地气吞山河之势。联如其人，其人铮铮。

望江楼长联不算最长。据说，钟云舫写过 890 字《六十自寿》联，还写过 1612 字江津临江楼长联，被称天下第一长联。遗憾的是，无缘读到他的自寿联，亦未到过江津。到了江津，必将寻访品读临江楼上亘古奇联。

2017 年 7 月 9 日写于合肥

三苏祠读联

在眉山，未见三苏祠，先遇古牌坊。坊额匾题："古纱縠行"。原来，北宋的眉山，纺织业十分发达，苏家门前那条街，便是喧闹繁华的纺织品集散地。

跟着向导，穿过牌坊，边听边看，往街里走，不远就到了苏家老宅院。见门头上"三苏祠"后，目光立刻落在了大门两边的楹联上。如今的三苏祠大门，是一座三檐歇山式建筑。中间悬挂的"三苏祠"匾额，由清代书法家何绍基题写。门联有两幅。内联曰："北宋高文名父子，南州胜迹古祠堂。"1959 年 12 月，时任四川省文史馆副馆长向楚撰文，四川省文史馆馆长刘孟伉书写。上联称颂三苏父子是北宋时期著名的文学家，下联说三苏祠为川西南最负盛名的文化古迹。外联曰："克绍箕裘，一代文章三父子；堪称楷模，千秋景慕永馨香。"原国民政府税务署长、后来湘潭大学教授姜书阁先生撰写。上联赞誉苏氏三父子家学渊源，皆为文章大家。下联说他们是后人学习的榜样，永远受到后世纪念。

进门，迎面两棵高大的银杏树。树很古老，足有千年树龄，被誉为"眉州第一树"。前厅建筑风格为悬山式屋顶，抬梁式梁架，建于清同治九年，此为清代三苏祠大门。前厅门楣正中一匾，道光十四年眉州知州洪运开书："文献一家"。"献"通"贤"，意为文学先贤集于苏门一家。门枋有联："一门父子三词客，千古文章四大家。"乃清雍正时武英殿大学士张鹏翮撰文，宣统二年四川盐茶使赵藩书写。"三词客"，指苏家三父子，苏洵、苏轼和苏辙。"四大家"，指唐代韩愈、柳宗元，宋代欧阳修、苏轼。此四位是唐宋散文八大家中最有名的四家，千古文章指韩愈倡导"古文"运动以来唐宋时期散文。

三苏祠堂是一座三进四合院，由前厅和飨殿，及启贤堂、来凤轩、东西厢房、回廊构成。

飨殿建于康熙四年，前楹门楣悬挂三匾。一块是清乾隆四十三年，眉州知州蔡宗建书“是父是子”。意说有这样伟大的父亲，才有这样优秀的儿子。另一块也在乾隆四十三年，由四川督学使刘锡嘏书“文章气节”。意说三苏父子文章宏伟博辩，品格超尘脱俗，为后世敬仰。还有一块是康熙四十三年，眉州知州金一凤题词，乾隆十六年，眉州知州宋载书“文峰鼎峙”。意说三苏父子如文坛三座雄伟的高峰，鼎足而立，相互辉映，雄视百代。

飨殿门前廊柱上，有幅长联。上联：“宦迹渺难寻，只博得三杰一门，前无古，后无今，器识文章，浩若江河行大地。”下联：“天心原有属，任凭他千锤百炼，扬不清，沉不浊，父子兄弟，依然风雨共名山。”清朝光绪十九年，时任眉州州判云南丽江县拔贡杨庆远撰写此联。意说三苏父子做官的踪迹尽管渺茫难觅，其成就依然雄视千古，器识文章如江河行地，气概雄浑远大，不同凡响；天意原本有所寄托，即使历尽磨难，依旧激浊扬清，保持高尚情操，父子兄弟如风雨之中的高山，挺拔冷峻，伟岸清奇。

启贤堂是苏家“五亩园”的中心，苏家在此供奉祖先牌位。中间端坐了眉派始祖，三苏祖先唐代人苏味道。苏味道为河北赵州栾城人，从小聪明好学，九岁时便能写出好文章，与同乡李峤同以文辞著名，时人合称“苏李”。唐中宗神龙元年（公元 705 年），苏味道被贬为眉州刺使。一子苏份留于眉山，眉山从此有了苏姓一族。

在苏味道的画像之上，现司马光题匾：“奕世荣昌”。画像两边有联：“金生丽水三苏怀乡系赵郡；玉出昆岗眉山发迹源栾城。”系中国人民大学教授朱靖华先生撰写。

启贤堂外，有亭翼然，名“百坡亭”。亭始建于南宋，复建于 1928 年。“百坡”之名，取意于东坡《泛颖》诗中“乱我须与眉”，“散为百东坡”。东坡自谦，认为如他那般的人物很多，后来居上。亭上，见一联抱柱，曰：“谟议轩昂开日月，文章浩渺作波澜。”意说三苏父子经世宏论如日月光耀千秋，文章豪迈俊逸，汪洋恣肆一泻千里。

出三苏祠门，将亭台楼阁园林之美，全然归还于三苏祠。带出来的唯有三苏祠里几副楹联，一路回味读联之愉悦。

2016 年 12 月 11 日眉山归来写于合肥

最爱诗园是沈园

绍兴沈园是南宋年间一户沈姓人家的园林。几经兴废，仍游人如织。究其魅力，尽在一字，诗。沈园原来是诗园。

今人游沈园，少有冲着园林去，多是因为沈园里的诗词。园中所见诗词，无不源自陆游。陆游与其表妹唐婉的爱情故事，似是沈园主题。沈园其实是“陆园”。

南宋诗人陆游，人生道路曲折，仕途坎坷，爱情也很不幸。宋高宗绍兴十四年，陆游与青梅竹马的表妹唐婉结为夫妇。婚后情投意合，伉俪情深。陆游母亲却对唐婉心生不满，担心陆游沉溺于温柔乡中，不思进取，误了前程，便迁怒于唐婉。恰好陆游与唐婉尚未生养，给人对家族不负责任的口实。一气之下，陆母以“陆游婚后情深倦学，误了仕途功名；唐琬婚后不能生育，误了宗祀香火”为由，逼儿子休妻。陆游本与唐婉感情笃深，骨肉难分。最终还是感情屈服于礼教，孝顺的陆游遂了母亲心愿，“执手相看泪眼”，与唐婉生离死别。

十年后的某个春日，陆游心怀忧郁独自前往沈园，意外遇见唐婉及其改嫁后的丈夫赵士程。岁月的红尘，覆盖不了彼此心中那份刻骨铭心的情爱。落寞的陆游正待黯然离去，不料唐婉征得赵士程同意，差人送来了陆游最爱的酒菜。朝思暮想之人，见了却不能说话，陆游怅然提笔于墙上题下绝唱之词《钗头凤·红酥手》。唐婉见之，感慨万千，提笔和了《钗头凤·世情薄》。此后愁怨难解，唐婉一病不起，郁郁而终，给世人留下了一个凄美的爱情传说。

那年秋天，我第一次去绍兴，便是冲着陆游和唐婉的《钗头凤》到了沈园。果然，于砖墙镶嵌石刻上读到了两阙悲痛绝伦的词作。一阙是陆游词：“红酥手，黄滕酒，满城春色宫墙柳。东风恶，欢情薄。一怀愁绪，几年离索。错、错、错。春如旧，人空瘦，泪痕红浥鲛绡透。桃花落，闲池阁。山盟虽在，锦书难托。莫、莫、莫！”一阙为唐婉所和：“世情薄，人情恶，雨送黄昏花易落。晓风干，泪痕残。欲笺心事，独语斜阑。难，难，难！人成各，今非昨，病魂常似秋千索。角声寒，夜阑珊。怕人寻问，咽泪装欢。瞒，瞒，瞒！”读千年不朽词作，为古人“离索”之苦唏嘘不已，狠狠地替古人悲戚了一把。

陆游后来多次到沈园，似寻旧梦。某人或以沈园为题，或借沈园起兴，留下了许多脍炙人口的诗作。如今，诸多诗作在沈园都能见到。

那天，我游沈园，其实不是游园，而是读园。我在沈园里读词、读诗，还读了几副让人过目不忘的楹联。

先在孤鹤轩，读到这样一副楹联：“宫墙柳一片柔情付与东风飞白絮；六曲栏几多绮思频抛思雨送黄昏。”联中多见《钗头凤》典故，表达人生无奈之情。此处有景名曰“孤鹤哀鸣”，景上配联，如锦添花。尤其孤鹤之名，匠心独运。与唐婉一别，陆游终身一孤鹤！

孤鹤轩对面，有亭曰冷翠，悄然默立于莲池水面之上。亭柱上有联：“世情多艰，空萦战马嘶风梦；欢缘难续，长忆惊鸿照影时。”在冷翠亭读如此冷联，自然想到陆游冷色人生。时值仲秋，江南绍兴酷热尚未褪尽，一副冷联令人骨寒。

在沈园南苑，陆游纪念馆旁有务观堂。务观乃陆游之字。宣和七年，陆游生于父亲携家赴任途中，故取名为游。因《列子·仲尼篇》云：“务外观，不如务内观”，便取字务观。务观堂内，陈列有陆游著作、手迹及碑帖。大厅正面墙上，嵌有一幅陆游线刻石像，两侧有联：“剑南万首岂但乡邦称泰斗，旷代相望濯锦江头一草堂。”陆游一生著述丰硕，自言“六十年间万首诗”，至今存诗九千余首。联文赞誉陆游《剑南诗稿》，可望诗圣杜甫之项背。

印象最深是在“半壁亭”上读到的对联。亭倚墙建，半边盖亭，两只翘檐，显然不是完整的亭子。柱上有联：“莫因半壁忘全壁，最爱诗园是沈园。”字面浅显，意味却深长，暗讽当年南宋朝廷“暖风熏得游人醉，直把杭州作汴州”，退避敌侵，苟且偷安。诗人陆游面对破碎河山，伤心欲绝。曾经立下壮志，誓死半壁成全。联意非常贴切，一语双关，警句天成。

读此一联，即刻想起陆游去世前写下《示儿》遗嘱诗：“死去元知万事空，但悲不见九州同。王师北定中原日，家祭无忘告乃翁。”大宋江山，残缺不全，只剩半壁，诗人陆游死不瞑目。

2017 年 7 月 18 日夜写于合肥

武侯祠读攻心联

人到成都，爱去文武两地。文有杜甫草堂，武有武侯祠。我两次到成都，先后去了这两处。

位于成都旧时南门武侯祠，是纪念三国蜀汉丞相诸葛亮的祠堂，因诸葛亮曾做过武乡侯得名。

对三国故事不感兴趣，四大名著里最不喜《三国演义》。故事中人，尔虞我诈，机关算尽，斗来斗去，到最后还不是把自己斗成了一抔黄土，“灰飞烟灭”。

早知道成都武侯祠有副“攻心联”名扬天下，因反感攻心之说，第一次到成都看了杜甫草堂，未看武侯祠。

去年秋天第二次去成都，朋友提议去看武侯祠，不拂朋友好意，加上尊重历史文化，才去了。

到武侯祠，当然首先留意那副“攻心联”。在武侯祠大殿，被列为十大名联的“攻心联”赫然在目。从前只知有此联，并不知悉联文。这回面对目睹，我默读几遍，记住了联文：“能攻心则反侧自消，从古知兵非好战；不审势即宽严皆误，后来的治蜀要深思。”能以攻心服人，所有疑虑不安、怀有敌意的对手便会自然消除，自古以来深谙用兵之道者都不首选以武力解决问题；不能审时度势，其政令无论宽严都会产生失误，后来蜀地治理者对此应作深思。估摸着联文是这意思吧，借对诸葛亮及蜀汉政权成败得失分析总结，警示后人在治理蜀地时借鉴吸取前人经验教训，尤其重视“攻心”和“审势”。其实，何必“攻心”？“攻心”不如“得心”！解说员介绍，此联为清人赵藩撰书。赵藩，云南剑川人，晚清著名诗人、书法家。

在武侯祠大殿里，还有一幅篆书长联：“公本识字耕田人，为感殊遇驱驰，以三分始，以六出终，统一古今难，效死不渝，遗恨功名存两表；世又陈强古冶子，应笑同根煎急，谁开诚心，谁广忠益，安危天下系，先生以往，缅怀风义拂残碑。”领会联意，诸葛公本在卧龙岗读书耕田，为感激刘备知遇之恩替他奔走，以规划三分天下始，到六出祁山病终；统一天下为古今一大难事，他却鞠躬尽瘁，至死不懈，可惜未能成功，只留下记载他功名的前后《出师表》。如今世上又出现陈强、古冶子，可笑曹丕、曹植同根兄弟，相互斗杀，谁能像诸葛公那样集思广益，开诚布公，系天下安危于一身？诸葛公已逝，因仰慕他的风义，多少人前来拜谒缅怀。撰联者王天培，贵州天柱人，国民革命军著名将领。

武侯祠大殿里的楹联很多，除“攻心联”和那副长联，还有一联让人难忘：“勤王事大好儿孙，三世忠贞，史笔犹褒陈庶子；出师表惊人文字，千秋涕泪，墨痕同溅岳将军。”据说，撰联者刘咸荥，成都双流人，“川西夫子”刘止唐孙子，民国成都五老七贤之一。联意是，诸葛亮祖孙三代都是忠勤蜀汉王事的大好儿孙，晋代史官陈寿对他们加以赞扬。《出师表》文章惊人，千百年来多少人读它泣不成声，岳飞书写《出师表》时就边写边哭。确信如此，虽不爱读三国故事，读过上述三联，还是被诸葛亮“鞠躬尽瘁，死而后已”之精神深深感动。

在三义庙，匾额两侧有一联：“在三在，亡三亡，而今享祀犹同伴；合义合，战义战，自昔铭勋匪异人。”大意是，刘、关、张三位异姓兄弟追求同生共死，至今依然相伴相随，享受后人祭祀香火；因“义”而聚，因“义”而战，自古以来荣誉功勋皆属勇于担当者。

在三义庙，“重义桃园”匾额前廊柱上有一联：“异姓胜同胞，应不数曹氏昆季；丹心昭白日，能再延汉室河山。”大意是，刘、关、张三人虽不同姓，为大义团结亲密得胜过同胞兄弟，试看那曹丕、曹植兄弟为争权夺利而同根煎急，哪还有半点骨肉亲情？三义士为国尽忠之心光昭日月，遂使蜀汉江山得以延续。

在三义庙大殿，有好几副抱柱联，记得其中一幅：“遗庙近昭陵，问魏吴而今安在？万年垂汉统，看英雄此日何如。”大意是，念三义士祠庙离汉昭烈帝惠陵近，试问当年与蜀汉分足鼎立的魏、吴，如今遗迹何在？三义士让蜀汉声威流传万年，今天理应受到后人祭祀和景仰。

离开武侯祠，放下了“攻心联”，却放不下三义庙里几联，反复咀嚼着几个词句：“在三在，亡三亡”，“异姓胜同胞”。对于钩心斗角者不屑一顾，至于同室操戈尤其不齿。面对如此重情重义之邦，却又肃然起敬。

2017 年 8 月 19 日写于合肥

成都一棵树

城里的树，大多生长在道路的两边，卫兵般列队守护一条路，谦恭有礼地迎送路上的行人和车辆。

在成都，却看见了一棵与众不同的树。这棵树，不在路边，不居排列之中。它孑然而立，站在道路的中间，大有一夫当关万夫莫开的好汉风范。或者说，这棵树在这个世界上找不准自己的位置，站在不该站的地方，实在没有自知之明。

那条路紧靠锦江之岸，它有一个十分好听的名字。不似别处，习惯叫沿江路、迎江路、滨江路，它叫顺江路。名字好听，就好在这个“顺”字上。成都人似乎对“顺”字情有独钟，不少路名里都含有“顺”字。比如，有一条街名叫顺通街，“顺”字当头。顺通街为东西走向，分成三段，东边的一段叫作东顺通街，西边的一段叫作西顺通街，中间的那一段便叫作正顺通街。对顺通街的情况记得如此清楚，说来如数家珍，正是因为这“顺通”二字给人以好感，让人难忘记。

也不单单成都人喜欢这个“顺”字。天下的人，谁不喜欢“顺”呢？只是喜欢的方式有别。同是一个“顺”字，站在不同的角度去看，会看出不同的结果来。可以看成“顺人”，也可以看成“顺己”。成都锦江岸边这条路名中的“顺”字，肯定不是“顺己”，它只是一种“顺从”，且比“顺人”还多出了一个“人”来，表明它“顺”的绝不是某一个人，而是人人，是更多的人。路名叫“顺江”，意为人“顺”着“江”，而非让“江”来“顺”着人。

有了这样的路名，便不难理解，在成都，为什么会有一棵树竟然大模大样地站挡在一条道路当中了。

那是一棵有年头的树。树龄可能比这条路的年纪还要大。没有这条路的时候，该是先有这棵树了。或者说，这条路还不是现在这个样子时，这棵树就是现在这个样子了。树很粗，也很高，树身斑驳，树冠如盖。树种却很普通，并非名贵，在大西南成都这座城市里随处可见，不过是一株寻常可见的榕树。

如今的人类，相对于一棵树而言，应该说够强大了。在人的面前，再大的树，也算不了什么。人要让树倒，树不会不倒。砍伐一棵树，仅需须臾，便让树干横卧，树冠着地。哪怕这棵树曾经寒来暑往，在风风雨雨里艰难地生长了几十年，乃至上百年。现代人伐木，早已不是《诗经·伐木》里写的那般从容而富有诗意，不存在“伐木丁丁”声，更不需要“伐木许许”众人齐喊劳动号子，一齐用劲才能推倒一棵树。甚至，连传统的斧头都早已不见踪影了，一把电锯轻松解决了从主干到枝叶的所有问题。电力催动钢锯，切割一棵合抱的树干，如刀切豆腐，轻而易举。

成都多树。所有适合栽树的地方，几乎都栽上了树木。河边是树，路边是树，社区里绿树成荫，公园里更是树木葱茏，遮天蔽日。多树之地，人必爱树。在一个爱树的地方，人们不会轻易砍伐一棵树。哪怕树生得不是地方，碍了人的事，树理应被斫倒。爱树的人自然对树宽容，树挡人道了，也没关系，人情愿绕开树，另辟蹊径，不去跟一棵树较劲。

在成都，在锦江边，顺江路上那棵树是幸运的，它遇上了爱树的成都人。否则，若在别处，它极有可能被斫伐倒地，甚至，连埋藏在地里的根也被深挖斩除。至少，会给它挪一挪位置，名正言顺地把它挪到合适的地方去。什么地方合适？当然是路边，让它靠边站，最合适。谁都知道，在“挪”的问题上，树和人不一样，人挪活，树挪死。一棵树，在原地长得枝繁叶茂，一旦被挪动，必定伤筋动骨，十有八九，难逃枯萎的命运。即便不死，也似大病一场，在一段时间里奄奄一息，生机殆尽，而后新生。

成都人不砍这棵树，也不挪动这棵树，且想方设法保护了这棵树。围绕这棵树，在路面中间制造了一座椭圆形的人工岛屿。川流不息的车辆，分别从岛屿的两边穿过，远远地避开了路面中间那棵树。那棵树，因此成为顺江路这条波涛汹涌的“河流”中一道特别的风景。不再是往来行人眼中的一处障碍物。在成都，美丽的风景实在太多，看过了，数不胜数，记之不住。唯有顺江路中间的那棵树，时时矗立在眼前，让人无法忽视。

人的力量的确十分巨大，大到足以让高山低头，教河水让路。人业已主宰了这个世界，世界往往因人而变。在成都，无所不能的人，却在一棵很不识相的树的面前让步了。或许，人懂得退一步海阔天空的道理，才不与一棵没心没肺的树计较。或许，人相信存在就是合理，合理就该继续存在。或许，人懂得了尊重，尊重天，尊重地，尊重天地间的一切存在，包括尊重路面中间这样一棵挡道的树。

其实，路面中间那棵树和人类本身，何尝不是一个样子，一个道理？彼此都是大自然的子民，都需要受到别人的尊重。

人敬人，人恒敬之。人敬天地万物，天地万物才敬人。

2016 年 11 月 17 日写于成都乐宾酒店

桂湖听对

成都北部新都区，有个公园叫桂湖公园，位于区政府附近，公园大门与区政府大门隔路相对。桂湖公园里最主要的名胜古迹是升庵祠。

深秋的早晨，从成都市中心九眼桥出发，乘地铁3号线北上一直到底站，再转乘公交车过十几个站点，最后步行千余米，足足花了将近两个小时，几次向人问路，才找到了桂湖公园。如此颇费周折，来到桂湖公园，不为桂湖优美的风景，只为一个人，一个叫作杨升庵的明朝人。

升庵俩字，或感生僻，只是一个人的别号。提起他的本名杨慎，该不至于陌生了。列举其人作品，差不多家喻户晓了。他的词作《临江仙》："滚滚长江东逝水，浪花淘尽英雄。是非成败转头空，青山依旧在，几度夕阳红。白发渔樵江渚上，惯看秋月春风。一壶浊酒喜相逢，古今多少事，都付笑谈中。"作为电视剧《三国演义》的开篇词，曾经火爆流行，至今仍在传唱。

记住杨慎，或者杨升庵，多因为这首词。一首词，让许多人记住了这位明朝的状元，著名学者、文学家、政治家。

在桂湖，访升庵祠时，曾经对杨升庵的聪明才智钦佩有加，也为他的人生遭遇唏嘘不已。杨升庵的生平事迹给人留下了很深的印象，尤其是向导在解说时，穿插的几则有关杨升庵机智善对的典故，让人不禁莞尔。

一次，是在杨升庵童年时代。他和几个小伙伴在"娃娃堰"里洗澡，忽然遇见鸣锣开道的县官从此路过。其他孩子见状，慌忙上岸，拿了衣服来不及穿上即抱头四散。唯有杨升庵若无其事，继续在水里嬉戏。县官在轿子里把水里情况看得一清二楚，发觉这个娃娃与众不同，想逗他一下。命轿夫停轿，对水里的杨升庵喊话：“大胆屁娃，别人见官都回避，你敢不回避？”杨升庵嬉皮笑脸地说：“大老爷走在大路上，小百姓已经躲到了小河里，这还叫不回避？”县官理屈词也穷，无法说服杨升庵。遂心生一计，命差役拿了杨升庵放在地上的衣裤并挂到高高的树梢上，让杨升庵上岸穿不了衣裤。县官得意扬扬地对杨升庵说：“小子，出副对子考考你，对得好还你的衣服，对不好你就光着屁股回家吧。”杨升庵满不在乎地说：“出吧。”县官故作高深地说：“千年古树为衣架。”杨升庵不屑一顾地说：“这有何难？不就是‘万里长江作澡盆’！”县官一听，吃惊不已，连声说：“口气大，对得好！”忙叫差役从树上取下衣裤归还原处。

一次，少年杨升庵替人打抱不平，去寺庙讨要说法。方丈见他还是个孩子，不当回事，设局戏弄他。方丈让小沙弥把寺庙中间的大门关上，示意杨升庵从两边侧门进去。杨升庵见状，不卑不亢，直摇头说：“接待宾客当走正门，这是自古的礼节，出家人难道不懂？”方丈答道：“敝寺另有规矩，来客须先作对联，对得上，敞开中门有请；对不上，从侧门爬入！”方丈说罢，怪声怪气地吟哦：“小犬摇头嫌路窄。”杨升庵想都不想，张口就来：“大鹏展翅恨天低！”听这口气，方丈大吃一惊，令小沙弥敞开中门快快有请。

还有一次，场面可就大了，那是在皇宫里。杨升庵跟着他父亲——明朝的三朝元老宰相杨廷和，进宫赴宴。那次是弘治皇帝在文华殿里宴请文武大臣，杨宰相想让儿子见见世面，便带了他入宫。时值隆冬，外面冰天雪地，文华殿里却轻歌曼舞，春光无限。几个景泰蓝大火炉中，黑色的紫檀木炭熊熊燃烧，整个大殿暖意融融。席间，弘治皇帝的眼光落在一只景泰蓝火炉上，看视良久，顿有所悟，对群臣说：“朕出一联，卿等来对，看谁先对出来。”接着说：“炭黑火红灰似雪。”弘治皇帝说罢，笑望群臣，等候答对。彼时，那些峨冠博带的大臣们人人低头，苦思冥想，生怕皇帝点到了他，令其当众出丑。一时间，原本热闹的文华殿里鸦雀无声，气氛骤然紧张起来。景泰蓝火炉里的炭火，倒是越烧越旺，不时噼啪作响。“我来对！”一个幼嫩的声音打破了可怕的沉寂。众大臣如梦方醒，抬头一看，筵席前站着一个十多岁的美少年，闪着一对乌黑的眼睛，毫无顾忌地望着高高在上的弘治皇帝。该少年便是杨升庵，他缓步上前，从容答对道：“谷黄米白饭如霜。”弘治皇帝一听，龙颜大悦，拍案叫绝，连连称赞：“对得好！对得好！诸位皓首穷经的朝廷大臣，竟不如这个‘小座主’！”说罢，大笑不已。在场的大臣们无不满面羞愧，皆用惊羡的目光看着杨升庵，席上啧赞声一片。

听到这里，访客们无不钦慕少年杨升庵聪颖过人。接下来的解说，却让人疑惑难解了。作为状元，杨升庵的仕途并不如意。明世宗时，因“大礼议”得罪世宗，杨升庵两次遭廷杖，后被流放云南，至死未归。

事出总归有因。杨升庵父亲为三朝宰相时，难免种下恶果。加上他本人性格过于天真和耿直，不该说的话他说了，不该做的事他也做了。还有，过分的聪明和机智，或许，也在一定程度上坑害了杨升庵。

2016 年 12 月 25 日写于合肥

菱窠读联

去成都之前先想了想，到了成都该去看看什么地方。脑子里最先蹦出的是“李劼人”三个字。李劼人是成都人，成都该有他的故居。到了成都，去看看李劼人故居吧。

住四川师范大学北门附近的一家酒店，傍晚出去散步经过酒店大厅，随口问了前台：“成都有李劼人故居吗?”回答很肯定，有，且就在附近，步行过去不要半个小时。不过现在关门了，只能白天去。当晚，于散步途中问路几个人，大体上知道了李劼人故居在什么位置，行走路线如何，为拜访李劼人故居做好了准备。

次日中午，放弃午休，饭后直奔李劼人故居。在四川邮电学院附近的菱窠西路上，找到了一处旧时川西民居般的园林式宅院。门前，见四川省人民政府树立的石碑：“李劼人故居”。

未进院门，目光先在门楣上的额匾和院门两边的对联上，上下左右流连忘返。额匾上题铭：“菱窠”。门柱上的对联是：“极尽四时之所乐，自成一家以立言。”楹联不难理解，身为作家的李劼人一直是个乐天派，极具生活情趣；从事文学创作可谓立言，其作品又独具风格，有极明显的成都元素和时代特色，当然自成一家。对“菱窠”却略有琢磨了。“窠”是昆虫、鸟兽的巢穴，李劼人会以此来称谓自己的住所吗?当然，出于自嘲，也无不可，这也符合李劼人幽默达观的性格。“菱”又作何解释?人在困惑时，往往会有一个转身或者回首。一转一回，似乎一切都明白了。原来，门前不远处有个小水洼，水面上漂浮着几丛菱角。漂有菱角的水洼，是否在告诉世人，它的前身可不是这么小气的水洼，当年这里曾是一口绿水浮红菱的池塘啊。李劼人必定特别喜欢在这菱角塘边安居，才给宅院取名“菱窠”。

院子不大，不过四五亩地。进院门，行百余米，穿过小广场，便到了李劼人故居主楼，在一座汉白玉半身雕像前驻足。雕像是美术大师刘开渠作品，刘开渠和李劼人是好朋友，他俩在法国留学时相识，当年曾经相约日后由刘开渠为李劼人雕像。石头雕成的李劼人显得格外淡泊冷静，创作雕像时刘开渠先生垂垂老矣，可谓世事阅尽，也无欣喜也无愁了，作品符合他当时的心态。再看雕像后基座上铭文：“巴蜀天府，地灵人杰；劼人先生，一代文哲；锦心绣口，冰清玉洁；微波大澜，呕心沥血；山何巍峨，日何烨烨；缅怀斯人，高风亮节。”赞美之词，极富热度，恰好与塑像风格形成对比，一冷一热，一动一静，似乎可以看作是对雕像的补充或诠释。

雕像背对厅门。目光自李劼人面部离开，立即被客厅门前四根廊柱上对联所吸引。解说员说，先看外联，它出自李劼人之手，是在 1962 年一场大病之后他的自撰联：“人尽其才地尽其力物尽其用，花愿长好月愿长圆人愿长寿。”联文十分直白地表达出病老之中李劼人的心愿，感念去日无多，祈愿健康长寿，希望“人尽其才”，为国家多做贡献。提起李劼人的自撰联，解说员忽然兴致高涨起来，说李劼人喜撰联，且善撰联，这“菱窠”之中，有不少对联就是李劼人先生亲撰。解说员随即一挥手，将众人的目光引向里边两根廊柱上，看到的是这样一副对联：“历劫易翻沧海水，浓春难谢碧桃花。”解说员说此联也是李劼人自撰，是 1947 年过年所撰的春联。回想其历史背景，抗战胜利后，国人已经看到这个灾难深重的古老民族有了新希望，李劼人甚至看得更加真切，按捺不住内心的喜悦，坚信“桃花难谢”。

离开主楼，向左十余米，有几间平房，当年应是用于堆放杂物，如今已用作李劼人书画陈列室。台阶两边廊柱上有如此诙谐之联：“最有文字惊天下，莫叫鹅鸭恼比邻。”解说员说，这是李劼人于 1961 年自撰的一副对联。跟先前两幅相比，反差太大，一边是家国情怀，一边却是日常琐碎。读过，不禁莞尔。

最后，来到一座凉亭前，在亭柱上读到：“新得园林栽树法，喜闻子孙读书声。”据说，这是李劼人外公家的旧联。由栽树成林想到子孙读书成材，可否理解为这户人家重视读书的家风呢？

想起刘心武在一次讲座上说，曾有人问他李劼人是否“李杰仁”。不足为怪，曾经洛阳纸贵的《死水微澜》《暴风雨前》《大波》，沉寂已久，能记起的人恐怕不多了。

2017 年 7 月 8 日写于合肥

雷 打 头

“雷打头”是祖母的一句口头禅。

祖母在世时爱说这话，遇见后人不惜饭食的时候。

印象最深的有两次。一次在我五六岁的时候，饭桌上吃相不好，把碗里的米饭弄得天一半地一半，好多饭粒散落在桌上。祖母见了，极心疼，放下手上的碗筷，用一只手指头沾上口水，将桌上的饭粒一粒一粒地粘起来，送进嘴里，交给舌头，瘪陷的腮帮子一鼓，吞了下去。那时，我懵懂，看祖母如此捡食桌上的饭粒，觉着好玩，嘿嘿嘿地笑起来。祖母见我不以为然，且嬉皮轻浮，大不高兴，立刻板脸，瞪我一眼说：“如此糟蹋饭食，不怕雷打头?”

从此，我的脑子里就有了一个概念，不可糟蹋饭食，否则会遭雷打头。之后，很怕雷雨天。遇打雷，就拽着祖母的衣角，躲到祖母身后去，好像雷公听祖母的话。想起自己曾经糟蹋过饭米粒，心不安，于雷声间隙，悄声问祖母，雷公会不会真来打头？祖母说，不会了，你丢下的饭粒我都捡起来吃了，没有糟蹋掉。以后，别糟蹋饭就行了，雷公又不是不讲理。

那些年，家境还不错，粮食充足，新粮能够盖住旧粮。后来，有一段时间好日子溜了。也就是在那时，祖母又一次告诫我，别遭雷打头！

时间在20世纪70年代初期，我七八岁的样子，刚上小学。有一年，早稻遭水灾，晚稻遭旱灾，当年少有收成。次年，村子里许多人家闹春荒，恨不得早稻田里的青苗，一夜之间完成抽穗、灌浆，且低下头来。青黄不接的日子里，公社粮站给各家各户派发了山芋干子。今天看来，山芋是很好的养生食品。那时，拿山芋干子当饭吃，一日三餐面对它，真不是一件容易事。

尤其，在我的家乡，人们素以大米为饭，不吃米饭，吃了什么都觉得不曾吃饭，肚子不饱。开始，乡人拿了山芋干子当大米，放锅里加水煮“饭”。煮熟了，吃起来，才知道远不是“饭”的味道。家乡近长江，算是南方，乡人不擅制作面食，很少人会发馒头。平常换口味，只是将稻米磨成米粉做成米粑。没有大米时，大家不约而同地把那些山芋干子当成大米了，磨粉做粑粑。山芋干子磨出的粉做成的粑粑，不好吃，又极不好看。米粑的颜色雪白鲜亮，而山芋干子磨出的粉做成的粑粑却乌黑一团，实事求是讲，跟牛粪的颜色和形态几无两样。

到现在这年纪，有了这种感觉，肯定不会说了。当初，那个七八岁的淘气包，全然没有顾忌，怎么想的就和盘托出。第一次见到那种黑乎乎的粑粑，我扭头就走，不吃了，嘴里面还咕哝了一句：“牛屎粑!”

祖母平时耳背，这下耳朵真尖，把那三个字听得清楚明白了。向来慈祥的祖母，这回可严厉了，对我动了粗，且下手不轻。她弯起三个手指，叩了我一个“大板栗”，脑壳上旋即鼓起大包。继而瞪眼训斥：“再敢胡说，遭雷打头!”彼时，很不服气。心想，哪是我胡说呢？本来就如此。吃过祖母那一个“大板栗”之后，不敢回嘴了。

现在，终于想明白了。祖母当年给出的那个“大板栗”，是在替雷公行事。自己的子孙自己管教，免得麻烦雷公。

其实，这雷公，还有祖母嘴里那三个字——“雷打头”，只是祖母的那颗敬畏之心。

祖母活了八十多岁，她一生敬畏天地，敬畏四时。当然，也敬畏碗里的那一口饭食。

2016 年 10 月 9 日夜写于合肥

童心未泯

周日，一早赶往花冲公园。那里有个旧书市场，每逢周日上午才开放一次。

在一家酒店门口泊好车。然后，拎着一只布袋子，沿着肥东路由南往北走去。花冲公园的正门开在长江东路上，在公园的西边，朝着肥东路，开了一个只许行人进出的侧门。

现在的城市，最大的麻烦莫过于停车。车子实在太多了，找一个能够停车的地方真的不容易，稍不留神便有罚单恭候。花冲公园附近人流量大，有许多小商小贩在公园里里外外摆摊设点，卖些针头线脑的小家什。路边的人行道被摊点占据，偶尔，还会有小汽车捷足先登。车辆的摆放很无奈，有的很不识相，直接横在人行道上，几乎把整个人行道给阻拦了。这不，面前就是这样一辆车，估计实在找不到地方停泊，只得见缝插针，把人行道给堵了，车头几乎抵上了公园的围墙。行人至此，只得侧过身子，挺直、吸气、收腹，人才可以贴着围墙走过去。

那车子好像还不错，一个较大的品牌。应该好久未清洗了，车身上全是尘灰，几乎看不出它的底色，走近了细看，才知道外观是黑色。

前面的人，一个接一个绕过车头，侧身穿过。有位老先生与众不同，他没有从车头绕过去，径直走到了车门边。不知情的人，还以为这车是老先生的，老先生正要走过去把车开走呢。谁料，老先生走到车边，不开车门，却蹲下身子，抬起手来，拿手指头在车身上写写画画。

哈，这老先生也真是太富童心了。一把年岁的人，足够古稀吧，竟然爱好涂鸦，遇上能够涂写的地方，他就手痒，想涂上几笔。没有笔也不要紧，直接使用自己的右手食指。手指头就是一支最好的笔，可以用来写字，甚至作画。这老先生会在车身上涂写什么呢？是不是诗兴大发了，想在车身上赋诗一首，五绝或者七绝？

极有可能。人一到老，性情就回到孩提时代了，童心再现。老人的可爱，多在于那一颗童心。许多时候，赤子之心表现为一颗诗心。用一双童眼看世界的人，从本质上讲他就是个“诗人”，在他的眼里，这个世界必定诗意盎然。

后边的人，急于赶路，没有谁去打扰这位“诗人”，一个鹤发童颜的老小孩。任凭他蹲在地上，朝着一堵移动的墙上“题诗”。行人一个接着一个超越了这位老先生，从车头和围墙之间的狭缝里艰难通过。

前面的人，已经走过去了，不会惦记背后的风景，没有谁关心这老先生在干什么。这位蹲在地上的老者，扒在车身上写着什么，逛公园的人肯定不会知道。

没有谁知道这位老先生究竟在地上蹲了多久，是什么时候离开车边的。看他那架势，也该是来逛公园的，顺便再买点小玩意。老先生的手上，也拎着一只手提袋呢。

从公园里返回，那辆车依旧停在那里，还是原来的样子，横卧在人行道上，车头接近围墙，仅留了一个很窄的缝隙。从车头与围墙之间侧身穿过时，忽然想起该看看那位老先生刚才究竟在车上涂出了什么样的一只鸦，是一首诗呢，还是一幅画？

扭头一看，那不是诗，也不是画，只是四个大字。天啊，怎么会这样？竟然是这样令人毛骨悚然的四个字——“棺材挡路”！

哪有这般咒人的！从前，对于挡路的人也常听见骂语，比如说，好狗不挡路。说此话时，人们的脸上总是流淌着笑意，语气也亲昵。绝非这硬邦邦、恶狠狠的四个大字，掷地有声响，碰人会伤人。

这位用手指头在车身上写字的老先生，还是个老小孩吗？他那颗不老的心还是赤子之心吗？若非亲眼所见，说这四个大字出于一位古稀老人的手指头，实在让人难以置信。

或许，错怪了这位老先生。老人家真的童心未泯，他写出了这四个大字，其实另有寓意。

在民间，“棺材”常被人谐音为“官”和“财”两个让人喜爱的字眼。“棺材挡道”，就是“官财当道”了。老先生是在祝福那位素昧平生的车主人吧，祝愿他“官运”好、“财运”好，运运亨通，好运当头！

诚如此，那位爱好涂鸦的老先生，就真的又可爱又可敬了。

2016年10月16日写于合肥

空心却有心

家乡那地方是大别山的余脉。山上多竹林，进到山的深处，便是漫山遍野的竹，竹山，竹海。

乡人爱竹，喜移竹于房前屋后，村庄周围多有一片竹林。儿时，没少在竹林里玩耍，玩的就是竹子。寻一根细小的竹子，摁下竹子头来，让枝叶扫地，再跨上竹竿，骑在上面，把一棵直挺挺的竹子压在胯下，当成一匹马。甚至，还会找一棵粗大的竹子，如猴子爬树那般敏捷地攀上去。爬到竹子梢头，突然松开两腿，身体与竹竿分离开来，让整个人悬挂在竹梢上。那时，竹子就会十分乖巧温顺地低下头来，弓着它那修长的腰身，把竹梢上的顽童稳稳当当地送到地面上。而后，竹子又刷的一下恢复原样，立得笔直。在那顽童眼里，竹子和他一样，没心没肺。

上学后，读李白诗《长干行》："郎骑竹马来，绕床弄青梅。同居长干里，两小无嫌猜。"心想，这有什么稀奇？那竹马早就骑过了。只是，还不知青梅为何物。

年岁稍长，读书渐多，眼界也渐宽，方知竹子不是寻常物。在文人雅士笔下，竹子向来高雅。读过王维那首《竹里馆》，才意识到竹林原是一处多么幽静美好的地方。"独坐幽篁里，弹琴复长啸。深林人不知，明月来相照。"短短二十言，把竹林中人家闲适生活，写得绘声绘色，情景交融。由此，对于童年时代嬉戏过的那片竹林，平添了一份亲切与怀念。

"咬定青山不放松，立根原在破岩中。千磨万击还坚劲，任尔东南西北风。"也是儿时的一篇课文。当时只觉这首咏竹诗写得好，读来爽口，过口不忘，却不知道何人写的一首好诗，把竹子写得那么传神，让人感觉写的不是竹子，是人。后来才知道作者是郑板桥，清朝的一位地方官员，诗人和画家，“扬州八怪”之一怪。此公爱画竹写竹，一生作过许多竹画，写过许多咏竹诗。其中一首题在竹画上的诗曰：“衙斋卧听萧萧竹，疑是民间疾苦声。些小吾曹州县吏，一枝一叶总关情。”在郑板桥的耳里，夜深人静时，风吹竹叶，沙沙作响，那可不是风声，是竹叶在替民众倾诉疾苦呢。郑板桥笔下的竹子，已然不是无情之草木。入得诗画的竹子，便是一种精神，是诗人画家的化身。

于诗画之外，竹子依旧与草木为伍，实实在在的一种植物。它的实在，除了看得见、摸得着，还有一些很好的实用性。从竹根，到竹竿，到枝叶，竹子全身是宝，无处没用。竹根形状奇异，常被人用作工艺品。竹竿用途最广，可制作多种用具。竹叶清香，性凉，入茶入药皆宜。好看且中用，恐怕是乡人爱种植竹子的直接原因吧。

“中用”之处，说的还只是成年以后的竹子。竹子早在幼年就不庸常，它是一道人见人爱的菜。竹子幼时叫笋，多产于冬春两季，尤以冬笋味最美。竹笋之美味，多竹之乡，无人不知晓。在饭桌上吃过竹笋，后又在书中读到了食笋的诗文，竹笋的味道格外难忘。

最早读的食笋文字，是唐朝诗人李商隐《初食笋呈座中》。诗云：“嫩箨香苞初出林，於陵论价贵如金。皇都陆海应无数，忍剪凌云一寸心。”且不管诗人用意何在，就笋论笋，初出竹林的嫩笋的确楚楚可怜，价格金贵。

后来，又在李渔的《闲情偶寄》中读到了食笋。李笠翁笑话了那位爱竹如痴的苏东坡。笠翁在文中写道，“东坡云：‘宁可食无肉，不可居无竹。无肉令人瘦，无竹令人俗。’不知能医俗者，亦能医瘦，但有已成竹未成竹之分耳。”笠翁调笑东坡，只知爱竹，不知吃笋。有竹，又有笋吃，多好，人不会俗，还不会瘦。东坡自是高人雅士，他爱竹的高雅。笠翁却是一个非常有趣的人，他爱竹，更爱笋，提倡雅俗共赏。

最令人动容的还是一个有关竹和笋的故事，叫《哭竹生笋》。相传，三国时有个叫孟宗的人，少年丧父。母亲年老病重，严冬日想喝鲜竹笋煮汤。孟宗无计可施，跑到竹林里抱竹哭泣。少顷，忽闻地裂声，亲眼见地破裂长出了数茎嫩笋。孟宗大喜，采回做汤给母亲喝了，母亲病愈。

未出土时先有节，高入云霄亦虚心。前句说的是笋，后句说的是竹。有节举目可见，虚心源于空心。还是郑板桥笔下的竹：“虚心竹有低头叶，傲骨梅无仰面花。”联中以“虚心”对“傲骨”，以“竹”对“梅”，最易让人想到岁寒三友的品格。于竹而言，正是虚心成就了它的君子之人格魅力。

空心的竹子，虚心的品格。空心或者虚心，绝非无心，而是真有心。不信？孟宗便是明证。

哭竹得笋之后，回到家里剥笋。剥去了一层又一层笋衣，剥到最后，孟宗终于见到了一颗白玉般温润柔嫩的笋心。

2016 年 11 月 1 日深夜写于合肥

本事涨破壳

有一年，在长江中下游地区的巢湖流域，发生了一种十分奇怪的水稻自然灾害。灾害的现象是稻谷里面的米粒冒到了稻壳的外面来了，好像一个成长过快的孩子，个头大，衣服小，有些衣不蔽体了。农业技术部门及粮食行业的专家们，对这种现象有个专业的说法，叫作“谷外糙米”。

那年秋天，曾经跟随一个工作组到过巢湖边的一个县里，去稻子的收购现场，了解“谷外糙米”的灾情及其影响。按说，面对灾情，人是笑不出来的。那天，见到了受灾的稻谷，看到了那金黄的稻壳被撑开，露出了白花花的米粒，觉得滑稽得很，一行人中，有谁不禁哑然失笑了。

捡起几颗那种龇牙咧嘴、被米粒撑破了稻壳的稻谷，放在掌心，仔细审视，反复琢磨，突然想起了家乡的一句谚语——“本事涨破壳”。在家乡大别山东麓皖西南的那块地方，乡人遇见了某人显示自己本事大的时候，通常会笑着说：“你的本事可真大呀，本事涨破壳了！”这话听起来好像是夸奖某人，其实不然，它带有贬义，甚至就直接骂人。人的身上，没有别的壳，只有个脑壳。再说了，这人的本事也该是存储在头脑里面的。所谓“本事涨破壳”，那就是说，某人本事太大，脑袋里面装不下了，无奈把脑壳给撑破了。你看，这还是好话吗？自然有笑人骂人的意味了。所以，于人来说，“本事涨破壳”，并非什么好事，或许就是一种灾难。

如此说来，二者还真有些相像。稻谷里面的米粒太大，让稻谷饱满还不够，竟直接撑破了稻壳，让白色的米粒露出了一角，形成一种灾害。不过，这种灾害带有喜剧性质。种植稻谷的目的就是获取大米，稻谷饱满，米粒个头大，是种田人的期盼。再说，那种露出稻壳的白米粒，不正像咧开的嘴巴里露出的白牙吗？“谷外糙米”的表情，其实就是一副笑脸。正如“本事涨破壳”，是句骂人的话，又非咬牙切齿地骂人，多般还是带有调笑的成分。

由“谷外糙米”联想到“本事涨破壳”，自然还要追问一句，这等“大本事”究竟从何而来？怎么就把自己的“脑壳”都给涨破了？这个问题，在普通人面前，或许还真是个问题，到了农技人们面前，它就不是个问题了。农技人员说，原因很简单，全在于气候。

原来，那年秋后，江淮地区阴雨连绵，气温比往常偏低，持续好长一段时间。水稻又是一种喜光喜热的作物，光照和温度不够，会影响到它的生长发育，最终减少收成。正像农谚说的，人在屋里热得跳，稻在田里哈哈笑。水稻这种作物，不怕天热，就怕阴冷。那年的阴雨天气，恰好出现在水稻打苞的时候。没有足够的光和热，水稻发育不良，苞打得不够大。苞里面稻穗上稻粒的幼芽，也跟着发育不良，没有长出足够的个头来，这件预备给米粒的“外衣”就不够大了。

那些上了年纪的农民，面对这种天气，忧心忡忡，认为当年水稻歉收是“碟子装碗罩”了，已成定局。可是，后来的情形并没有他们担心的那么糟糕。或许，是上天悯农，到了关键的时刻，就想到了农民的难处。老天爷体谅农民面朝黄土背朝天，种一季庄稼不容易，让庄稼歉收，于心不忍。那年秋天，在持续了一段时间的阴雨低温之后，天气迅速晴好，“秋老虎”一觉睡醒后，要起了威风。烈日当空，骄阳似火，持续的高温天气关照了江淮大地。那段晴热的日子，正好赶上了水稻扬花灌浆。充裕的光和热，为水稻的扬花创造了有利的条件，水稻在那段时间生长发育异常迅猛，能够长大的地方充分长大，长得疯狂。尤其是水稻的灌浆，有了来自上天光和热的照顾，灌得迅速，灌得彻底，灌得超出了水稻本身的预期。水稻事先预备好的那只小小的“口袋”，显得捉襟见肘了，已经无法装下源源不断涌上来的稻浆。最终，“口袋”被挤破了，稻浆从稻壳的裂缝里慢慢地冒了出来。

稻浆如此一冒，便“冒”出了一种灾害，导致稻谷的质量不能达标。可是，种植水稻的人们，却不认为那是一种灾害。当年，不仅没有减产，反而增产。最终，官方还是把它认定为一种灾害，权威人士叫它“谷外糙米”。关于“谷外糙米”，在粮食行业有个标准，概率不能超过百分之二，超过了，稻谷就不能达标，不符合国家收购储备的条件。

那年，在长江中下游巢湖流域的“谷外糙米超标事件”，得到了及时有效的处置。政府出面，组织粮食加工企业入市收购那些“谷外糙米”超标的稻谷，消除了粮农“卖难”的隐忧，保护了粮农的利益。同时，粮食加工企业也从中得到了实惠，尝到了甜头。

那些存在“谷外糙米”的稻谷，米粒的“本事”涨破了稻壳，打破了米粒与稻壳原有的比例关系，极大地提高了稻谷的出米率。原本一百斤稻谷只能加工出七十多斤大米，当年，因为“谷外糙米”超标，一百斤稻谷竟然碾出了八十来斤大米。这桩生意做下来，那些米厂的老板们都开心地笑了。

开心一笑的，远不止米厂老板。还有种粮的人、卖粮的人、收粮的人以及那些始终站在粮食的背后，默默无闻地为稻谷操心、为稻谷服务的人们，他们也长长地松了一口气，大家都舒心地笑了。

2016 年 11 月 11 日夜写于合肥

家乡的麦子

从前，家乡是有小麦的。而今，在家乡的田地里，难见小麦的踪影。

家乡位于皖西南大别山的东麓，属山区与平原的过渡地带，地貌以丘陵为主。近山之地，必得水利。有山的地方就会有水。家乡的一条大河——皖水，便是源自大别山中，横穿三县后，于安庆市西郊汇入长江。有皖水照顾，家乡自古以来就是鱼米之乡。耕地以水田为主，旱地零星。水田被水稻占领，间或有少许越冬的油菜。旱地，多位于小山坡上，乡人在坡地上轮流种植小麦和红薯。霜降后，挖了红薯播种冬小麦。端午节前，收了小麦，插红薯秧子。

四季当中，麦黄时节是家乡最美的时刻。农历四月芳菲尽，山野上，新草由嫩绿变为青翠，树木一派葱茏。此时，在青翠葱茏中间，忽然冒出一块又一块金黄的色调来，格外引人注目。麦子的成熟，意味着这一年里的第一次收成。麦子的到来，是在一些人家青黄不接的时候，解了不少人的燃眉之急。麦收时节，乡人的脸色一如麦粒的颜色，光亮，明快，爽朗。

在乡村，打麦场是很热闹的地方。人家的房前屋后，总会有一块干净平整的地面，那是晒场，平常在那里晾晒粮食，麦收时那地方就是打麦场。地里的麦子，从根部被割，打成捆，乡人用一种两头带有铁尖的“鍁镐”，将麦捆挑到晒场上。铺开，一边晾晒，一边扑打脱粒。那时给小麦脱粒的用具叫连枷，一种由竹木做成的农具，长长的竹柄顶梢，挂着一块可以旋转的扁平拍板。打麦时，乡人高高地扬起连枷，让连枷的拍板在空中旋转，然后顺势拍下拍板，让旋转的拍板平面着地，重重地拍打在平躺于地的麦穗上，麦粒和麦芒纷纷从麦穗上脱离出来。打麦的人通常是女人，那时节男人都在稻田里忙乎，一心伺候着水稻。麦场上打麦的人，很少形只影单，总是三五成群。连枷扑地的声音此起彼伏，加上女人的谈笑声，打麦场上热闹非凡。打麦的活儿，最容易激发女人的人来疯，群起而攻之，欺负某个倒霉的男人。所以，男人走近了打麦场，会乖乖的，绝不敢惹事。惹了事，地上的麦芒就会成把地跑到他的颈脖子上去，让他痛痒难熬，坐立不安。那边，则是一群女人开心的调笑声。

如今，打麦场上的热闹场景，早已成为记忆。不因为农耕技术进步，机械化生产替代了传统的手工劳作，是因为家乡不再种植小麦了。起先，山坡上的麦地改变用途了，不再种植小麦，改种了蔬菜或豆类。而后，村子里的稻田全流转给了种粮大户，大户想改良土质，采取稻麦间作，种一季小麦，插一季水稻。再后来，种粮大户又改变了种作模式，干脆只种一季水稻，不种小麦了，让土地有半年的休息时间，进行自我休整。

其实，停种小麦，让土地休养生息，并不是种粮大户的本意，那是不得已而为之。原来，家乡刚好位于长江中下游地区，每年有一个非常明显的“梅雨”季节。宋朝诗人贺铸《青玉案》云：“试问闲愁都几许？一川烟草，满城风絮，梅子黄时雨。”这梅子黄时，也就是家乡麦子黄的时候。那时的天气，如同三岁孩童的脸，说变就变，明明刚才晴空万里，一转眼便是大雨滂沱。有时，雨下起来没完没了，持续十天、半月是寻常事。麦子熟在田里，无法收割，种粮大户心急如焚，捶胸顿足。再急也没用，老天爷不给好脸色看，田里的麦子便收不起来，只得眼睁睁地看着麦子站在麦田里，麦粒渐渐发霉变黑，甚至在麦粒的嘴子上烂掉一小块。

农技专家们将这种麦子发霉的现象，称之为小麦“赤霉病”。遭遇了“赤霉病”灾害的小麦，麦粒就不再完善了，总有残缺。当不完善粒超过一定标准，小麦便不能被收购用于国家储备。这就让种粮大户傻眼了，辛辛苦苦忙了大半年，且投入了不少本钱，因为天灾，麦子霉变，不能作为正常的粮食出售，只能用作饲料。即将到手的收益，因为连续的下雨，大部分白白地打了水漂。种粮大户遭遇了一次、两次之后，再也不干了，宁可让田地荒废一季，也不愿意再种麦子。

在家乡，长江北岸，大别山下，皖水河畔那一带，如今难见麦子一面的原因，大概就在这里了。

其实，家乡原先种植小麦的时候，也会遭遇梅雨天气影响。不过，那时的麦子，仅零星种植，在山坡上有那么一小块一小块麦地，整片的稻田只种水稻，从来没有种过小麦。一家一户在山地里种了那么几块地的小麦，最多收个三、五斗麦子。因而，遇上了梅雨天气也没有关系，屋子里可以住人，也可以住麦子。一旦天气不好，乡人就将那些麦子连秸秆带麦穗，一起带到家里来了。

麦子，在许多地方都是精细的主粮，在家乡却不是。乡人视麦子为杂粮，但比作为主粮的稻米看得还要金贵。平日都吃米饭，只有在过节时才会吃上麦子。吃麦子比吃米费事多了，先要用石磨将麦粒磨成麦粉，而后加水拌和、发酵，到麦粉泥发泡起来，才做成粑粑，放锅里蒸煮。乡人不嫌麻烦，总觉乐在其中。一年就收那么点麦子，吃起来很精细，乡人希望尽量多吃几次。

好在现在不种麦子也能吃上麦子了。乡人不种小麦，似乎也未感觉到有何不适。

身为南人，偏生北相。不仅貌似北人，饮食习惯也随北人。米面之间，犹爱面食。

在家乡，或许无他人惦记麦子，唯独一人惦记。常常记起，农历四月间，家乡的山地上，那一块又一块喜人的金黄。

2016 年 11 月 12 日

遇见几本好书

岁末，应《江淮晨报》“晨书房”编辑、作家李春女士之嘱，从今年读过的书目当中推荐出几本好书。遂对本年度的阅读经历，进行了一次回顾与盘点。

2016 年，没少买书，没少阅读。读过的书自然没有买的书多，读书没有买书快。全年累计买书不下一百本，读过的书，才四十来本。买书有选择，非好书不买。读书必挑选，书多，好些书无暇顾及。少年读书，饥不择食。中年读书，则十分“挑食”了，好吃则吃，最好吃的才会抢先吃。读过的书，均是于新买的书中好中挑好挑出来的。当然，此处所说得好，实乃一己之喜好。自己喜欢，那就是好。

若以个人喜好作为标准，从今年读过的几十本书中，挑出三本好书，首选《山窗小品》，其次《陶庵梦忆》，再是《苏东坡传》。

《山窗小品》是现代“章回小说大家”“通俗文学大师”张恨水先生散文全集七本中的一本，由时代文艺出版社出版。当年，张恨水的一位朋友曾经在某个公开场合说过，世人皆知张恨水小说写得好，其实，张恨水散文写得比他的小说更好。读过《山窗小品》，觉此言并不过分。

张恨水小品类散文给人感觉冲淡、清新、隽永，在意境创造、情趣抒写、语言驾驭方面达到了很高的水平。《山窗小品》写于张恨水居于重庆郊区南温泉三间茅屋期间。正如张恨水在自序中所言，“乃是就眼前小事物，随感随书”。文章多自眼前风物生发，或点染山水，或显影趣味，或忧世伤生，文笔似瘠实腴，为不可多得令人铭心之小品。

最喜书中那篇《雨丝风片》：“阶前一夜雨，枕上五更凉。看书三页，拥衾浑卧，不觉东方之既白，快哉雨！晨起，新绿满院，小步徘徊，首拂低枝，风飘下两点三点雨，诗意盎然。屋后小院一弓，终年不履人迹，期间野莱蓬生，开紫花如球结。启户视之，有微芳一陈扑人。觉花之自得，远胜于我。白粉墙上，新添得绿色数尺。幽阶一夜苔生之句，突然上口。”你说，这是小品，还是诗呢？是小品，更是诗。张恨水先生诗人本色，极易触景生情。晨起推窗，看雨后的小院，张恨水先生便随口吟出“幽阶一夜苔生”之佳句。

《陶庵梦忆》是明代散文大家张岱的传世名作，手上的版本由中华书局出版。书中所记大多是作者亲身经历过的世间杂事，极似一幅深刻描绘晚明社会生活风貌的历史画卷。文章摹景记人逼真肖似，极富画面感，人事风物鲜活，读之如有昔日场景再现，引人入胜，让人身临其境。尤其是作者将自己对于亡明遗民的感怀孤愤之情倾注笔下，借以表达对故国之思、乡土之恋，抒发世事沧桑之感，寄托朝代兴亡之慨叹。因书中所记皆为苦难过后的追忆，作者不自觉地过滤掉了很多记忆，只留下那些最为美好、值得留恋的东西。几百年后读来，仍受美感冲击。

提起《陶庵梦忆》，莫不称道书中名篇《湖心亭看雪》。那种“天与云、与山、与水，上下一白”的西湖雪景，真是美妙绝伦。尤其“童子烧酒，炉正沸”的情景，最是美景中的佳境，让人感到天冷而心热。

尤喜书中那篇《闵老子茶》。因闻“闵汶水茶不置口”，“即访闵汶水于桃叶渡”。“灯下视茶色，与磁瓯无别，而香气逼人，余叫绝。”“遂定交。”读完此篇，觉作者和文中的闵汶水老人皆有魏晋风度。他俩一个慕名来访，一个有意无意避而不见。来者痴心不改，定要喝到主人那杯茶。最后，主人回来，煮茶待客，发现客亦懂茶，且懂的不比自己少。彼此都是性情中人，因为茶道，原本陌生的两人却结下了深交。好茶易得，知音难求。作者这趟路没有白跑，闵汶水老人也没有白交这位上门来的朋友。

《苏东坡传》是现代著名作家林语堂先生为苏东坡所做的人物传记，为20世纪四大人物传记之一。林语堂用英文写就，张振玉将其翻译成中文。手头的版本，系湖南文艺出版社最新出版。

苏东坡以文章名闻天下，仕途却历尽艰辛坎坷，一生中屡遭谗言受迫害，终不改其乐观的天性。他的人生观融儒、释、道于一体，于诗、文、词、书、画诸多方面造诣深厚，在才俊辈出的宋代登峰造极。苏东坡比起史上其他诗人来，更具有天才的多面性、丰富感、变化感和幽默感。他的人格精神所体现的进取、正直、慈悲与旷达，千百年来始终闪耀在历史的星空，为无数的后来人驱散了心中的迷雾。

学贯中西的林语堂先生用他的生花妙笔，将一位伟大的文学家、政治家、书画家的一生娓娓道来。同时，也把一个性格鲜明、多才多艺、形象饱满、可敬可爱的苏东坡清晰地呈现在人们的眼前。

书中记载，有一次，苏东坡对他的弟弟子由说："吾上可陪玉皇大帝，下可陪卑田院乞儿。眼前见天下无一个不好人。"此言正是苏东坡的人生态度。因为拿得起、放得下、看得开，苏东坡才过得快乐，无所畏惧，像一阵清风度过了一生。

苏东坡的人生历尽挫折，却光风霁月，他远离了蝇营狗苟。不卑不亢，不忮不求，随时随地吟诗作赋，纯然表达内心之所感。至于别人怎么看待、喜不喜欢，那是别人的事情，他置之度外，全然不顾。

2016 年深秋，在四川大学培训，听一位国学教授言，心有块垒时，未必依赖心理医生化解，国学便是良药。苏东坡的诗文是最好的"心灵鸡汤"，足以滋养人的灵魂。读过林语堂的《苏东坡传》，信此言。

2016 年 12 月 10 日写于合肥

偶遇“上下忙”

第一次关注到历史上与粮食有关的“上下忙”的说法，是在安徽票证博物馆墙壁的展板上。

那是一家民办博物馆，坐落在合肥市东南隅，巢湖北岸长临河镇六家畈村。馆舍是一幢砖墙瓦顶的老房子，据说是清朝一位淮军将领的故居，该有一百好几十年的房龄了。一座古色古香的老宅院用作博物馆，让人觉得非常合适。馆藏各种票证，以粮票为主，各种各样的粮票足有千余种吧。馆主唐先生原是粮食系统职工，20 世纪 90 年代因为改革分流，不得不离开粮食系统，自谋职业。唐先生心系粮食，人在粮食系统外，心还牵挂在粮食之上。不做粮食工作，却潜心从事粮食历史研究，以收藏粮食票证为切入口，二十几年如一日，克服诸多困难坚持了下来。于是，便有了安徽首家、国内也很少见的民办票证博物馆。

上、下、忙，这三个字，极其简单明了，无须琢磨。将这三个单个的字放在一起，构成了词语“上下忙”，且放在粮食的话题之下，说实话，并没有立刻准确理解它的意思。好在专家就在身边，一问便知，“上下忙”为史上一种征税方式，一年的税赋分上下半年两次征收。专家一说，便忆起了少年时代从书上读过的“两税法”“一条鞭法”，偏偏记不起还有“上下忙”的说法。专家说，所谓的“上下忙”，只是一种形象的说法，其实就是“两税法”。

回来查阅资料，还真是这么回事。从唐代开始，田赋征收实行“两税法”，即分夏、秋两季征收，分别称为“夏税”和“秋税”，规定征收时间“夏税无过六月，秋税无过十一月”。此后，历朝历代均沿用“两税法”，只是规定的征收时间经常有些变动。明代晚朝张居正推行“一条鞭法”，丁银（人头税）开始摊入田赋征收；到清代康熙晚期实行“摊丁入地”后，田赋与丁银基本合一，被统称为“地丁钱粮”。清雍正十三年（1735 年）规定：地丁钱粮上期在二月开征，五月截止，名曰“上忙”；下期在八月开征，十一月截止，名曰“下忙”；上下两忙，征收的地丁钱粮称为“忙银”。由此开始，“两税”被改名为“上下忙”，一直沿用到清末民初。

“上下忙”的说法挺有意思，意思全落在一个“忙”字上。首先看到的是各地官吏都在“忙”，忙于催收地丁钱粮。不忙不行啊，地丁钱粮到手之后，该进贡朝廷的进贡朝廷，该自主开支的自主开支。收不上地丁钱粮，官吏们对上交不了差，自己的俸禄也无从落实。官吏的“忙”，不单是忙，忙中有必“蛮”，蛮中还有“狠”。不蛮不狠，或许就白忙乎了。透过“官忙”的背影，自然可以清楚地看见遍地的“民忙”。赤日炎炎之下，光着膀子的农夫，黝黑发亮的肌肤上汗水涔涔。农夫们面朝黄土背朝天，正忙于从地里刨食。那情景很容易让人想起唐代诗人李绅的《悯农》：“锄禾日当午，汗滴禾下土。谁知盘中餐，粒粒皆辛苦。”回望迢迢人类史，朝朝代代官民都在“忙”，几乎没有不“忙”的年岁。官“忙”，民更“忙”。民在地里“忙”，官在兜里“忙”。官“忙”，忙中有喜，忙中有乐；民“忙”，忙出一身汗，忙出两行泪。

“忙”路漫漫。一“忙”，竟“忙”了两千多年。赋税制度，与国家政权几乎同时诞生，相伴而行。《尚书·禹贡》里有这样文字：“四海会同，六府孔修，庶士交正，厎（音 di）慎财赋，咸则三壤成赋。”《左传》里明确地记载了鲁宣公十五年即公元前 594 年实行“初税亩”的史实。

自 2006 年元月 1 日起，《中华人民共和国农业税条例》被宣告废止，在我国延续了两千多年的农业税终于退出了历史舞台，亿万农民永远告别了世世代代种田需缴“皇粮”的历史。

上次去北京，参观中国农业博物馆时，看到了一口青铜大鼎，名曰“告别田赋鼎”。此鼎系河北省灵寿县花甲老人农民王三妮赠献，是他在自家院子里精心铸造打磨出来的。国家免除农业税的政策，给王三妮带来了实惠，也给他带来了铸鼎的冲动。于是，历经一年多时间、耗费 8 万余元，由他自己亲手设计制作的“告别田赋鼎”面世了。

“告别田赋鼎”为青铜质地，高 99 厘米，最大直径 82 厘米，重 252 千克。鼎腹上部刻有《告别田赋》铭文，计 560 字。文中历述田赋的变迁以及农民生活的变化。鼎腹下部刻四海水纹，高浮雕龙、瑞兽。龙、兽由祥云围绕，寓意国泰民安、社会和谐。“我是农民的儿子，祖上几代耕织辈辈纳税。今朝告别了田赋，我要代表农民铸鼎刻铭，告知后人，万代歌颂永世不忘。”铭文最后这样写道。朴素的语言，是王三妮真实的心声，也是千千万万个王三妮共同的心声。一口青铜大鼎，由一双侍弄庄稼的粗糙大手做成，也许不算精美，它仍不失为一件极其贵重的馆藏珍品。因为它的意义非凡，这口大鼎给存在了千百年的“上下忙”，画上了一个圆满的句号。

此后，虽然人世间继续有“忙”，大家都不会闲着，上、下还得忙，却不再是原先的“上下忙”了。曾经的“上下忙”，已经渐行渐远，身影越来越模糊，让人陌生，让人淡忘。

不到巢湖岸边的这家票证博物馆，还真的想不起来，在这块土地上曾经有过漫长的“上下忙”。

2016 年 12 月 24 日写于合肥

插田要好秧

“插田要好秧，养女要好娘。”这是家乡皖西南地区的一句谚语，因言及农事，它也是一句农谚。前句是一种农业生产经验的结晶，往高处说，它属于稻作文化的范畴。后句讲的是人生哲理，是一种生活感悟。无论是从遗传学的角度来说，还是论及家风的传承，父母对子女的影响真是显而易见了。

生在乡村，长在乡村，中学毕业以后才离开乡村，对于农事和农谚不会陌生。曾经耳濡目染，有粮食的地方，必有农事。有农事，就会有农谚。乡村有它自己的文化，农谚是乡村文化的一个重要组成部分。

农谚的历史，几乎与人类的历史一样悠久。有人类，必有粮食，必有农事，农谚就与农事同时诞生。由于文字产生的滞后，早期的农谚有些渐渐丢失，有些代代相传，并形成文字，流传至今。史上那些著名的农书，如《齐民要术》《田家五行》，还有《沈氏农书》《开工天物》以及《朝野佥载》，都有大量的农谚记载。书中的农谚，绝不是某个人闭门造车杜撰出来的，一定是有人口说，有人耳听，而后再动手写成文字。留传后世的农谚，自有它的道理，许多至今还能用来指导农事，裨益生活。譬如，《齐民要术》中的“欲知五谷，但视五木”，“耕而不劳，不如作暴”。《田家五行》中的“六月不热，五谷不熟”，“六月盖了被，田里不生米”。《沈氏农书》中的“处暑根头白，农夫吃一赫”，“麦要浇芽，菜要浇花”，“稻如莺色红，全得水来供”。《天工开物》中的“寸麦不怕尺水，尺麦但怕寸水”。《朝野佥载》中“若要麦，见三白”，“正月三白，田公笑赫赫”。千百年后，虽时过境迁，这些农谚依然鲜活，散发着它经久不衰的生命力。

说了远的，再说近的。身处江淮之间的巢湖流域，这里农耕文化源远流长。广大农民在长期的劳动、生活实践中不断总结经验教训，形成了大量的对地理、气候、物产及日常生活现象的理解，口耳相传成为谚语。譬如，有说山水的，“山有名，水有姓，锄头都有柄”，“山高一丈，水冷三分”。有说乡恋的，“人不亲土亲，河不亲水亲”，“鱼爱河湾鸟爱窝，牛爱田埂羊爱坡”。有说林木的，“静闻风扫树，笑对鸟谈天”，“有风松涛吼，无雨水长流”。有说物产的，“漕河一百里，有鱼又有米”，“漕河十六汊，汊汊有鱼虾”。有说饲养的，“鸡寒上树，鸭寒下水”，“鸡急上房，狗急跳墙”。有说耕作的，“五月初五过端阳，吃了粽子忙插秧”，“有收无收在于水，收多收少在于肥”。有说气象的，“池塘鱼打花，天天有雨下”，“苍山戴帽，一天一暴（雨）”。方方面面都有谚语，若能收集整理出来，简直可以当作一部农家生活的百科全书了。

无论是古书上记载的农谚，还是现实生活中仍在流传的农谚，远的也好，近的也好，都是通过“父诏其子”“兄诏其弟”，口说、耳听、脑记，一代代传承下来的。其实，那些明白如话通俗易懂的农谚，生于草野，存于草野，让人难以置信，农谚竟也是一种高雅的文化现象。甚至，有些农谚与史上的某些经典著作存在着异曲同工之妙，文字及语义几乎同出一辙。在皖南山区，流传着一句农谚：“大树之下无丰草，大块之间无美苗。”几乎是同样的话语，见之于西汉（公元前1世纪）桓宽的《盐铁论》：“茂林之下无丰草，大块之间无美苗。”在皖西南大别山区，流传着这样一句谚语：“骤雨不终日，飓风不终朝。”翻开老子《道德经》至第二十三章，便可以读到这样的句子：“飘风不终朝，骤雨不终日。”现实生活中的谚语与书上的精典语句，不说完全相同，起码也是“形似而神同”了。

在人类历史上，早期的艺术产生于农业的生产劳作，包括音乐、舞蹈和歌谣。实际上，农谚同样来自劳作，因为它属于歌谣，是一种最简短易记的歌谣，是歌谣的一个重要分支。不信？去读《诗经》吧，在《诗经》里面可以找到明确的答案。《诗经》中的“七月”“甫田”“大田”“臣工”等篇章，既歌颂农事劳作，又抒发劳作者的情感，那些朗朗上口的诗句，既是农谚，又是歌谣。

至此，农谚的俗与雅不辨自明，这是一个不争的史实。《诗经》不可谓不雅，大雅、小雅皆出自《诗经》。农谚与大雅、小雅师出一门，不可谓不雅。

再回到家乡人耳熟能详的那句农谚：“插田要好秧，养女要好娘”，朴素的话语，同样不失高雅的韵致。简简单单的几个字，既道出了农事的经验，又道出了人事的真谛。

先民们习惯于拿农谚当镜子，经常对照自己的农事劳作，对照自己的人生轨迹。同时，以自己的实际行动来实践和诠释、丰富和拓展农谚的内涵和外延。由此，农谚越来越精准，越来越经典。

如今，在现实生活中，人们或许不怎么说起农谚，但是，说与不说，农谚照样存在。不仅存在于口头、存在于文字，许许多多的农谚不再是简单的农谚，它已经以一种观念和文化的形式，存在于人们的骨子里、血液中。

农谚为粮而生，农谚与粮同存，农谚伴人偕行。

2016 年 12 月 27 日夜写于合肥

船行水田

船行水田，听起来似是痴人说梦，诳人诳语。水田里能有多深的水，竟然能够载舟、能够走船？

的确，猛然一听，自己也觉得不可思议。水田种禾，船行江河，才是本分，方为正道。若将水田与行船风马牛不相及的物事联系到一起，实在没有道理。果真，有艘船离开了江河大海，堕落在水田里，它必定行走不远，非搁浅不可。

可是，如此让人不可理喻的事情，偏偏就是事实。甚至，它还不是眼前偶见的事实，它已经成为由来已久的史实。那艘船，行程极远，几乎穿越了千百年。而且，至今还在继续行走。这种船行水田的现象，是一种传统的农作方式，作为农耕文明而存在。

提起这种农作方式，是因为一幅图画。前不久，在合肥市的庐江县看到了这样一幅图画：画面的背景是一方稻田，稻子已经成熟，稻穗金黄，稻秸由绿转黄，黄中还有些许的绿意。大概水稻收割的时机必须如此，穗子不黄不能收割，若等秸秆全黄了再收割，可能就有些晚了。完全失却绿色的水稻秸秆，筋骨会很疲软，稍微遭遇风雨，成熟的稻子就会倒伏于水田。稻穗一旦与泥水接触，稻粒就会立刻显现出种子的天性来，破壳发芽，从而失去其食用功能。

在画面里，背景之上的主要对象，是一艘两头高高翘起的木船。船上载有物，物是一台铁木构成的水稻脱粒机，简称打稻机。机上有人，脚蹬打稻机的踏板，由齿轮带动浑身铁刺的滚筒高速旋转，手操一束连秸带穗的水稻，把稻穗子放到滚筒上，让飞转的铁刺将稻穗上的稻粒打下来，落在打稻机的机舱里。

这样的一幅图画，让人熟悉而又陌生。熟悉的是那台打稻机，还有机上机下，农人辛苦忙碌的劳作。陌生的是打稻机下面的那艘木船，用船载打稻机，还是第一次看到。

铁木结构的打稻机，在 20 世纪 70 年代之后，南方的水稻产区广为使用。80 年代初期，实行“包产到户”之后，庄户人家省吃俭用也得添置一台打稻机。否则，到了稻子成熟期，没有打稻机使用可就麻烦了，熟在水田里的稻子一时收不上来，多么让人心焦。所以，打稻机这种农具，在当年，曾经是庄户人家的重要家当。从那个年代过来的人，对它都不会陌生。

在打稻机出现之前，用于给稻谷脱粒的农具叫“获桶”。这是从皖西南农村得来的一种叫法，不知道别处的叫法是否也这样，只觉得这种叫法直观贴切，它就是用于收获稻谷的木桶。“获桶”为四方形，上口大、底部小，四面倾斜，四拐有交叉的把手。桶壁倾斜，是为了将稻谷脱粒方便。打稻的人，将一束稻禾高高举起，借助惯性将稻穗重重地砸在桶壁上，使得稻粒与稻穗分离，稻粒沿着桶壁落入桶底。一张“获桶”须由四人合用，每人“各霸一方”。到移动“获桶”时，每人拽住一个拐角的把手，奋力推拉向前。需要特别交代的是，在水田里移动“获桶”，是整个水稻收获过程中难度最大的事情，直接考量着劳作者的体力大小。一些体力弱小者，则干不了这桩农活。所以，从前，在大集体年代，伺候“获桶”的人，必是壮汉。

用“获桶”脱粒，收获稻谷，完全是人力劳作。用的是蛮劲，缺乏巧劲。铁木结构的打稻机问世之后，脚蹬踏板催动齿轮转动，由齿轮带动滚筒转动来脱粒，便是借用了机械的巧劲了。效率大大提高，人也轻松不少。只是，还有一个难题未能解决，那就是打稻机在水田里的移动实在太费劲了。如同“获桶”的移动，打稻机在水田里移动绝不是一件容易事，需要使蛮劲，蛮劲不大还真移不动那个沉沉的铁木疙瘩。

毋庸置疑，人是这个世界上最聪明的物种。在人的面前，办法总归要比困难多。这不，打稻机在水田里难以移动，聪明的人们就想出了一个办法：做出了一艘小木船，以船装载打稻机。需要移动打稻机的时候，只需推动那艘两头翘起的小木船了。这样一来，多少也借用了一点水的浮力。同时，木船圆滑的窄小底部，大大减少了移动时的摩擦力。可以想见，移动小木船，比起直接移动那个愣头愣脑的打稻机来，省事多了。

正因为这样，才有了在庐江县所看到的这样一幅图画。这种图画，还真的难以见到。曾经到过北京的农业博物馆，在那座专门的农具馆里，虽看到了“获桶”，也看到了打稻机，却没有看到以小木船装载的打稻机。在庐江县能够看到这样的图片，也不奇怪。庐江县域紧挨着巢湖，在种植水稻方面，有着得天独厚的条件。巢湖流域是稻作文化的发祥地之一，庐江县则处于巢湖流域的核心地带，一直是全国有名的产粮大县。

庐江人看重粮食，亦看重与粮食相关的文化事项。在庐江县，专门建有一座规模不小的稻米博物馆，深度展示了稻作文化发展的悠久历史。

船行水田，以船载机的那幅图画，便呈现在庐江县稻米博物馆的展示墙上。我到庐江县稻米博物馆，看到了这幅画，才知道农耕史上，曾经有过这样的一页。从此始信，船，还真的能够行走于水田之中呢。

2017 年 1 月 7 日写于合肥

人算不如天算

我曾经对一次行程进行了周密细致的安排。到头来，天不遂人愿，欲速则不达，主观的计划赶不上客观的变化，行程的计划彻底落空。整个过程完完全全地印证了这样一句老话：人算不如天算。

那是一次颁奖会议。安排在周日的上午召开，会议时间只有半天。一家金融文学期刊对2015年度的优秀作品进行表彰奖励，决定在广东河源市郊一个名叫野趣沟的创作基地开会颁奖。我对主办方选择的时间和地点感到非常满意。会议时间放在周日的上午，非常恰当，参会人员可以不耽误工作，利用双休日的两天时间就完成了这趟行程。我决定周六的上午出发，下午赶到会议地点报到，周日的上午开完会，傍晚返回。这样，就完全不影响周一早晨到单位上班了。如此完美的时间安排，在选择出行方式上，当然只有飞机了。至于会议的地点，我觉得更是一个不可多得的好地方了。仅仅从它的名字上就可以看出来，那一定是一个保持着原生态的风景秀美的地方，而且还会是一个有趣的地方。

去的时候，我定的是周六上午十一点多的机票，从我所在的城市起飞，到达广州白云机场，不过两个小时。再加上从广州白云机场去河源的大巴，也就两个小时的车程，在下午五点钟之前赶到创作基地，按理说，完全没有问题。所以，去之前，我就把回程的时间算计好了，既然只有周日上午的半天会议，定了当天傍晚的返程飞机应该没有问题。因为，十二点钟从河源出发，下午三点钟之前完全可以到达广州白云机场，这样就能提前两个小时取票、过安检，然后轻轻松松登机返回。整个来回的行程，就这样被我算计得如此周到全面，每个环节都留有适当的余地，该是十分完美了。

可是，实际情况却不是我想象得那么简单。去的时候，飞机就晚点了，一晚就是两个多小时，原定上午十一点多起飞的飞机，延迟到下午快两点时才起飞，到达广州白云机场的时候，已经是下午四点多了。好在我是个懒人，出门简单，不喜欢多带行李，一个背包随身带了，不用托运。所以，下了飞机，不用等行李，直接出了机场。找到机场快线大巴售票处的时候，已近四点半了，售票员说，赶快吧，四点半还有去河源的班车，是最后一趟。拿到车票，直奔机场出口门外，寻找去河源的大巴。还好，大巴还在，没有开走。上车一看，车上只有稀稀拉拉几个人。我又开始犯愁了，担心大巴会等客，客不满，车就不会走。果真那样，我到河源野趣沟，就肯定晚了，赶不上会议安排的晚餐了。一问，情况还真不错。司机说，不会等客，到时间就走，哪怕车上就你一个人，也走。司机真的说到做到，车子的确按时出发了。只是，从广州到河源，虽然是高速公路，车子却跑不快，因为车辆太多，有些拥堵，时走时停。原以为不过两个小时的路程，那天足足却花了三个多小时，到达河源的时候，都已经接近晚上八点了。再坐上创作基地的接站车，到达创作基地时，都快八点半了。我直奔餐厅，看到其他参会人员，都还在餐桌边整整齐齐地团团围坐，我立刻明白过来，大家这是在等我，否则，早该离席了。一个迟到的人在众目睽睽之下走了进来，总归是很不好意思的，我突然感到十分的尴尬和愧疚。

真正的尴尬和愧疚，还不是这个时候，是在第二天，在我离开创作基地的时候。

第二天上午开会之前，我找了创作基地负责人，要来了从河源前往广州白云机场的大巴发车时刻表。一看，竟没有中午十二点的车次。离十二点最近的有两班，一班是上午十一点的，另一班是下午一点的。本想乘下午一点的大巴离开河源，但一算时间账，觉得够呛了，担心不一定赶得上我已经定好了的那趟航班。依我刚刚获得的经验看，从河源到广州，没有三个小时，恐怕到达不了。若是遇上了严重堵车，那就更不好说，完全不可知了，根本看不到底线。这年头，堵车的事情几乎随时发生，随处可见。一堵车，堵上一两个小时，也不是什么稀奇事。何况，广州是一个国际化的大都市，在广州的周边进入广州的路上，遭遇堵车的风险就比在别处更大了。再加上广州白云机场规模很大，旅客很多，进了机场，在安检之前和之后，都要走很长的路，过安检时要排很长的队。所以，办理登机手续所花费的时间自然就很多了，必须提前到场，为登机预留足够的时间。这样一想，我忽然觉得，坐下午一点钟的大巴离开河源，要赶上原定的航班，就没有多少把握了。

于是，我想到了把出发的时间提前到上午十一点钟，坐机场快线大巴离开河源到广州白云机场。也就是说，我得在十点半之前离开创作基地，赶往河源市区机场快线的发车点。可是，上午的会议在九点才开始，十点半之前根本不可能结束，我怎么能够提前离开呢？我的心里很是纠结，不知道该怎样做才好，是提前离开？还是等会议结束了再离开？选择提前离开，我觉得会愧对主持会议的领导。等待会议结束之后再离开，我担心会误了返程的航班，不能按时返回，甚至还会影响到第二天的工作。在两难之中，我犹疑了一阵。最后，一咬牙，我还是向主持会议的领导报告了我的返程时间，提出了希望能提前离开创作基地的请求。领导就是领导，总能体谅别人的难处，非常善解人意，他几乎是不假思索地满口答应了我的要求，让我提前离开，别耽误了返程。于是，我在会议结束之前，匆匆离开了会场，坐上了创作基地的送站车，赶往从河源去广州的大巴发车点。就在走出会场那一刻，我回过头去，挥了挥手，我的心里顿时充满了愧疚。我突然怨恨起自己来，出门之前，为什么不多请一天假？那样就不需要把时间安排得这么紧促了，一切都可以从从容容，根本不必如此急急忙忙、慌慌张张。况且，那时刻，会场上，主持会议的领导还正在讲话呢，领导是大家，谈的有关文学创作的真知灼见，我却没有听完，该是多么可惜。我如此这般仓皇地提前离开，若是不被人理解，那是很容易被视为一种不敬行为。幸亏，正在讲话的领导，是我的老同学、老朋友，也是我的老领导了，什么情况他还能没有遇见过？对于人生的尴尬和无奈，他一定会看得比我更清楚、更透彻！

顺利地坐上了机场快线的大巴车。和头天来时一样，车上还是没有几个人。这次，我根本不用担心人坐不满就不会开车了，我已经知道大巴车一定会按时从河源开出。果真如此，一到时间车就出发了。而且，一路上都很顺利，没有堵车，也没有中途停靠服务区，大巴直接开到了广州白云机场。返程的大巴车比来的时候跑得快多了，途中时间缩短了一个多小时。我走进机场的时候，还不到两点钟呢。取了登机牌，过了安检，这才发现中午还没吃饭，肚子已经有意见了，嘀嘀咕咕地说着一些旁人听不明白的话语。于是，我在候机区找了个地方坐下吃饭。饭吃得很快，几乎没花几分钟时间，我就一推碗筷，起身离开了。我是想把剩下的时间，泡在机场书店里。我发现，在我候机的区域，竟然有两家离得很近的书店。我先逛了一家，后又去逛了另外一家，不想错过其中的哪一家。在两家书店都找到了我所喜欢的书，一共买了五本。其中，就有我心仪已久的《山居杂记》。而后，到了登机口找个地方坐了下来，陶醉于刚刚俘获的一堆“战利品”，心中顿时涌起一股强烈的满足感和幸福感。

人在读书的时候，时间就会过得很快。不一会，就到了该登机的时间了。我左等右等，也不见工作人员过来开门给我们验票登机，倒是等来了所有的乘客都不愿意听到的机场广播声：“我们抱歉地通知，您乘坐的某某航班飞机晚点了，起飞时间待定。”直到晚了两个小时之后，才有个工作人员过来验票允许我们登机。那辆长长的机场摆渡车一路上摇摇摆摆，开了好长时间，把我们送到了离航站楼很远的地方，在空旷的停机坪上一架很孤独的飞机前停了下来。

登机以后，飞机却迟迟不肯起飞，飞机上的广播每隔一段时间就会来一句“抱歉地通知”。内容都是一样，机长正在跟塔台联系，请求塔台发给起飞指令。可塔台偏偏不给起飞指令。有个性急的乘客实在忍耐不住了，在座位上叫唤，再不起飞，他就要下飞机了，干脆不走了。我觉得很奇怪，从来没有遇见过这样的乘客，上了飞机，竟然要下去，他一定是把飞机当成公共汽车了，想上就上，想下就下。居然，机场还真的满足了他的要求，专门调来了地勤车辆，开到飞机下面，把那位乘客给接走了。那一刻，我突然失望了。我知道，这位乘客的离开，就意味着飞机在短时间内是不会起飞的。

听到飞机上的广播最后一次“抱歉地通知”的时候，我不由得惊呆了，一时间不知道这个世界上突然发生了什么样的重大事件。飞机竟然一时起飞不了啦，广播通知我们拿着行李离开飞机，返回候机厅休息，等待起飞的消息。所有的乘客都上了飞机，在飞机上坐等了两个多小时，飞机却不能起飞，最后又让所有乘客全部离开飞机，这样的事情是罕见的，摊到当班乘客中某个人的头上，估计好多人都是头一遭遇见。

机场摆渡大巴又一次摇摇摆摆，在无边无际的场地上拐来拐去，把一群稀里糊涂的人拉回到了航站楼的登机口。在登机口下了摆渡车，回到候机厅里。我发现，先前我们候机的那个地方已经没有了我们的位置。下一个航班的乘客，早已经进场，在此候机了。人很多，所有的座位都有人坐着，所有的空地上都有人站立着。一时间，我们这群从飞机上返回的人，在候机大厅里完全成了多余的人，坐没坐的地方，站也没站的地方了。还好，没等多长时间，便有工作人员过来通知，由于航班延误，起飞时间暂时不能确定，现在安排旅客先到酒店休息，等候通知。这一群人，跟着机场工作人员，离开登机口，挤乘电梯上楼，左拐右拐，弯弯绕绕，在机场内走了将近半个小时，才从候机大厅来到了安检大厅，经由“航班取消通道”来到了“取消大厅”。真没想到，那个地方比候机大厅里的人还要多，还要挤。取消大厅里，人山人海，人头攒动。原来，跟我们一样航班延误，被滞留的人已经很多，毫不夸张地说，足有成千上万了。从电子显示屏上披露的信息看，当晚航班延误并不是个别现象，而是大面积的延误了，后来听说居然延误了一百多个航班。一百多个航班延误，也就意味着有一两万人应该离开广州而没有离开广州。对于机场来说，这样的突发事件，无异于一场灾难了。从人缝里挤到服务台前去询问情况，得知没有其他的原因，工作人员只说是天气的原因，广州的上空有雷暴。当时，许多航班，都已经明确说取消了。我定的那个航班，电子显示屏上显示的还不是取消，只是延误。所以，当别人离开“取消大厅”，涌出门去挤上机场大巴车前往酒店的时候，我却迟迟不敢离开。或者说，我也不愿意离开机场。因为，我看到的航班信息只是延误，而不是取消，万一我离开了机场，之后飞机又能够起飞了，岂不误了大事？我是这样想的。其实并不是那么回事，我想得太简单了，太美好了。

看到从那架飞机上下来的乘客，都陆续离开了机场去了酒店，我才真的失望了，知道飞机在当晚肯定不会起飞了。我也曾几次随着拥挤的人群到了机场门外，站在路边等候去酒店的大巴。无奈，等车去酒店的人实在太多了，过来一辆或者几辆大巴，根本无济于事，除非开过来的是一列或者几列火车，也许才能够把路边的人统统给塞进去。看到这种情况，我就不想挤上大巴车了。我不想上车并不是完全怕拥挤，我的心里还是有些不甘，总觉得飞机会在当晚起飞，我一直在期待着奇迹突然出现。我的心思还是停留和牵挂在航班延误公告栏上，希望在第一时间从那里得到航班起飞的消息。所以，我又从外面挤了回来，在大厅里找个椅子坐了下来休息。一开始，座椅是很紧张的，几乎没有一个空座椅。随后，离开的人越来越多，座椅开始渐渐地空了出来。子夜过后，人在椅子上是很难坐得住了，总想靠一靠，靠久了还想躺下来。只是，大厅里的椅子，设计的就只是给人坐一坐的，椅背很浅，靠起来并不舒服。至于，想躺下来，那就更加不可能了。因为，椅子上的每个座位并不是相互连通的，在座位与座位之间，有一个铁的扶手隔着在，就算邻座没有人坐，空着在，人也无法躺下去。这样设计的椅子，可能就是只给人坐的，防止有人躺在椅子上。毕竟，在那个大厅里，椅子上横七竖八地躺着人，就不是很好看了。再说，能让一个人占了几个座位躺下来睡觉，就有可能导致别人该有座位而没有座位了。这可能是机场最不愿意见到的情况了。

看着我的左右边空出了许多的座位，我曾经在椅子上反复地变换着姿势，企图找到一种角度，让自己坐得舒适一些。然后，强行闭上眼睛，努力让自己静下来，最好还能够睡上一小会，即使睡不了，哪怕闭目养养神也是好的。

在我来回折腾的过程中，我发现，大厅里的人越来越少了，许多座位都十分落寞地空在那里。原来，外边的大巴，一直在源源不断地开过来，把滞留的旅客一批一批地接走了。大约在凌晨三点钟的时候，有工作人员拿着小喇叭过来喊话了，让大厅里所有的人都到门外去集合，乘车前往酒店。我这才意识到，不走还真不行呢，人家这里要清场了。再说了，我一直都没有等到航班起飞的消息，估计在这个夜晚航班复航已经是不可能了。于是，我背上背包，望着空空荡荡的大厅，十分无奈地走出门，上了最后一趟离开机场去酒店的大巴车。最后一趟大巴不拥挤了，车子上还有不少空座。我是最后一个离开取消大厅的，这一趟大巴开走之后，取消大厅里的座位上空无一人了。

大巴车冒着风雨穿行在后半夜广州的街道上。虽然路上没有行人，车辆也很稀少，但大巴车还是跑不快，走走停停，等了许多红绿灯，很艰难地把这最后一批人，拉到了一个名叫文星的酒店。酒店离机场不近，估计近处的酒店肯定早已被安置满员了。要把一万多名滞留乘客全都安排入住酒店，不是一件容易事，这个安置任务也不是几家酒店就能够承担下来的。从机场到酒店几乎走了一个小时，而后再排队登记，入住到房间时，已经是凌晨四点多钟了。酒店是快捷酒店，条件很一般，不过，安排得还不错，给了我一个单间，让我满心欢喜。这些年，我的睡眠程度已经渐渐肤浅了，自己睡觉打呼噜，还特别怕别人打呼噜。所以，出门在外，酒店条件好歹都无所谓了，最重要的是安静，希望自己独住一间屋子。在服务台办好了入住登记，拿了房卡进了房间门，脸都顾不上洗一把，我就和衣躺到床上了。我这人，向来对生活要求不是很高，没有太多讲究，但有一点却是必不可少，那就是睡觉前必须冲个热水澡，若不冲澡，这一晚就可能睡不好觉了。这天，我例外了，没有冲澡，实在太困了，身体一贴到了床上，我很快就听到了自己的呼噜声。

鼾声正浓时，房间门被人敲响了，有个女声在门外喊话，说她是服务员，还有一位先生也是住在这个房间，请开一下门。天哪，这间房子可是个单间，只有一张床，还要来一位先生，那可怎么睡呢？我顿时睡意全无，躺在床上，不想动弹，更不想起身去开门。我可不想主动去把门外的另一位陌生的先生请到这个狭小的房间里面来，让他和我同时睡在这一张床上。我哪里知道这位陌生的先生到底是个什么人呢？假如他是一个在逃杀人犯呢，抑或贩毒者、传销头目，我能引狼入室吗？天啊，这太可怕了！若在三四十年前，住旅馆时，被安排两个陌生的男子同住一间房子，倒是常见的，但那也是各睡一床，不会同眠一张床上。在今天，被安排两个陌生人同睡一床，估计，谁摊上了，谁都会惊叹：奇葩！

酒店服务员在门外的喊话，似乎仅仅是出于一种礼貌，或者只是一个必须走过的程序。我没有去开门，那门照样还是被打开了。因为，那扇门，根本就无法反锁上。我还躺在床上，一名五十多岁女性服务员，已经带了一位先生走进了房间。那先生戴着一副眼镜，斯斯文文的样子，也是五十多岁吧。估计他不爱说话，进了门来，一句话都没说。倒是我问了他一句，你打呼噜吗？他才告诉我，那是肯定的！他说得如此干脆，好像对我很不满，仿佛我欠了他什么似的。天啊，这世间的人和事，怎么都弄成了这样？完全颠倒过来了！我才是这个单间客房的主人呢，是我先住进来的，开门的房卡可是在我手里呀。但是，毕竟人家已经进来了，我还能怎么样呢？我能把人家赶出去吗？我最大的权力是自己从这间客房里离开，我不住了，还不行吗？不住，还真的不行。不住，又该到何处安身呢？外面还在下着暴雨呢！再说了，这位先生也该跟我一样的，遇上了左等右等飞机不能起飞这等倒霉事，他的心里一定也是极其不爽的，所以懒得说话。

唉，天都快亮了，还是赶紧凑合着休息一会吧，说不定，天一亮航班就会恢复执行呢。人到中年以后，我的性格缓和了许多，能够更多地站在别人的角度上去思考和看待问题了。搁在年轻时，遇上这样的事情，让一个不知底细的陌生人和我同眠一床，肉体贴着肉体，睡在一起，估计就是打死我，我也不会干的，非得吵个天翻地覆、人仰马翻不可。可是，在航班延误之后，在这样疲惫困乏的后半夜，准确地说，应该是在黎明到来之前，一个自认为想得开看得透的中年男人，我这样采取息事宁人的方式安慰着自己，按捺着自己，使自己安静下来，沉稳下来，抓紧时间休息一会。

我复又躺下。那位戴眼镜的先生，不声不响，大大方方地也躺下了，还是和我并排着睡在一头呢，我们都睡在靠墙的那一头。他的肩膀，几乎就贴上了我的肩膀。那位先生真的没有说假话，躺下以后，他的鼾声很快响起来。是那种一声紧一声慢的鼾声，一边是高峰，一边是深谷，响一会，停一会。而且，停歇的时间还不均衡，没有规律可循，有时长，有时短。那种间歇时间过长了，会让人非常揪心，十分担心他下一声能否接得上来。如此反复揪心了几次之后，我终于下定了决心，我坚决不干了，必须离开这间客房。因为，我已经想到了一个十分可怕的结果。万一，我说的仅仅只是万一，我所担心、所害怕的也就是这个万一。我无意诅咒一位陌生的、如我一般无辜的受害者。他今晚本该和我一样，已经回到家里了，躺在自家的床上。现在，他躺在我的身边，心里也一定特别的无奈。

不过，我还是担心和害怕那位陌生先生呼噜的下一声真的接不上来了，那可怎么办？我在现场，岂不成了唯一嫌疑人了？我如何能够证明自己的清白？果真那样，我担心自己就是背上长了嘴巴也说不清楚了。

想到这些，我已经不仅仅是担心了，心里产生了害怕。甚至，还不仅仅是害怕，简直就是恐惧了。于是，我悄悄地起床了，迅速地离开了房间，来到酒店总台，我要求换个房间。总台回答很干脆，所有房间全满员。若是还有一个空房间，也不会安排你俩睡在一张床上了。我说，那我现在就退房，无条件退房，我把房间让给那位先生一个人住。只是，我要求你们现在过去查个房，查过了，还要明确告诉我，房间里的人和物，一切都是正常。尤其，你们得听听房间里的那位先生呼噜打得多厉害。而后，我就在你们这酒店门厅的沙发上靠一会，天都快亮了，不要多久，机场来接人的大巴就要到了。我一口气说出了自己的要求。我让他们去查房，查过之后还得给我一个明确的说法，实际上，就是让他们过去给我做个证明，证明在我离开那间客房的时候，那位陌生先生的鼾声还是有的。若是那鼾声后来万一真的不幸停了下来，当是与我无关了。在这个世界上，有许多时候人是难以自己给自己做出证明的。不信？你试试看，你能告诉我，你怎么证明你是你？怎么证明你妈是你妈？这话听起来好像是个笑话，其实却是真话。如果真的有人要你拿出证明，你还真的不一定能够拿得出来呢。所以，有关这样的证明，几乎成为一个时代的困惑了。生活在这样一个需要证明自己是自己的时代里，人们就必须格外的小心谨慎，自己要给自己留余地，要给自己留一个证明的备份。人啊，活到了这个份上，该有多累！又有多少人，想到了这一点，而且，还真的做到了这一点？真能做到了，又有多少无奈在其中！

我就这样，把自己从一个单人间的大床上，转移到了酒店门厅的沙发上。我觉得，躺在门厅的沙发上，反而比躺在那张大床上舒服多了，放心多了，我的心里再也没有任何负担了，我无须担心那位陌生的先生呼噜声停歇下来后，会不会接得上来了。听不见那种折磨人的呼噜声，耳边清净，心里更清净。

早晨六点钟，机场的大巴已经开到了酒店门口，让酒店通知所有的旅客立即起床离开酒店，迅速返回机场。机场的所有航班都已经恢复正常。

到了机场，换了登机牌，换乘了早上八点钟的航班。我在第一时间给单位领导发短信，报告了昨晚航班延误滞留在广州白云机场的情况，向领导续请了半天假。

至此，我才恍然大悟，人世间的许多事，并不是自己想象的那么简单，那么完美。有些事情，完全可以说人算不如天算了。早知道这次返程会是这样的结局，我还不如事先多请一天假，把时间留足。那样，我便可以将周日上午的会议完完整整地开到结束，让自己毫无尴尬，毫无愧疚。中午在野趣沟创作基地，还能美美地吃上一顿那些来自大桂山区的无公害饭菜呢。而后，我在下午不紧不慢、不慌不忙地乘坐大巴到达广州，在白云机场附近找个快捷酒店舒舒服服住下来。晚上，还可以乘坐地铁去市里，逛逛广州夜市，看看这个南方国际大都市的夜景，该是多么惬意的事情。尤其，绝不会跟一位素不相识的先生同眠一床了，更不至于操心那位陌生先生的下一声鼾声会不会还能够接得上来，产生那种无聊的担心和害怕。

人，总归都是这样，等你一切都明白了的时候，事情也就过去了。

2016 年 4 月 20 日深夜写于合肥

归于清淡

这几天，忽然发现，母亲做的菜，越来越清淡了，有些菜里好像根本就没有放盐。

现在的人，越来越注重养生。人们的口味越来越淡了，似乎日子过得越清淡，才越觉心安。

从前，大家的想法可不是这样。谁家的日子过得有滋有味，把人养得一白二胖，那才让人羡慕呢。居家过日子，吃吃喝喝，从来就不是小事，对于一个家庭来说，吃饭的事，历来都是大事。母亲向来为人实在，做事就得像个事儿。她讨厌那些做事马虎的人，像个纸扎匠，什么东西都是用纸糊出来的；讨厌那种“做鬼打不死人”的做派。所以，母亲做事特别舍得出劲，下手不会轻飘。这种做事风格，或多或少也体现到了她的厨艺上，她掌厨讲质也讲量，煮饭烧菜，常常宁多勿少。母亲经手做出的菜，一定是色香味俱全，好吃还会好看。我从小吃到现在，怎么吃也吃不厌。几十年来，每走到一个地方，就会尝尝那一个地方的饭菜，吃来吃去，还是觉得自家的饭菜好吃，母亲亲手做的饭菜最好吃。

实际上，所谓好吃，也只是个习惯的问题，是因为我从小习惯了吃母亲做的饭菜。我把母亲做的饭菜的味道，深刻地留存在我的味觉记忆里。可是，我习惯了，我的女儿却不习惯，她对奶奶做出来的色香味俱全的菜，有的时候就很不乐意了。其实，她也早已习惯了吃奶奶做的饭菜，但她还是对奶奶提出了抗议。她觉得，奶奶做的饭菜，好吃是好吃，但吃了让她心里不踏实。她的不踏实，我是理解的，不是为了她本人，主要还是为了我，担心她老爸的健康指数会超标。是的，凡是好吃的饭菜，就难免味道重一些，味道一重，总是不会少用油盐，油盐吃多了，绝不是什么好事。长此以往，三高之类的毛病，就会找上门来，不可避免地黏上你，你想甩都甩不掉的。

所以，在一段时间里，女儿坚决反对奶奶烧饭做菜追求色香味的完美统一。她提倡简简单单，原汁原味。女儿曾经给奶奶亲手演示过，做了两个菜，给奶奶看，她想让奶奶相信，少放油盐的菜，也一样会好吃。女儿那天做的是清炒茼蒿。她先将茼蒿洗净，下锅焯水，冲洗后，再下锅炒熟。女儿做的这道菜，没有放盐，只浇了一点点芝麻油。装在盘子里，颜色碧绿，吃起来又嫩又脆，清香可口。女儿用筷子把刚出锅的菜夹起来，送到奶奶嘴里，让奶奶先尝尝味道。奶奶吃了，说了句，清淡无味。过了一会，奶奶又补了句，也不错，还很香。女儿的成就感一下子全上来了。她觉得，她能够改变奶奶了，或许已经改变了她的奶奶。女儿借机对奶奶说，您看，我这样做也很好吃吧，以后，您就照着我这样做吧，尽量少放油盐。

果真，母亲听信了她孙女儿的话，在灶台上，下手越来越轻巧了。油盐放的越来越少，能不放油盐的，她尽量不放油盐了。如此一来，咱家饭菜的味道，越来越清淡了。一开始，我还不理解，问母亲这些饭菜是谁做的，我都有点不相信那是出自母亲之手的杰作。母亲笑说，凡事习惯了就好，习惯成自然。现在，她也情愿做这样清淡的饭菜，也习惯吃这样清淡的饭菜了。

这时候，我觉得时机成熟了，我该把其中的道理给母亲讲透，让她口服心服，免得母亲觉得心里憋屈。母亲平时并不和我们住在一起，她一直还住在一百多公里之外的家乡黄土岭村。她来城里跟我们一起住的时候很少，她总说家里丢不开，走不了。估计，家里丢不开还不是主要原因，最主要的可能还是个习惯问题。她觉得她在城里生活不习惯。她习惯于家乡的生活环境，适应了家乡那个环境里的生活方式。母亲轻易不到城里来，这次，她来城里住一段时间，是给了她孙女儿很大的面子，把家里的事情全放下了，小猫小狗，小鸡小鸭，全托管给了别人，小院里的菜园，也随它去了，任其荒芜一个季节。母亲来到了城里，并不轻松，我看她一直没有闲着，总在全心全意地为她的儿孙们，做着一些力所能及的事情。这些日子，我们全家都很开心，三代同堂，其乐融融。若是让母亲感到了委屈，岂不是太不应该了。因此，我要把有关味道的道理讲给她听，免得她误以为孙女儿在挑她的毛病，觉着她年纪大了，不中用了，做事不利索，对她不满意，看她做事不顺眼。同时，我把道理给她讲通了，让她觉得真是那么回事，回家乡以后，居家过日子就会继续保持这些良好习惯。真的让日子清淡下来，肯定会对她的身体健康有好处。我们这些做儿孙的人，平时不在她的身边，无法照顾她的生活，但我们都时刻惦记着母亲，真心希望她老人家生活舒心，健康长寿。

我瞅了个空档，问母亲，您可知道现在人为什么不能多吃油盐？母亲像个不太懂事的孩子似的，摇摇头说，不知道呢。我说，现在的人，就因为不出汗，所以不能多吃油盐。吃多了油盐，那些东西全都积存在身体里，排不掉，天长日久，就会拥堵自己的血管。人是血肉之躯，人的血管一堵，麻烦可就大了，轻的麻痹、瘫痪，重了，说不定还会要了人的性命呢。我这么一说，母亲立刻明白过来。母亲说，那倒不错，人的汗水里有油也有盐。人一出汗，体内的油盐就会随着汗水排出去。过去，我们在生产队干活时，头顶烈日插秧或者割稻，身上的衣服总会湿透的，到了干的时候，衣服上就有了一层白白的、细细的盐霜。母亲知道人的汗水里面含有大量的盐分，她还记得，当年干农活的时候，又热又累，汗水流得多了，人就变得腰酸腿软没力气，需要补充盐分。那年头，人们干活时都会带上茶水，放在田间地头，那些茶水里面，往往会添加一点盐。这样的茶水，喝起来，有一股淡淡的咸味，能给那些出汗太多的人，补充一些盐分。据说，人一旦缺了盐就会乏力，补了盐分，就能够补力。

母亲又说，看看你们，长期不干体力活，又不晒太阳，天气一热，还得待在空调房间里整天不出来，怎么能出汗！一年到头不出汗，自然不会缺盐了。这盐，还是不能多吃的，吃下去了，又不养人，都堆积在身上，肯定是没有什么好处的。

听母亲这么一说，我知道她是彻底地明白了，知其然，还知其所以然。我相信，她回到家乡黄土岭村以后，平时自己给自己做饭菜的时候，她会下手轻一点，不再过分讲究饭菜的色香味了，会让日子过得清淡一点，再清淡一点。

明白了其中的道理，纠正了自己的生活习惯，日子过得清淡了，母亲自己才会觉得轻松、踏实，我们这些晚辈才能把心放下来。

母亲是个明白事理的人。她知道，人世间的大小事，唯有清淡，才是本真，才会持久。

2016 年 4 月 2 日写于合肥

疑心会生鬼

那天，我正在开车时，忽然接到了女儿的电话。她告诉我，车子左边的后轮胎瘪了，让我赶快停车查看一下。女儿心细。我上车前并没有发现什么异常，车子从她的面前起步，开过，她竟然一眼就发现了问题。

于是，在路边停车，下来查看。果然，车子的左边后轮胎真的瘪下去了。仔细看看，车身的后半部，都有些朝着左边倾斜了。

就近找了个维修店，让工人师傅查一查。师傅围绕着左边后轮，前后左右、上上下下，十分仔细地查看了一圈，却没有查出任何端倪。师傅命我上车，将车子朝前开出轮胎的一周之长，我领会了师傅的意思，发动了车子，脚踏刹车，缓缓向前，一点一滴地开过那个轮胎的一周之长，以便在车子前行的过程中，工人师傅能够更加细致、全面地对这只轮胎做出检查。

待蹲在地上的工人师傅大声说"好"的时候，我把车停了下来。下车去，我也蹲在左后轮边，和工人师傅一起来查看。其实，师傅的查看，看的当然是门道，我的查看，却不过是看看热闹而已。我是什么都没有看出来。而后，工人师傅很确定地说，没有发现什么问题，只有先给它充满气，待明天早上再看看了。若是重新瘪下去了，那的确就说明是轮胎有问题了。

说完，师傅就拿来了充气泵，给这只跑了气的左后轮胎补满了气。补过气之后，师傅自言自语说，轮胎里不是完全没有气，气还是有一些的，只是不够多。所以，这种情况不像是被扎过钉子漏了气，倒像是被人放了气。师傅抬头问我，车子是从哪里开过来的？我不假思索地回答师傅，是从家里开来的呀。师傅笑笑，没有继续往下说。

过后，我坐到了车上，把车子发动起来，准备起步离开时，忽然想起，师傅的话似乎是话中有话的，他是不是在对我提醒着什么？

把车停到了地下车库里。回到家里，坐下一想，觉得还真有些不对劲了。原来，我的车子开得极少。因为单位离得近，上下班步行比开车还快，自然就不用开车了。但每周有一趟路还是必须跑的，而且那一趟路还不是很近，从城市的西边，一直跑到城市的东边，几乎穿越了整个合肥城。这趟路，就是从城西的蜀山脚下出发，到达城东的花冲公园。周日的早上，只要天不下雨，就不会不去的。花冲公园有个旧书市场，我去那里，蹲在书摊前，翻阅着琳琅满目的书刊，看中了就买了下来，会有一种很随意、很任性的快乐。旧书市场上的书刊真多，在合肥市的大小书店里找不到的旧版图书，估计在那里都有可能找到。

那地方去的人多，停车就是一件难事了。不过，还好，我在离公园入口不远的地方发现了一个好去处，那里有一块很大的空旷场院，地上用白线划出了许多停车位，可以停放几十台车辆。只是，那块空地是有主的。靠里边是一家酒店，外头是一家洗车店，两个店家共用着那一块空地。我每次都是把车子停在里面，靠近那家酒店的门口。心想，早上是不会有食客来酒店吃饭的，酒店卖的是中餐和晚餐。我只是暂停一会，不会久留，很快就走，应该不会影响人家酒店做生意的。现在回想起来，最近的那一次，停放的位置可能是有些问题了，没有停到里面的空位上去。我图了省事，停放的位置有些靠外了，应该是在两个店家的中间位置了。离那个洗车店，可能近了一些。

第二天一早，我就急匆匆去了地下车库。绕着车子转了一圈，低头查看轮胎，感觉昨天补过气的左后轮胎，还是昨天那个样子，鼓鼓的，壮壮的，并没有如我担心的那样，又垂头丧气地瘪了下来。

第三天一早，再一次去了地下车库，继续查看轮胎。那只左后轮胎，依旧是鼓鼓的，壮壮的。

至此，我那颗悬着的心终于放下了，定了下来。同时，我也似乎突然明白了什么。把车停在一个靠近洗车修车的地方，是不应该的，即便不影响人家做生意，也会影响人家的心情。车子被人悄悄动了一下，估计，太简单了，也情有可原。

到了下一个周末，准备开车出门的时候，我傻眼了，那只左后轮胎又一次瘪下去了。还是像上次那样，也不是完全没有气，只是瘪了一些，还剩一点气。这就奇怪了，难道轮胎缺气还不是我想象的那个原因？与在花冲公园附近的停车没有关系？这次如此，上次轮胎瘪下来，也该是与那次停车没有关系了。看来，我还是错怪人家洗车店了。

可是，轮胎不声不响地自己瘪了下来，总归是有原因的。上次在洗车店已经检查过了，轮胎完好，并没有被轧。真的被轧了，就不是这个样子了，轮胎里的气是会跑光的。按照那个维修店的师傅的说法，轮胎缺气，极有可能是被人放了气。放气是一件很简单的事情，简单到一个淘气的孩子就可以完成。拧开气门嘴上的小小塑料帽盖，拿一个钥匙之类的东西插进气门嘴里，按压着气门嘴里那个有弹性的气门针，轮胎里的气，就会“滋滋滋”地往外直冒了。如此看来，轮胎被人放气，也许是在自己的地下停车位上发生的。因为，最近的一次停放在自己的车位上之前，轮胎是加过气的，满满的，鼓鼓的。停在车位上没有动过，若是被人放气，那肯定就发生在地下停车库了。

这么捣鬼的人会是谁呢？首先我敢排除，这事不会是哪家顽皮的孩子干的。现在的孩子，个个都娇贵着呢，可以玩耍的途径多了，谁都有自己的玩法，无暇做出这类的顽皮活儿。不是孩子干的，那就是大人干的了。如果真是大人干的那就更可怕了，就不是淘气那么简单了，会有他的原因，会有他的用意的。

到底是什么原因？他又有什么样的用意？我不得而知。我不得不反思自己，是不是无意中得罪什么人了，惹得人报复来了。或者，这还不算报复，事情还不是那么简单，人家暂时还只是给出一个提醒，一个警示，说不定后面还会出现其他什么幺蛾子呢。可是，我左思右想，也想不出一个可以说服我自己的理由，实在想不出自己到底得罪过谁了。我并没有存心要去得罪谁，谁要是愿意那么想就那么想去吧。我想不出头绪就干脆不去想了。由他去吧，平生不做亏心事，半夜敲门心不惊。

于是，不再想了，又把车开到了修理厂，让工人师傅再做一次认真的检查吧，看看到底是什么原因。

这次检查不像上次那样仅仅看一眼了事，修理厂的师傅，拿来一只喷水壶，装满水，朝着轮胎喷，一小块一小块地喷，喷过水的地方，若会产生气泡，就证明漏气了。整个轮胎喷了一遍，也不见一个气泡出现。师傅语气十分肯定地说，轮胎没有问题。于是，师傅把目光锁定在气门嘴上了，觉得问题该是出在气门嘴上。待到向气门嘴喷水的时候，情况就明朗了，气门嘴上有很小的气泡不断地拱出来。师傅说，不是别的问题，是气门芯老化了，受不了轮胎里的压力，堵不住气了，导致慢性泄漏。

师傅这样一说，我才彻底明白。原来，车子停在外面，或者停在自己的地下停车位上，就根本没有谁动过这只轮胎，更不会有谁手贱放出过这只轮胎里的气了。至于轮胎瘪了，那就是因为气门芯老化的原因，轮胎里的气被慢慢地消耗掉了。

看来，生活中的许多事情还真的就是那么简单，不能多想，深想。想多了，想远了，可能反而想偏了，会把原本很简单的事情想得过于复杂了。

最初的人，其实都是一张白纸，事情就是这么简简单单。可是，这一张白纸在这个世界上许多地方都会遭遇“此路不通”。一张白纸往往会被人戳得千疮百孔。生存于一个并不崇尚简单的世界里，简单的人自然而然就变成了复杂。这大概也是没有办法的事情，你不想复杂都不行。你不想复杂，这个世界会迫使你变得复杂。

唉，何必复杂！其实，做人，还是应该简单一点好，越简单越好。只有简单了，人才会轻松，才会快乐。简单的人，通常就事论事，遇事不会多想，不必费神。想多了，必然生疑，疑心重了说不定就会见鬼呢。

世上原本没有鬼。若说有鬼，那鬼也只是存在于人的心里。所谓的活见鬼，其实，许多时候，都不过是人们亲眼见到了被自己的疑心催生出来的一种假象罢了。而且，你所见到的鬼，一定是被你的疑心冤死屈死的鬼了。

这样的鬼，或许还真不少。

2016 年 1 月 3 日写于合肥

一张交通罚单

吃过午饭，某人靠在椅子上，轻眯着眼睛，正在进入小憩状态。忽然，他听见手机“嘀嘀”响了两下。他很熟悉这个声音，这是他手机短信的提示音。本来不想理会，因为现在的垃圾短信实在太多，对人的影响可以够得上严重骚扰的程度了。仅仅是“垃圾”也就算了，有时候，“垃圾”就是“陷阱”，一不留神，人就掉进去了。对于垃圾短信，某人也和千千万万的平民百姓一样，深恶痛绝。某人本身就是平民百姓，厌恶“垃圾短信”，却又不敢忽视手机短信。因为，仅凭声音还不能断定它就是垃圾短信。担心它是正常的短信，甚至还会与工作有关系，如不及时查看，怕会误事。于是，某人便忍不住睁开了眼睛，起身拿过手机，打开了翻看起来。

不看不要紧，一看吃一惊。巧了，这条短信还真的不是垃圾短信！当然，也不是有关工作的短信，但它却是一条十分重要的短信。短信告诉某人，某年某月某日，某时某分，某牌号小汽车在某路口发生了交通违章，请某人速到交警部门接受处理。某牌号小汽车自然就是某人的那辆私家车了，某路口近在眼前，也就是某人家门口的那个路口，某年某月某日，某牌号小汽车正是某人开的。某人是谁，这还要问吗？问了也是白问，没有人会告诉你某人是谁，某人当然就是某人了。

收到这条短信，算是收到了一张交通违章罚款通知单，某人看了短信，自然吃惊不小。不仅吃惊，这样一条短信，谁收到了谁都会吃惊不小。当然，这里的谁，说的只是驾驶人。不是驾驶人，他也不会收到这样的短信，除非真是“垃圾短信”骚扰他。只要是驾驶人，有谁能够对交通违章处罚通知单无动于衷呢？收到了交通违章罚单，总是要付出代价的。何况，现在的交通违章处罚，还不仅仅是个花钱的问题。花钱事小，记分事大，一年当中记满了12分，这车就不能再开了，要去车管所参加了培训学习，重新考试合格后，才能继续上路开车。短信说，这次交通违章是发生在某个路口。驾驶人都知道，路口的违章，十有八九就是闯红灯了。闯红灯在交通违章里，处罚可是最严厉的，罚款不说，光记分就得记6分。这就意味着，一年当中，出现闯红灯的情况，最多只能有一次，如果闯了两次红灯，记分就到达极限了，那辆车就得停下来，不能再开了，放在车库里吧。别动了，动辄得咎。尤其，某个路口还是某人进出居住小区的必经之地，路过的次数特别多。再加上人都有惯性，在容易出错的地方，往往会反复出错，多次出错，不断出错。如果没有被发现，没有及时纠正，很有可能会一直错下去，小错会酿成大错，大到难以收拾。若是在这个路口多次、反复地、不断地出现了闯红灯现象，那还了得！这车子，某人就无法继续开下去了！某人想想都害怕了。

某人十分理解，在交通安全管理上，严格一些是完全必要的。若不严格起来，有些车辆就很任性了。一旦任起性来，那可了不得的，没长嘴巴的车辆往往都会吃人！会让一些无辜的人受到伤害！某人对于严格，从来都是举双手赞成。只是，这一严格起来，难道就不偏不倚地严格到某人的头上来了？某人不解，有些郁闷。

如此这般，来来回回、反反复复地想了又想，把自己想得不寒而栗了。想到了某个路口的红灯，某人着实战栗了一阵子。之后，后背上竟然有了些许的潮湿感。

此事不可小觑，丝毫马虎不得。第二天中午，就带上驾驶证和行驶证赶到了交警队。某人把“两证”递给了值班民警，民警在电脑键盘上敲击了几下，电脑上很快就出现了某牌号小汽车被摄录的违章画面。压线了。民警轻描淡写地说，语调不高，却也有些理直气壮、不容置疑的味道。某人迅速伸过头去，十分认真地查看电脑上的画面，好知道这次违章到底违在哪里。看了半天，也没说一句话。民警见某人只是呆看却不言语，脸上还挂着些不解的样子，似乎太阳从西边出来了，民警很明显地增加了自己的耐心，自言自语地解释说，划有实线的地方，是不能变道的，一变道就算压线了。要变道，只能选择在划有虚线的地方变。民警这样细细解说，估计是想借机上一堂交通规则培训课，免得某人日后再违章。领悟了后，心存感激。

接下来，民警很客气地问，这次可做处理？某人心想，还能不做处理吗？不做处理又能怎么样呢！到最后，还不是在驼子背上加包！便小鸡啄米似地点点头说，处理，当然要处理，早处理早好。民警递过来一张打印好的纸，告诉某人，签名吧，然后去银行交款。某人对于签名，总有一种莫名的恐惧感。一让他签名，立刻就想起了舞台剧中那个著名的“杨白劳”。某人却又常常无法拒绝签名，正如这次签名，同样无法拒绝。拿起来一看，这才明白，这张打印纸，才是真正的交通违章处罚通知单呢，上面打印有“罚款 200 元”“记 0 分”之类的字样。这就意味着这次违章，只罚款不记分了。顿时，满心欢喜起来，心里暗暗地叫道，太好了！太好了！好像中了彩票似的，激动不已。就差一点隔着不高的柜台抱起了那位当班民警，真想在他的脸上“吧唧”一口。只是某人突然意识到他和民警都是爷们，行此礼节似乎有些不妥，可能会吓坏人家。因而作罢。但某人还是对面前的这位值班民警感恩戴德，仿佛他手里握有生杀大权，他能让他生，亦能让他死。也难怪如此激动了，这的确是一件令人欢欣鼓舞的事情。于驾驶人而言，罚款虽也头痛，但还不是最可怕的事情，最可怕的是记分！记分，于驾驶人而言，可是一件要命的事情了，分数是有限的，用完了麻烦就大了。这天来交警队之前，他做好了又被罚款又被记分的思想准备，完全没有想到，这次处罚会是只罚款不记分。

去银行交过罚款之后，某人的心头一下子轻松下来。轻松过后，想着，罚款又不是什么光彩的事情，没有才好呢，无奈有了，咱也得让自己被罚个清楚明白吧。他便立即起身，离开银行，他想到某路口那个违章的现场去看个究竟，弄明白到底是怎么样地压了线违了章的。

到了某个路口，某人仔细察看，还真的看出了些名堂。原来，他是在右拐弯的时候，由中间道变到右边道上，变得晚了些，错过了虚线的路段，到了实线的路段。可是，从路面上的线条看，变得晚了，那也是有原因的，右边行车道被一些停车位侵占了。在停车位的尽头，就是虚线结束实线开始的地方。试想，如果在最后一个停车位上，有人停放了车子，匆匆而来的右拐弯的车子，要想不压线，极有可能就会直接蹭到路边停放的车子上了。其实，这个如果，已经不存在如果了。既然已经划出了停车位，那就是准备给人停车的，就意味着那个地方不能行车了。所以，走在这样的路上，一不小心，自然就会压线。哪怕你特别的小心谨慎，你仍然还有可能会压线。不过，压线了，你也不必过于紧张，并不一定百分之百都会受处罚，幸运者还占多数。因为“天眼”还是有限的，并非无处不在，无时不在。只有它碰到你了，才算你倒霉。

想到这里，某人的心里便顿时涌起了一股委屈感，对刚刚交出的 200 元罚款，某人有些心疼了，心里有些不甘。他觉得，压线固然是错了，但这错的责任却不应该完全由一个人来承担。他的错，在很大程度上还是被人所逼的，是被路边的停车位逼迫了右拐弯的车子违章压线。那么，路边的停车位，又是谁给画出来的呢？他想起了，他开车走在路上，会经常看到一些身上穿着橘红色反光马甲的人。这些“红马甲”们常常在马路上十分随意地丢着一些反光桩子，在路面上人为地画出一些禁区来。路面上的“红马甲”们常常让开车人提心吊胆，他们自己却总是一副悠闲自得的神态。某人心想，那些穿着橘红色反光马甲的人，都是些什么人呢？不就是那些传说中大名鼎鼎的“临时工”嘛！穿上了“红马甲”，他们就是某条路上的诸位神仙了。脱了马甲之后，或许什么都不是了，他们还能在路上干些什么呢？还不照样回家种他的一亩三分地！只是，现在的“红马甲”们实在太牛了，因为他们能够在路上画线。他们想怎么画，就可以怎么画，随随便便画个线，那条白色的或者黄色的线就成了驾驶人的金科玉律，便成了一个有故事的“雷池”了，驾驶人谁都不敢靠近它，靠近了你就会付出代价。

难怪，那些身穿红马甲的人们，总是头顶烈日在路上画线！原来，这种画线的活儿虽然辛苦，但挺能让人获得快感！而且还是一种十分强烈的快感！你看，随随便便一个人，哪怕他平时穿的是蓑衣，戴的是斗笠，只要他有机会穿上了“红马甲”，他就能拿着雪白的油漆，在路上轻松自如地画线，这该是一件多么惬意的事情了。某人知道，“红马甲”们因为画线，他们所获得的那种快感，真是一种无与伦比的成就感。我让你怎么走，你就得怎么走！否则，你就得付出沉重的代价。路面上的“红马甲”们，完全可以这样想。

这样一来，问题就出来了。谁能保证那些“红马甲”们不会随心所欲为所欲为，在路上画出一些极不合理的线条？果真那样，势必人为地导致大面积交通拥堵，或者出现众多的车辆压线，致使众多的无辜者受罚。这可就急坏了路上开车的人，忙坏了正在路上执勤的警察，累坏了收交通违章罚款的银行柜员了，会让那些刚刚参加工作的小姑娘和小伙子们，数钱数得手都发酸发软了。由那个右边行车道上被画出的停车位，以及某人收到的那张有关压线的交通违章处罚单，某人不得不这样想了。

那么，在某个路口，如果出现了众多的车辆压线违章，“红马甲”的“头”们，是否应该到路面上去看看，好好调查研究一番呢？分析一下车辆压线的原因是什么，究竟是开车的人不守规矩呢，还是“头”的手下那些在路面上画线的“红马甲”们太任性了，导致路面上的那些线条本身就画得很有问题，让人想不压线都不行。

站在某个路口，某人很是无奈地摇了摇头。之后，某人再次低下头去，久久地注视着路上的线条。某人终于重重地叹了一口气，自言自语地说，在这个倒霉的路口，下一个倒霉鬼，不知道又该轮到谁了。

关于这个问题，谁都无法回答。只有再过一段时间，到车管所去，问问那位值班的民警。或许，他能告诉你。

2016 年 1 月 17 日写于合肥

诗意地生活

这些年，人对生存环境有了更多的忧虑，便有一种说法倍受人们追捧，那就是诗意地栖居。

当然，这是一种令人向往的美好境界，谁不希望诗意地栖居！尤其是在雾霾越来越浓重的今天，在汽车越来越拥堵的城市，在净水越来越稀缺的乡村，谁都希望在远方，在乡村，在山野，能够找到一块不染尘埃可以寄托此身的净土。在那里，田畴如镜，屋舍俨然，炊烟袅袅，鸡犬相闻，却难以见到人影，委实有些类似于陶渊明笔下的那个桃花源了。人们祖祖辈辈居住在那里，自耕自种，自给自足。渴了，就掬起一捧清冽的山泉水。饿了，就啃一根自己种的玉米棒。冷了，就披上一身土布衣衫，衣衫也是自己动手一针一线缝制的。缝制衣衫的土布，也是自己动手一经一纬织就的。织布的棉线，也是自己用那种手摇式的纺车一圈一圈摇出来的。纺线的棉花，当然还是自己在山地里刀耕火种种出来的。就连栖居的那间草庐，也是自己如燕子衔泥一般一草一木搭建而成的。你看，住在那个地方，人便有了这么多的事情要做，人的日子还会闲着无聊吗？住在那里，人就没见过所谓的无聊长成什么样子了。忙碌着，并且快乐着，这大概就是人生的追求，人们何乐而不为！所以，有一个越来越庞大的人群，正在追求那种诗意地栖居。

但是，这可能吗？可能是存在的，但是可能只是在梦中。人们所向往的那一切，其实，都已经是过去的事情了。过去的，就永远过去了，不会再回来了。小孩子已经变成了老人，老人真能返老还童变回小孩子吗？虽然有一种“老小”的说法，由老变小的也只能成为一个老小孩。在这个世界上，许多东西都能回头，唯一不能回头的就是时间，昨天只能是昨天，今天毕竟是今天。甚至，我敢断言，就连美国人戴维·梭罗笔下的瓦尔登湖，在今天的美国，同样也是回不去了。诗意地栖居，只能是人类的一个美好的梦想罢了。穷其一生，可能也不会找到那个充满诗意的，梦想成真的栖息地。不过，有个梦想还是好的，人还真的不能没有梦想，倘若连梦想都没有了，那人还会剩下什么？怀揣梦想的人生，毕竟就是一种美好。至少，也该是一种凄美，甚至，还是一种悲壮之美。

不过，有了梦想，人还得善于脚踏实地，去追求自己的梦想。即便不能诗意地栖居，我想还可以做到诗意地生活，诗意地生存。我发现，身边有一帮朋友对此领悟得非常透彻，非常深刻。他们无意逃离，始终坚守在自己寄身的城市，在城市之中，享受着城市之外的美好。他们随时随地，在自己的身边，在那些熟视无睹平淡无奇之中，十分惊喜地发现美好。而且，用镜头，用笔墨，把那些让自己感动的美好随手记录下来，供自己欣赏，也可以摊晒出来，让朋友们分享。不用去问这些朋友，只要看到摊晒在阳光下的那些美好，我就已经感受到了朋友们生活的美好。他们正在经历的就是那种诗意的生活，诗意的生存。

其实，有的时候事情真的很简单，远没有想象得那么复杂。诗意的生活，或许就在你的身边，只待你去发现，去享用。应该说，追求诗意的生活，选择逃离，并不是一个好办法，你根本无法预知别处是不是也这样，你根本无法确定天底下有没有白色的乌鸦。何必舍近求远，追求虚无缥缈？你一偏头，一转身，诗意的生活，也可能就等候在你的身旁了，感兴趣了，你就触手可及。

曾经，我在徒步去单位上班的路上，看见了一只灰喜鹊饮水的姿势，它让我感动不已。灰喜鹊在水洼里低头吸水，然后，仰面朝天，才把那一滴水吞咽下去。这个情景，怎能不感人？一滴水，也是上天给予的巨大恩赐，受之，当心存感恩。在灰喜鹊那个简单的、本能的俯仰之间，我理解了一只鸟那样一种谢天谢地的感恩之心。我被这只灰喜鹊深深感动，我觉得这只鸟这种习惯性的饮水姿势，正好反映出一种生活态度。这种生活态度，其实，也就是一种生活中的诗意，或者说也是一种诗意地生存。

还是走在上班的路上，我还发现了一爿商店与众不同。这家商店很小，店面仅有几平方米。小也无妨，人家还是把生意经营得非常有特色。小店，不卖早点，也不卖服装，人家卖的是玉石珠宝。店主是个年轻的女子，我路过小店的时候，几乎从没见过其他人，店里店外就只有那个年轻的女子了。女子坐在小店里面，我所看到的，她无非做着两件事，要么喝茶，要么读书。

小店的门外，也被她打理得别具特色，放了一架木制的秋千，摆了一把铁艺的椅子，还有几条废旧的汽车轮胎，平放在地上，中间填上土，当成小花坛了，花坛里面养了许多不知名的花草。那秋千，那椅子，那花坛，不仅是摆设，更是一种心情，一种心境。谁路过这里，谁都会放慢脚步，朝着小店门里门外看一眼，觉得那地方就是一道美丽的风景。人们或许会觉得那个女子是幸运的，她正在享受着一种诗意的生活呢，她正在经历着一种诗意的生存。

是的，我也觉得那女子是幸运的，她的生活富有诗意。常言道，在商言商。若要在商业经营中能够侍弄出诗意来，那可不是一件容易事，绝不是谁都能做到的。这个女子做到了，自然与她所从事的行当是分不开的。有些行当尚有这样的说法，三年开一单，一单吃三年。玉石珠宝这个行当也许便是这样，根本不用弄得来来往往，熙熙攘攘，热闹非凡。不过，这也不仅仅是行当的事情，即便同样的行当，不同的人来经营，还会经营出不同的味道。正如，每个人都在经营着完全不同的人生。有的经营得绚丽多彩，有的却经营得暗淡无光。这女子能于商业活动当中经营出诗意，这诗意，必是出自女子的内心。女子的内心，一定非常淡定，非常平和，充盈着诗情画意。所以，她的存在，才会让别人感觉到，她是过着一种诗意的生活，她是一种诗意的生存。

说到这里，也就够了，不必继续往下说了，一切都已经十分明了。

人，固然难以做到诗意地栖居，人，却可以做到诗意地生活，诗意地生存！

2016年3月12日写于合肥

和书在一起

和书在一起的时光，才是最美好的时光。

和书在一起的时候，日子过得就会有滋有味，让人轻松、舒畅，而且还有一种特别的踏实。

这可不是我一时的心血来潮，也不是我现在突然有的一种感觉。这种感觉由来已久，已经伴随我走过了一段很漫长的历程了，从青春年少至人到中年。几十年来，几乎所有的日子，我都不曾真正离开过书。每天必须拿起书本，无论是一目十行，走马观花，草草浏览，还是逐字逐句推敲、琢磨和咀嚼。只要有书在手，我的心里就很坦然。白天没有拿起书，晚上睡觉前一定会补上。倘若哪一天不翻书，人就一定会有一种恍惚感，觉得若有所失，但又找不到原因。只有等晚上睡觉前，拿起了房间床头柜上的那本书，人才忽然醒悟。原来，被丢失的东西已经找到，就在床头柜上，是一本昨天晚上没有看完的书。

每天必须和书在一起。这个习惯，始于我的学生时代。上学时间，自必天天和书在一起。放假了，不用上课了，我也不会一天不沾书。纵有别的任务，抑或是和小伙伴们一起疯玩，甚至，跟着大人下地去学干农活，书也不会被抛到一边的，书总会悄悄地待在我的身边，静静地等候着，随时响应我的召唤。书像一个不谙世事的孩子，不能让它走远，必须留在身边。走远了，会担心它走失。真的走失了，想找回来，就不是一件容易事。

所以，离开学校、参加工作以后，再忙的时候，我的手边也不会缺少一本书。出差时，随身携带的背包里，有两样东西必不可少：一个是电动剃须刀，另外一个就是书了。剃须刀不带不行，我的胡须很稠密，而且生长得还特别快，隔一天不刮都不行。每天早上必须刮，刮迟了，脸上痒痒的，会很难受，自觉不自觉地就用手掌摩挲到下巴上，还有两边的脸颊上了。浓密的胡须很粗壮，很坚硬，一般的刀片很难刮得动的。即便刮得动，人也受不住的，会觉得很痛。一不小心，还会留下伤痕，让人挂彩。所以，我的剃须刀总是电动的，在刀片和皮肤之间，还有一层薄薄的网罩隔离。每次剃胡须的时候，剃须刀总是发出“嗤嗤”的声音，很像是园丁在剪草坪。那时，我就会想起白居易的几句诗：“离离原上草，一岁一枯荣。野火烧不尽，春风吹又生。”想过，我总是莫名其妙地淡淡一笑。就像随手就能拿到一本书一样，我的手头也从来不会缺少一把电动剃须刀。虽然，它们都不是那些高档的、昂贵的名牌产品，只是一些价廉物美的大路货，我总觉得好用也就足够了。那东西不能少，少了人就不自在。书也一样，书常常和那东西一起，陪伴我出门行走。即便远走天涯，书和剃须刀一起安静地待在我的行囊里，每一个早晨，每一个黄昏，他俩都会结伴而行，双双来到我的面前，先后跟我对话。

在我看来，居家过日子，还是出门在外，书都是必不可少的，尤其是出门在外的时候。人一旦出门，最担心的就是没有伙伴。其实，没有伙伴也不要紧，书就是人最好的伙伴了。人走到哪里，书会跟到哪里，始终陪伴着人。出门时，背包里要是没有那本书，日子会很难过的，常常使人心神不定，觉得身边少了某个人，觉得生活少了某项重要内容，觉得晚餐没有吃饱，肚子饿了，咕咕地叫呢。不过，现在的条件好多了，会有不少弥补的机会。如今，机场、高铁站、等候大厅里都设有书店，在等飞机、等火车的时候，人的等候时间从来不会感到无聊，不会白白地打发掉，人们总是把等候时间撒在那间不大的书店里。到书店里，顺着书架慢慢地走一圈，细细地看一遍，即使一本书都不买，那可能也是一种极大的满足。何况，能够走到那个地方的人，只看不买，几乎是不可能的。总是会有一本或者几本你心仪已久的好书，专为你等在那里，你还能不理不睬吗？出了一趟远门回来，背包里的新书，可能就是这趟出门最大的收获了。至今，在我的书柜里，有相当一些书，就是这样来的，陪伴我坐飞机、坐火车，一次次被我用背包背了回来。

和书在一起，时光就会变得很安静。因为书的存在，人的内心也和时光一样，慢慢地沉下来、静下来。因为书的存在，曾经的浮躁就会远远地抛在身后，最终不见踪影了。

和书在一起的日子，人才能真正地领会到什么才是岁月静好。静好的时光，总是过得最快，匆匆而去，不会停留。

和书在一起的日子，我才觉得自己就是这个世界上最幸福的人了。

2016年1月6日深夜写于合肥

床头那盏灯

这些年来，床头那盏灯，几经更换，已经越来越明亮了。

起先，床头那盏灯，还只是一盏固定在墙上的壁灯。样式很好看，有不错的装饰作用。早在装修房子时，就事先考虑到了，那盏灯已经提前进入了装修方案。好看的是那盏灯的外表，它的里面被包裹的依旧是一颗“平常芯”。那盏灯所使用的发光源还是极其普通的白炽灯，灯光很柔和，可惜它不是很明亮，时间久了，我甚至就嫌它有点昏暗了。不过，这样也算够用了。因为，那些时日，那盏灯的主要用途，还只是在半夜里照人起夜。或者，在清早为这个早起的人照明披衣下地。

也不知道是从什么时候开始，我就觉得床头的那盏壁灯开始不够用了，主要是觉得它的光线不够亮堂。于是，趁着后来由于工作变动，搬家的机会，进行了改进。来到了新的住所时，床头那盏好看但不太明亮的壁灯，就给放弃了。我专门跑了一趟商场，挑了一盏个头功率都不小的台灯，拿回来将它立在床头柜上。不大的床头柜上，那盏新来的台灯，俨然就是这块领地上当之无愧的主人了。不过，床头柜上的那盏灯，虽然它摆出了一副高傲不群的主人公姿态，但它并不是孤家寡人，一年到头总还是有一些小伙伴们不离左右地陪伴着它。它的那些小伙伴们是一些书，每次一本或者几本书，不断地变换着面孔，推陈出新，轮番地陪伴着它。床头柜上的那盏灯，虽然没有以前的壁灯那么漂亮，但却明亮了许多。因为，它的发光源不再是白炽灯泡了，而是一只白色的节能灯管。每到夜里，那只节能灯管就在自己的岗位上尽职尽责，倾情地喷洒出一大片雪白雪白的灯光来。沐浴在那片洁白的灯光里，人的心情如同月光下的湖水一样平静，让人深切体验到岁月的静好。直到睡意悄悄袭来，越来越浓重，人完全抵挡不了那沉沉的睡意时，才把这静谧的灯光给按灭了。

过了一段时间，不知什么原因，又觉得床头那盏灯还是不够明亮。这时，市场上恰好出现了一种新的发光源，因为它是个刚刚上市的新鲜玩意儿，我一时还不知道它有没有一个中文名字，只好跟在别人后面叫着它的一个十分洋气的名字，那个让人不知所云的“LED”。而且，这盏灯的来路也就更加新潮了，不再需要我跑很远的路，到商场里灯具柜组去选购，这盏台灯来自网上。人坐在家里，足不出户，只需在电脑上，或者在手机上轻轻一点，它立刻就自己上门来了。不光买得方便，而且价格便宜，差不多它只是商场里同类商品价格的一半，照明的效果却是非常好，比之前的那个节能灯管亮堂多了。同时，据说它还非常节能，耗费的电能还不足之前节能灯管的三分之一。至此，我算明白了，这可能就是科技进步给人们带来的福利了，一种看得见、摸得着、实实在在的福利。我惊喜，我庆幸，我已经跟上了时间的节拍，及时享受到了这样一种先进的技术所带来的福利！

可是，回过头来想一想，我又觉得，这些年床头那盏灯更换得也太快了，还没等到它不能用就提前给换下来，丢掉了，怪可惜的。曾经在某些时刻，我也深深的自责，觉得自己这样做真是一种浪费。转而一想，我又释然，觉得这还不算快。实际上，还有物件比那盏灯换得更快的，差不多三五天就换了一茬。那就是那盏灯身边的小伙伴们，床头柜上，那些和灯待在一起的书。想到了床头柜上的书，就觉得灯换得再快也值。

不过，有时，我也曾有过一些暗自心疼。灯换得快了，倒是越换越亮堂了，同时，却也反映了一个不容乐观的问题，那就是我随身携带的两盏灯已经不够明亮了，我的视力减退得非常快。否则，我为什么那么热衷于快速地更换床头那盏灯？实际上，在我的心里，还是希望床头那盏灯，以后能够尽量换得慢一点，再慢一点。最好，长时间不换，一直用着。

也许，人世间的事情从来就是这样，少不了会有一些缺憾。两全其美的事情，总归是可遇而不可求的。利和害，往往相生相伴，如影随形。人在享受某种利的同时，往往也就只好自认忍受其害了。

每天夜里，总是床头的那盏灯，默默地陪伴我，悄悄将我送到眠乡，让我睡到深沉，睡到香甜。

听人说过，一个人的睡眠质量最能反映出他的生活质量。这话，我是信的。人到中年，睡眠时间减少，质量下降。有书相伴好入眠，睡到梦里，还能闻到书香呢。每天过着这样的生活，其质量自然就不会低到哪里去。

感谢床头的那盏灯！它为我在浓重的夜色中撑起了一小块天空。没有那盏灯，人的生存空间将会受到严重的挤压，那个空间会变得更加狭小，让人难以喘气。

每天夜里，床头那盏灯总是静静地亮着，亮了很久。

2016 年 1 月 3 日写于合肥

舅舅门前一棵树

舅舅门前，有一片蓊郁的竹林。

那片竹林，原先没有。最早的竹子，是十多年前舅舅拆除旧平房盖了新楼房之后栽下的。舅舅是军人出身，性格耿直，为人重节。对于正直有节的竹子，舅舅似乎情有独钟，大有视竹子为知己的意味。家有新宅落成，依乡人习惯，都会栽种些花草树木来点缀一下新居环境。舅舅没有栽花种草，他想到的是竹子。从别人家讨来了竹种，于房前屋后种了不少楠竹。竹子看似无心，却能通晓人意，不叫人失望。楠竹这种植物，向来生发得特别快，今年栽种一棵，来年便长出一片，几年下来修竹业已成林。

那片竹林，的确成了舅舅家门前的一道风景。在让人赏心悦目的同时，也给人带来了某些不便。楠竹身材高挑，高可达三四层楼，远远超越了舅舅家的两层小楼，多少有碍门前日照。另外，林中竹密，远看似山，近看似墙，还有些挡风的嫌疑。

对于舅舅门前那片竹林，其实十分熟稔。每年正月初一，兄弟几个都会去舅舅家拜年。去了，总会从竹林边路过。而且，还少不了从屋子里面走出来，到竹林边去驻足一小会。听风吹竹叶沙沙作响，看几只叫不出名字的毛色鲜艳的漂亮小鸟，在竹林里上下翻飞，穿来穿去。一派活蹦乱跳的开心场面，将一颗昏睡已久的童心唤醒过来。站在竹林边的人遂想到一个问题，是不是人一到了外婆家，站在了老舅的面前，再大的岁数也能找到做从前小孩时的那种童稚感觉呢？

今年正月初一，还像往常一样，兄弟几个一起到了舅舅家。那天，天气晴好，格外和暖，一点不像过年的时节，倒是很像阳春三月天。坐在屋子里叙话，不如来到门前的场地上晒着暖阳，任和风拂面，惬意得很。

在门口的一块水泥地上，背靠楼房，面朝竹林，落座于一张长条板凳上，整个人完全沐浴在和煦的阳光里。坐定，忽觉情况有异。面前的那片竹林好像稀疏了不少，林间露出了大片的空白来。眼前突然亮堂，透过竹林，能够清楚地看见原先不曾见过的山峦和田野。

去冬，舅舅将门前的竹林间伐了一次，使得林中竹子宽松了许多，不再挤挤挨挨。舅舅知道，竹子报得快，舍不得间伐不行，会毁了竹林。间伐过后，不消几个春天，这竹林还会像从前那般茂密。

在疏松的竹林里，意外发现一棵树。仿佛从前的竹林里只有楠竹，这棵树从来都不在这片竹林之中。以前每年来舅舅家都不曾见到这棵树，唯独今年正月初一有幸始见。

树是一种极其普通的树，在吾乡几乎随处可见的香樟树。只不过，这棵香樟树与在别处见到的香樟树，还是有些不一样。这棵树很高，比它周围的竹子还要高，树梢高出了竹林。这棵树直挺得很，直挺得跟它周围的竹子毫无二致，让人难以相信它真的属于香樟树。它和竹子一样，只有在顶梢上才是枝叶婆娑，有一个不是很大的树冠。树冠之下，绝无肆意伸展的枝枝杈杈，大有一柱擎天的豪迈气魄。这棵树同竹子一样笔直，却不像竹子那般纤细，它很粗壮。树干粗如斗，越到根部越是粗壮，足足粗过一个满抱。此外，还有一点尤其让人吃惊。树身的表皮很细腻，很光滑，只有很薄的皮层。仿佛用指甲轻轻一掐，都能掐出鲜嫩的汁水来。不像一般香樟树，表皮粗糙，甚至深度龟裂，随便一抬手都能够掰下一大块干枯厚实的树皮来。

树的表皮亦如人的皮肤，那上面存储着许多不见文字的信息。阅读树皮，很容易读出树的实际年龄。不像从年轮上去阅读树的年龄，那样必须砍倒一棵树，让树的年轮就此止步，实在有些不忍，而且，那种阅读，只能读到树的过去。读树的表皮，能读出树的生命力。不仅能读到树的现在，还能读到树的未来。一些有经验的人，见到了树皮，大致就知道了这棵树尚有几分活力，纵向横向还有多大的伸展空间。

其实，不看这棵香樟树的表皮，有人照样知道这棵树的年龄。站在树下，双手抚在树干上，问旁边的表弟，这棵树有多少年头了？表弟一挠头皮，略作思索状，随即果断地说，十多年了吧，肯定不会超过十五年。表弟说“肯定”二字时，语气加重，脸上显出一副蛮有把握的表情。那种表情，必有来由。因为，有个最明显的参照物就在他的眼前。这棵树的年龄，不会超过这片竹林的年龄。而竹林的年龄，又不会超过舅舅家这栋楼房的房龄。

原来，这棵香樟树还不是由主人亲自动手于竹林间栽种，是它自己从竹林中的土地里面冒出来的。极有可能它是某只鸟儿一次酣畅淋漓的杰作，香樟树是会开花结果的，那些豌豆大小的黑色果实，是众多鸟儿的美食。鸟儿是大自然最早的播种者，植物的迁移和传播，当中有鸟儿很大的功劳。

十年树木，几近共识。有了十年时间，树木就会成材。表弟所言极是。不过，材有大有小。凡是大材，无不具备眼前这棵香樟树的特征，又高又直，而且粗壮。材质的坚韧结实程度，虽主要取决于树的先天因素，树的成长环境，也有不可忽视的作用。

一棵平平常常的香樟树，仅仅十来年的时间，便在人们的不知不觉之中，成长为眼前这种高过同林、直如竹竿、粗可怀抱的壮观之材，不能不让人感到欣喜。欣喜之余，也让人思考。假如，这棵树，不是生长在这片竹林里，而是生长在田间地头，荒山野岭。在那些地方，树可以自由自在、随心所欲地滋生蔓延。它想歪倒一下身子，树冠便朝着一边斜了出去。它想扭动一下腰肢，树干就在空中拐出一道弯子。它想和谁亲近一下，便立刻枝杈横陈，相互纠缠，牵扯在一起，一副不清不楚的样子。可以想见，这棵树后来会长成何等模样。或许，它照样成为人们眼中一道特殊的风景，但绝不会有这棵竹林中的香樟树一般的轩昂气度。

不信？转过身去，走到舅舅屋后去看看，一切皆会真相大白。那是一片松树林，高矮不一的罗汉松，稀稀落落地散布在高岗上、山沟里，长得七歪八倒。粗笨的、老态龙钟的松树并不少见，高大正直、精神抖擞的松树却找不到一棵。

舅舅门前的这棵树，长成了如今这副模样，一定少不了树本身的主观努力。一棵树生长于这片茂密的竹林之中，它必定做到了站有站姿，坐有坐势，它无法自由散漫，东倒西歪。这棵树还必须努力地从脚下的土地里汲取养分，不断地充实自己，拓展自己，才能保持住自己的立足之地，才能维护自己在林中的位置不被挤压和侵占，才能拥有自己头顶上的一方空间。不过，这棵树能有它的今天，还不仅仅是树自身的努力，当中少不了这片竹林很大的一份功劳。有什么样的林子，就会有什么样的树。离开了这片林子，树，还能成为眼前的这棵树吗？树跟竹子们在一起待得久了，树便越长越像竹子了。那棵香樟树若是有灵，它会感谢那只鸟，感谢那只将它带进竹林的命运之鸟。入不入竹林，那棵香樟树会有两种完全不同的命运。

正月初一，在舅舅家待的时间并不是很长。不长的时间里，倒有不短的一段时间是在这棵香樟树的跟前度过的。同这棵香樟树站在一起，不带任何刻意，放松自己，随随便便想了一些问题。恍惚间，把树想象成一个人，又把人想象成了一棵树。

来年正月初一，还会去舅舅家。去了，还会走近舅舅家门前竹林中的那棵树。会与那棵树静静地待在一起，共同享受竹林中扑面灌耳的清风。同那棵树一样，以一片盛满清风爽气的竹林为芳邻，哪怕只是待上很短暂的一小段时间，也足以获取一种滋养心灵的巨大能量。

2017 年 2 月 2 日写于合肥

年夜饭桌上一道菜

在皖西南那一片丘陵地区，每逢大年夜，饭桌上总有一道菜必不可少。哪怕菜做得再多，桌上都放不下了，这道菜也必须上桌。而且，上了桌子，还必须吃，每人都得吃。尤其，当家领事的人必须带头吃。一人起头，全家跟上，大家心里都乐乎。

这道菜不是什么山珍海味，只是普通的圆子。说圆子是菜，可能有人不认可，尤其是北方的朋友难以理解。在北方人看来，圆子怎能算作一道菜呢？它就像北方的包子，还有饺子，不能算作菜品，只能算作主食。

人家不认同，自有道理。的确，从食材上看，从制作方式上说，这圆子跟北方的包子或者饺子都是大同小异。包子或者饺子，不仅是北方的主食，如今在南方的许多地方也渐渐成为餐桌上的宠儿了。圆子产于南方，在产地它仍然只能算作一道菜，算不上主食，主食始终是大米饭。

在皖西南地区，人们爱吃两种圆子，糯米圆子和山芋粉圆子。山芋粉圆子真是一碗好菜，尤其让它与猪肉为伍，做成山芋粉圆子烧肉，荤素搭配，肥而不腻，实在味美。过年吃的圆子，不是山芋粉圆子，是糯米圆子。糯米圆子的主材当然是糯米。要做糯米圆子，得有糯米粉。将糯米磨成粉，可不是一件容易事，它远不像将小麦或者一般的籼米直接磨粉那么简单。

磨糯米粉，不能干磨，得带水磨。磨粉之前，须将糯米放在水里浸泡三天左右。直至将糯米浸透发软，用两指搓捻，能将米粒搓碎。从水里捞起一把糯米，抬到鼻子底下，一闻，有股轻微的酒酿气味，就说明糯米已被泡熟，可以磨粉了。过去，磨粉用的是石磨。用一只小葫芦瓢，从木桶里舀取带水的糯米，糯米和水各占一半，倒进石磨上面的漏斗里。推动石磨，石磨的周围便有了雪白的米浆，源源不断地流下来，流进石磨底下那只大木盆里去。

米浆还不能用来制作糯米圆子。欲做圆子，还有一些工作要做。先是要将米浆里的水分排净，酸牛奶一般浓稠的米浆，无法过滤，沥水很难，如何能将它的水分排干净呢？乡人自有办法，拿一块织得紧密的棉布来，铺盖在木盆口上。然后，从灶膛里掏出些草木灰来，铺在棉布上面。很快棉布下沉浸水，摊在棉布上的草木灰开始变色，颜色由浅入深，由灰变黑。草木灰变色的过程，叫吃水。米浆里的水分，被草木灰一点一点地吃掉了，让草木灰吃得饱饱的。来时的草木灰是“饿”的，轻飘飘的一团，吃水以后的草木灰便“饱”了，沉甸甸的一堆。掀开棉布，用其裹住草木灰，离开木盆。这时，木盆里的水便杳无踪迹，只剩下厚厚的一层淀粉，白如凝脂，作酒酿香。

这便是新鲜的糯米粉，将其反复搓揉至绵柔状，就可以开始做糯米圆子了。一般情况下，不会做一次圆子磨一次粉。通常一次磨粉，多次使用。毕竟，将糯米磨成淀粉有些麻烦，费工夫。有了结余，等待以后再用，便涉及储存的问题了。其实，储存糯米粉也很简单，只需将木盆里潮湿的淀粉铲起，再掰开，形成小小的块头，放在太阳底下晒个三五天，也便干了。密封好，置于阴凉干燥处，半年内食用都不会有问题。

做糯米圆子，如同做包子、包饺子一样，除了和粉揉面，还要备馅。圆子的馅，也有荤素两种。在皖西南，糯米圆子的馅通常是素馅，馅料多用芝麻粉拌白砂糖。装好了馅料的糯米圆子，还会放在浸泡过后的糯米里滚一滚，轻轻一压，使其浑身嵌入一层米粒。糯米粉黏性太强，表层嵌有米粒了便不容易粘锅。用芝麻粉拌白砂糖作馅的圆子，因其馅的颜色，乡人称之为“灰心团”。其实，“灰心团”这三个字可能是误听误传，乡人心里想说的该是“欢喜团”。同样都是三个字，语音很接近，只有舌齿间的细微差别，且都有道理。

在江淮地区，尤其是在合肥及其以北，过年有炸圆子习俗。将做好的圆子，放到油锅里炸成半熟，而后捞起来，沥干存放，随吃随烩，一直吃到正月十五。皖西南的糯米圆子不一样，现做现吃，不用油炸，蒸熟即食。可以在饭头上蒸熟，也可以在肉锅里蒸熟。饭头上蒸熟的糯米圆子，有一股浓浓的饭香味，吃到嘴里绵软而有劲道，香甜到肺腑。肉锅里蒸熟的糯米圆子，味道更佳，除了素香，还有油荤的丰腴。

皖西南的糯米圆子很大，拳头一般。年饭桌上，人人都得吃，还不能将一个圆子分成几份给几个人吃。在吃圆子问题上，乡人大有讲究。所谓圆子，名字当中有个“圆”字，其形状也是圆球形，便被赋予寓意“团团圆圆”。

这是其一，还有其二。“圆”与“元”同音，圆子同时被赋予“元宝”的寓意。如此一来，年饭桌上的圆子便不好分食了。你看，谁也不愿意放弃“团圆”，选择“分开”呢。谁也不会乐意拿出自己的“元宝”，无缘无故地与他人分享吧。

想起过年吃圆子才明白，吃，还真的不是随随便便的一件小事。对于吃，平时许多人家可能都会简简单单，甚至马马虎虎，但到了过年这天便不一样了。有钱没钱，过年那顿饭大家都吃得格外讲究。有了讲究，年饭桌上，吃的便不完全是饭菜了。除了饭菜，还有文化。甚至，文化的味道，比饭菜的味道更浓。

2017 年 2 月 12 日写于合肥

去都江堰看水

那年秋天，有个机会去了成都。住在成都西北部青城山脚下，一个名叫映秀的小镇子里。映秀镇隶属成都辖下的县级都江堰市，离都江堰市区十来公里。在那里住了三天，三天里都在下雨。雨下得紧锣密鼓，一点空隙都不给人留，让人无懈可击。人在屋子里整整被困了三天，无法出门，哪儿也没去成。就连紧靠在小镇背后的青城山，也只能于雨幕之中仰望它忽隐忽现的影子，难以走到近前去一睹那座道教名山的真容。

到了第四天早晨，忽然，雨歇了，天气放晴。抬头远眺东方天际的一轮红日，不远处隐隐约约地传来了三两声犬吠。一时不禁独自莞尔，也不知道是天气晴好给人带来了好心情，还是由犬吠想起了一句成语——蜀犬吠日。说不出理由也不要紧，最重要的是天气终于好了，人的心情也好了，眼前的一切似乎就在突然间全都美好起来。

站在一大片美好的跟前，却需要做一次选择。这第四天，是离开映秀镇的日子，也是离开成都的日子。下午必须离开成都，逗留在映秀镇的时间，至多只有当日上午。难得的时间，自然不会白白浪费，一定会把它用足用好。这半天时间的用途，无非是去某个想看的地方走走看看。想去的地方其实很多，最想去的不外乎两处，小镇背后的青城山，还有十公里之外的都江堰。心想，最好两处都去。但那是不可能的，只能二选其一。

在选择面前，向来不会犹疑不决。这次同样。只是有点出乎意料，舍近而求远，决定去都江堰。选择都江堰的理由很简单，只有一个字：水。或许，世人去都江堰大多如此吧。因为水，才有了都江堰以及那个古老的县名——灌县。人去都江堰，看来看去，都离不开水。

从映秀镇出发，到达都江堰景区，一路顺畅，十来公里的路程，只花了二十多分钟。

印象中的都江堰，是一座古老的水利工程。所谓的水利工程，总是离不开一道大坝吧。这一印象由来已久，差不多起于自己最初的文化记忆。真的到了都江堰，站在安澜桥上，看着眼前巨大的“鱼嘴”，这才明白，原来，天下的水利工程并非都有一道大坝。都江堰便是这样，这座堪称世界上最古老的水利工程，却没有一道横亘千古、固若金汤的拦水大坝。

相传，都江堰水利工程是由秦国蜀郡太守李冰父子率众修建，迄今已经存在了两千多年。自它存在以来，一直都在发挥它的导流防洪、引水灌溉的水利功效。在成都人眼里，都江堰是一项功德无量、荫及子孙万代的巨大福利。

都江堰所在的位置，恰好是岷江的出山之口。大凡山里的水，总是有点像血气方刚的莽撞汉子，野性难驯。面临万丈悬崖，那些永不回头的水流，硬是不顾一切地直接往下跳，不惜用自己纯净洁白的生命，于阳光下绽放出一道美丽炫目的彩虹，在崖下的万丈深渊里溅起一丛丛明亮的珍珠雨。都江堰距离成都市区不过五十公里，此处岷江水位的海拔高度，却比成都市区高出了二百七十余米。在未有都江堰水利工程之前，这岷江之水真像置于成都头顶上的一大盆水，稍微一哆嗦，水便从头顶上倾盆而下，整个成都平原瞬间沦为泽国。反过来，若是遇上了天旱，那深藏在岷山上的水，也很会拿劲，耍着它的小性子，任人千呼万唤，它就是不出山。烧香叩头地请，敲锣打鼓地迎，那水也还是不愿意走出山来。

后来，晋人李冰镇守蜀郡，为蜀郡之父母官。此官爱民如子，善于替民分忧。一到蜀地，便想到了要好好治一治这岷江之水，使江水听话，变水害为水利。如何整治这初出大山野性十足的江水？的确让李冰颇费了一番脑筋。起初，李冰也曾想过，使用那个最简单的办法，堵。趁着冬季枯水季节，在岷江里筑上一道堤坝，给岷江装上一把锁，把水堵住，想让你动你就能动一下，不想让你动你就动不了身，把一江奔腾跳跃的活水变成一潭死水。但是，李冰很快放弃了自己的想法，他已经意识到了自己的天真幼稚。他觉得，他并没有那么大的能耐，足以把一道岷江之水给活活噎死。他得另辟蹊径，让岷江之水，既听他的话，顺着他给出的路径行走，又心甘情愿，毫无怨艾，走得干干脆脆，绝不拖泥带水。

于是，李冰想到了在江心上筑起一只巨大的“鱼嘴”，让这条“大鱼”呈逆流上水状，将岷江水流一分为二，成内外两江。内江狭窄水深，进川西平原灌溉系统；外江宽阔水浅，为岷江的正流，穿过成都平原，一直向南流，汇入长江。有了内外两条水道，江水便有了选择余地，根据情况自行选择，自我调节。丰水之时，江水必多选择外流，因为它江面宽阔，容量巨大。枯水时节，因内江河床低矮，江水必多内流成都，润泽天府之国。

有了都江堰水利工程，千里沃野的成都平原，旱涝无忧，人寿年丰。后辈人崇敬李冰，如同敬神敬君王。如今，在都江堰岷江右岸的山坡上，还保留了一座“二王庙”。“二王”者谁？李冰父子也。其实，这座庙宇当初并不是为李冰父子所建，它原本是纪念蜀王的望帝祠。齐代时，才改为祭祀李冰父子用，更名为崇德祠。到了宋代，李冰父子相继被皇帝敕封为王，庙宇便被人称之为“二王庙”。从此，李冰父子遂成为人类文明史上，让人念念不忘的无冕之王。

时值初秋，岷江之水不丰也不歉。站在桥上，看左右两江，一宽一窄，一深一浅，对于都江堰的前世和今生已经一目了然了。岷江之水从脚底下温顺平稳地缓缓流去，整个江面波澜不惊。这情形真有点让人难以为信，觉得不大可能。在一桩伟大的水利工程面前，怎么说也该有点惊涛拍岸的险象存在吧，否则，哪能显示出一项伟大工程的英雄气魄以及它的舍我其谁、独一无二的重要性呢？

转而一想，才发现自己一时思想之苍白。这还不仅仅是一己或者一时之事。想到李冰父子，尤其是站在李冰父子共同创作的这件伟大的传世作品面前，纵有再多的思想，也会显得十分的苍白而无力。

在都江堰没有见到长期盘桓于自己想象之中，那道威武雄壮的拦水大坝，似有某种缺憾，便自找理由来进行弥补。静心一想，就会明白，所有的拦水大坝，终归逃脱不了垮塌的命运。要么时日久了，大坝体内结构松散，于不经意间自行坍塌下来。要么大意失荆州，被那些不屑一顾的死水给活活撑垮。再要不，就是天理不容，天公重抖擞，十分生气的模样，一跺脚便地动山摇，震得它无奈之下散架了。大概，这便是李冰父子没有在都江堰修筑拦水大坝的理由吧。因为无坝侵占河道，都江堰才得以完好留存至今。

很是奇怪，自古以来，人类都有一种浓重的亲水情结，却又十分怕水，甚至恨水，对水怀有某种敌意，企图筑起高墙大坝将水团团围住。其实，人们大可不必对水心存戒备，水并没有人想象得那么可怕。洪水不一定就是猛兽，即便它真是猛兽，人不挡它的道，这猛兽也不会伤害到人。不信？你还是去问问老子吧，他老人家会如是告诉你，上善若水！天下的水，无论它的外表多么草莽，面目多么狰狞，水的天性始终柔软。水，把其生命的全部意义都寄托在流动上。流动的水，从来就不会去追逐高位，也不至于留恋自己业已身居之位置。只要有机会，水总是努力向下迁徙。水的一生总是在不断寻求世间的低洼之地，它把洼地当成自己的安身之所，它在洼地里创造属于自己的水平，在那里营造出一道“浓妆淡抹总相宜”的绝美风景。天上的水，总归要回到地上来。地上的水，总是奔走在流向海洋的途中。真正懂水的人，会给水放出一条生路。这样，天下的水，无不大扬其善。此后，世上再无水害，只有水利了。在成都，被后世人奉为水神的李冰父子，一定是悟透了水的本性了。这父子俩，才是真正懂水的人啊。

那个半天时间，在都江堰看了多处风物，左看右看，最终看的还是水。因为看水，便遇见了一种与水有关的文明。想起了“仁者乐山智者乐水”的古训，便于川流不息的岷江之水里，清清楚楚地看到了智者李冰父子遥远的身影。

2017年2月15日写于合肥

怀旧的花冲

合肥东门的花冲公园，是一处适宜怀旧的地方。那里有个旧物市场。

城市喜新，越来越新，一年一个新模样。甚至，几个月不到某处，某处便变了样子，让人找不到从前了。日子也新，过得太快。面前的时光尚未老旧，后面新的时光便已直抵跟前。匆匆忙忙之中，很难见到旧时光。人也日新月异，旧面孔越来越少，新面孔越来越多。因为其新，所以鲜亮，便处处浮现于城市的表面，构成了这座城市用以示人的一个崭新形象，让人感觉充满青春活力。早先的人，似乎越来越不想抛头露面了，便渐渐地沉淀于时光的底部。时光如水，于透明中折射着阳光。有了阳光，人在哪里都一样，不会寂寞。无论是漂在水面，还是沉在水底。

浮于水面之上，很容易形成一道精彩的风景。沉在水底，却也不失为一种安静的享受。该浮现的尽情浮现，该沉底的默然沉着。有了沉着的时光，才会有怀旧。现在，怀旧的地点已经圈定，就定在城市的东门，那个以花冲命名的公园。有了地点，还需要确定时间。城市生活时间珍贵，没有太多时间让你去怀旧。一周至多给出一天时间，让需要怀旧的人们一起去怀旧吧。从周一忙到了周五，周六就该歇歇了，早上睡个懒觉。那就定在周日吧，累也累过，歇也歇了，可以给前段日子画上句号了。明天又是新一轮忙碌的开始，只有今天，这个让自己自主支配的时间，可以用于怀旧。

于是，周日的早上，天还没有大亮，许多人便不约而同地来到了花冲。不大的公园，平时空旷得很，这会子倒是人山人海了，热闹非凡。人行道上挤满了人，路的两边也没空隙，全都是人以及人所摆设的地摊。地摊上琳琅满目，应有尽有。此时的花冲，甚是喧嚣，几近沸腾。人的耳穴再深，也装不下路边摊贩的叫卖声。摊贩很多只是一方面，每个摊贩都会叫卖。不叫卖，或者叫卖声不够响亮，摊贩们会觉得自己亏了。所有摊贩都在叫卖，翻来覆去地叫，使劲拼命地叫。有人嫌自己的嗓门还不够大，举起一只大喇叭，让扩音器帮忙，给自己的声音加油，最好把周围所有的声音全镇压下去，完全覆盖掉。总有一些摊贩恨不得让自己的声音，独自主宰了眼前这个不大的世界。不绝于耳的叫卖声如同纷纷飘落的红尘，让人闻到了一股浓重的市井气味。果真在路边驻足下来，你也可能学会了讨价还价，于斤斤计较中去完成了某桩事关油盐酱醋、针头线脑的细小交易。交易过后，你会扪心自问，刚才的我，真的是我吗？没错，那就是你，真的是你。人，身在市井之中，你不就是个市井中人嘛。

置身于人头攒动的市井之中，人还有心思怀旧吗？或许，那是另外一种怀旧。即便对路边地摊不屑一顾，摊上还是有可能探头探脑地冒出几个似曾相识的家伙来。过去，因为它们长时间缺位，几乎让曾经的日子散架。陡然邂逅于市井，一股怀旧之情，油然而生。

真正让人怀旧的还不在这里，在那些没有叫卖声的地方，彼处无声胜有声。公园的小广场边上，有许多树，树龄不长也不短，足以成荫。每棵树下，都有一堆人。一堆人围着一个人，以及那人面前的那些稀奇古怪的小玩意。那些玩意都很陈旧，至少看起来陈旧，年代久远。有些曾经熟视无睹，有些还真是第一次见到。一堆人里，大多都只是围观，饱一饱眼福。也有个别不过瘾的人，蹲在地上，伸出手去，将地上的小玩意小心翼翼地拿起来，稳稳地捧在手上，轻轻地摩挲，用心把玩着。个别人似乎有备而来，带上了白手套，还掏出了放大镜，在那些旧玩意身上照来照去。那神情很像老学究，一副一丝不苟的模样。被团团围住的那个人，通常半天不说话，似乎说出话来就得一锤定音。但是，他善于用眼神来说话，从他的眼神里，你能领会到一种怀旧的滋味。有了那种眼神，他就像你小时候的某位小伙伴。某天，他从家里拿出了几颗小糖果，来到小伙伴中间，递给周围人看，告诉别人这糖果好吃，甜得很呐。这小伙伴压根儿就没有想把糖果让给别人，他只是想使别人知道，他手上有糖果，糖果很甜。太会撩人啦，一群小伙伴整天围着他转，直至糖果被消融成水。小伙伴们还不相信糖果真的会消失，即便消失了，也还会再有。这人也是这样，就那几样破旧的小玩意，一年到头，回回都摆在那儿，让人围看，任人琢磨。估计，这人最大的收获，是收获到了不少目光，欣赏的目光，羡慕的目光。当然，也有怀疑的目光，甚至不屑的目光。他就坐在那里，一直收集着各式各样的目光。

周日的花冲公园简直成了一个小小的老人国。走路颤颤巍巍者众多，拄拐杖者也不少见，个别人竟坐着轮椅去。老人见了老人，会很亲热，打着招呼，甚至停下来，拉拉家常。某天早晨在一棵大树下的人堆里，耳边突然响起了这样的话语："我结婚了！"那声音很有些震颤感，好像说话者太过激动了。扭头一看，天啊，说话者可不是个沉不住气的十八岁毛头小哥，是一位足有八十多岁鹤发童颜的老先生。他这话是说给另外一位老人听的，那位老人是个慈祥的老太太，可能比他年纪略小，总也有七十好几了吧。一对老熟人，在花冲公园不期而遇。老人家按捺不住内心的喜悦，把自己的高兴事说了出来，与人分享。听过，不禁莞尔，抬头给了那位陌生的老先生一个微笑，算是给他老人家的一份祝福吧。

这位耄耋老人，不在家里好好陪伴新婚妻子，独自跑到这乱哄哄的公园里凑什么热闹？或许，除了怀旧，别无理由。他怀的旧，似乎不是旧人，应该是些旧的物事，旧的时光吧。都在那一堆堆人围拢的地摊上，在一派喧闹之中的安静里。

到花冲去了几次便发现，在这座城市里，总有那么一批人热衷于怀旧。每逢周日的早晨都赶到了花冲，众多想法一致的人聚集到一起，便形成了一座城市特有的怀旧景象。

在合肥，心怀有旧的人，都该去过花冲吧。不过，到了花冲，不仅仅只是怀旧。山外有山，人外有人。熙熙攘攘之中，摩肩接踵之时，你会发现，周围总是有人比你高出一头。

2017 年 2 月 19 日写于合肥

让一对兄弟团圆

今天有点沾沾自喜。顺手做成了一桩成人之美的大好事，让一对失散已久的孪生兄弟团圆了。

据说人生如书。其实，一本书就是一个人。这兄弟二人便是两本书，书名《鲁迅书信集》，人民文学出版社 1976 年 8 月的版本，有年头了，老兄老弟。书分上、下两集，同样的高矮，同样的肥瘦，穿着同样的衣装。看外貌，这两本书完全一样，恰似一对孪生兄弟。

大千世界里，熙熙攘攘中，原本携手的兄弟，由于某个偶然的因素松了一下手，一转身，便彼此不见了对方。杳无踪迹后，双方都很着急。先是互相在人群里喊叫，都只听见自己的叫声，却听不见对方的声音。接下来，分头走上了漫漫寻亲路，大海捞针，苦苦寻觅彼此。

不知道兄弟两人究竟费了多大周折，吃了多少苦头，先后流落到了合肥东门的花冲公园。那里有个较大的旧书市场，每周开放一次，周日的早晨一直到午后。市场里有数十家摊位，等待交易的图书数以万计。每逢开市，人头攒动，可谓人海。书摊上，一排排码放整齐的书本，数不胜数，看不胜看，可谓书山。这对孪生兄弟，便是茫茫人海中的某人，先后于那莽莽书山之上被发现的。

先被发现的是弟弟，《鲁迅书信集》的下集。在一排竖立摆放的图书当中，看到一个宽厚的脊背。原本不想理会，它成色旧了，品相不高，不是理想的书选。还是蹲了下去，将它从书山中抽了出来。因为喜欢它的名字，它叫《鲁迅书信集》。拿到手才知道这是一本有尾无头的书，书的第一页便是 651 页了。书的前面还有厚厚的一本书，足有 650 页呢。拿着“下集”，环顾左右，寻找“上集”，怎么也找不到。问老板，这本书的上集呢？老板说，只有这么一本，没有上集，有咱就都不卖了，自己留着。本来兴致很高，有点志在必得的味道。听老板这一说，似被当头浇了一盆冷水，凉了半截。买书的人，谁愿意买回一本残书啊？放下，又拿起。毕竟有比没有好，认了吧，残缺不全也买下。听说，残缺也是一种美呢。不信？去问维纳斯。美神，真的缺了一位兄弟。

家里藏书便多出了一本残缺的书，只有下集不见上集的《鲁迅书信集》。认了它的残缺，还是希望它能完满。希望不在别处，仍在花冲公园。几乎每周日都去花冲公园，希望某天在某个书摊上，惊喜地发现《鲁迅书信集》上集。

看书没有买书快。书一摞一摞地买回来，越积越多，越堆越高。前面买回的书，很快被后面的淹没了。缺了上集只有下集的《鲁迅书信集》，被悄悄遗忘。

不知过了多久，又一个周日的早晨，在花冲公园一个书摊上，对一本书眼熟，似乎在哪儿见过。它的版式，它的厚度，它的颜色，一切都那么熟识。近了看，它是一本《鲁迅书信集》。这才想起，家里也有一本《鲁迅书信集》，但一时想不起那是上集还是下集。弯腰拾起眼前的这本，一看，它是上集。便问老板，我家里也有一本《鲁迅书信集》，不知是上集还是下集，买回去发现重了能退回吗？老板说，一经卖出，不能退回。心想，买了这本上集，万一上次买的也是上集呢。重复可没有意思，费钱，还占用有限的空间资源。犹疑片刻，将书放回原处。

过后，忘了这事。回到家里，也没想起找出先前那本《鲁迅书信集》，看看到底是上集，还是下集。

又不知过了多久，到了今天早晨，还是在上次的书摊上，与那本《鲁迅书信集》再次见面。喊声老板，问清价格。然后，照价付款，拿书走人。如此胸有成竹，干净利索，好像已经确定手上这一本，与家里那一本正好配套。其实，没有这个把握。只是一时冲动，认定这本书一再出现于面前，便是一种暗示，显示了一种机缘。

回到家里，找出先前买的那本。嗨，还真碰上了！上次买的是下集，这回买的是上集，正好一套。看看两本书，几乎一个样，没法不信他们本是一对孪生兄弟。

受尽劫难兄弟在，相逢不忘离别愁。这对曾经离散混迹于尘世之中的难兄难弟，终于久别重逢。此后，兄弟相亲，情同手足，没有谁能够再让他们分开。

2017年3月5日写于合肥

野　猫

小区里有野猫，很多。不是从猫科动物分类上所说的野猫，按生物学来说，它们还是家猫。不过，这些家猫早已不再被家养。也不知道它们，或者它们的先辈，是怎的得罪了主人，从主人家里走了出来，便不再回去。让人难以相信，主人真的能够舍弃它们。猫不回家，难道主人不会四处寻找它们的下落吗？这些野猫幽灵一般，栖身于小区里面某些人迹罕至的角落，出没于花木草丛间。

最早知道小区里有很多野猫，是因为一位老人。老人还不算很老，七十来岁吧。人很瘦，一副精精干干的样子。面相很和善，见人就笑，表情慈祥，一看就是一个善心的人。每次见面，老人总主动打招呼，绝无倚老卖老的意思。老人养狗，每次见到他，都会同时看到他前后左右不远处那一只懒洋洋的狗。那可是一只很好看的雪橇犬，身上干干净净，一身的黑白花。初见它，高大威猛，有些胆怯。老人说，别怕，它温顺得很，从不主动袭击人。狗通人性，尤其听主人话。狗跟着某人久了，身上会有某人的一些特性。主人温和，这狗竟也跟主人一样温和了。

老人每天早晚都在小区里遛狗。出门时，一般不会空手，他喜欢带些零食。零食不是备给自己吃的，也不是用来喂狗，是专门用来喂猫的。有次，见老人拎了一小袋子零食，有些不解。一问，老人说，小区里所有的狗都有主，有地方吃饭，有地方睡觉。猫却不一样了。在小区里或隐或现的那些猫，大多成野猫了，一群无家可归的流浪猫。本是家猫，有人饲养。由于某种原因流浪在外，不再回家，只好如野猫一般饱一顿饥一顿地在外面找食。

有天傍晚，看到了令人感动的一幕。老人坐在小广场旁边的石凳上，他的左边趴着一只狗，是他家那只雪橇犬，右边卧着一只猫。那狗将脑袋前伸，枕在老人的大腿上，眼睛时闭时眯，它在假寐。那猫就直接躺在老人另外一条大腿上，有时静卧，有时侧翻，有时四仰八叉，配合老人嬉戏呢。老人左手轻抚在狗的身上，抚着狗的头顶、狗的颈脖。老人右手一会儿抚在猫的身上，一会儿拿开，高高举起，在逗着猫玩，让它开心呢。当然老人也开心，一脸没有由来的笑。

无意中见到了老人如此这般“左右逢源”广施慈爱的情景，心里头一下子感动起来，对老人说了句词不达意的真心客套话：“老人家，您好福气啊!”话没说好，听的人却很会听。老人显然明白话中意思，笑着解释说：“动物如人，你对它好，它就对你亲，拿你当自家人。”老人不说，还以为那只猫跟那只雪橇犬一样，也是他门下的。听他这么一说，便对那只猫的归属产生疑问了。于是问老人：“这猫不是你家养的?”老人说：“不是，它是小区里的野猫。但它跟我很熟，对我也亲热。我一到这里，它就不知道从什么地方跑过来了，在我的腿脚上直蹭，‘喵喵喵’地叫个不停，像个小孩子似的缠着你。每次总给它带点吃的，姑且把它当个爱吃零嘴的小孩子吧。”

听老人这么一说，才知道小区里逢人躲闪的流浪猫，那些胆怯怕人的小小生灵，不是很可怜，而是很可爱。当然，可怜也是可爱。事情却还不是这么简单。有时候，小区里的那些野猫，也让人生气，让人厌烦，甚至还让人害怕。

有个早晨，可能起得早了些，又在冬季里，天色还有些暗。下楼，推开楼道门，走下台阶时，突然被身边的垃圾桶吓了一跳。垃圾桶有大半个人高，立在楼道门口，平常路过它的身边，它都安安静静的。那天早上路过时，垃圾桶里发出了剧烈的撞击声，好像有人在里面凶猛打斗似的。四周不见人，在原本寂静的清早，如此突如其来的声音，对人的惊吓是巨大的。一时间头发直挺，头皮上引，似乎头皮与头骨之间产生了距离，要分开似的。等到“噗”的一声响，心里那只“靴子”方落地。一团黑影从面前飞蹿而过，这才发现那是一只猫。估计，它正在垃圾桶里觅食呢。原来，受到惊吓的不该是那个路过的人，该是那只躲在垃圾桶里大快朵颐的野猫。

冬天的某个傍晚，从小区超市里买了一条鱼。回到家里，将鱼洗干净放进了冰箱。装鱼的塑料袋子腥味太浓，没放在室内，放到了阳台上，以备晒干了装垃圾，一物多用，节约社会资源嘛。吃过晚饭，在客厅里喝茶时，陡然感觉阳台上有动静。走近阳台，一只肥大的黑猫，箭一般地从栏杆空格里溜了出去。临走时，它还专门回头，似乎想看看它背后的人是谁。它的眼睛里冒出了一股类似仇恨的光芒，让人不寒而栗。那家伙一定是埋怨人坏了它的好事，否则，它的一顿美餐就到嘴了。那只猫毫无疑问冲着那只装过鱼的塑料袋子而来，袋子上面还沾着鱼的新鲜血渍呢。猫对鱼天性敏感，老远就嗅出了鱼的味儿。少时在乡下，见过家里的房梁上吊着一只竹篮，栏里装着新捕捞的河鱼。带鱼腥的水，不断地从篮子里面滴落下来。家里养的那只老猫一直在那竹篮底下转悠，“喵喵喵”地叫个不停。只要鱼在，它就不离开，仰面叫唤。乡间那句俗语，“鱼吊臭了，猫叫瘦了”，似乎很有道理。

可是，费了不少劲，贸然造访这间二楼阳台的那只野猫，它错了。那是一只空袋子，只有鱼腥味，没有鱼。人不打扰它，它也享受不了美餐。当天晚上，那只塑料袋子便被揉成一球，以一撮垃圾的身份，走进了楼道门口的垃圾桶，不再等晾干作垃圾袋子用。随后几天里，那只野猫轻车熟路频频到访这间原本陌生的阳台。估计，后几次来，不再靠嗅觉引路，是凭记忆行事。

过完年，天气渐暖。小区里一些性急的树木，叶子还没生出来，花先开了，比如辛夷。花一开，鸟便多起来了，整天叽叽喳喳叫个不停。花鸟相配，动静结合，构成了一幅春日美图。白天在小区里，视觉和听觉内容相当丰富，热热闹闹。只有到了晚上，小区里渐渐趋于安静。静至夜阑，忽闻一阵大喧。窗外传来了婴儿吵夜般的啼哭，那哭声非常急促，一声不等一声。也很响亮，好像近在跟前，让人感到特别瘆人。那么晚了，怎会有婴儿在窗外啼哭呢？一时想不明白。人差不多都有个习惯，凡事想不明白时，便用一句话搪塞，见鬼了。静夜里，那种貌似婴儿的啼哭声，还真有点像传说中的鬼哭狼嚎呢。

初听颇为恐惧，听得久了，也便听出些门道来。那可不是婴儿啼哭，也不是鬼哭狼嚎，是一只流浪猫在墙根下使劲地叫唤呢。

春天来了，猫便毫无征兆地叫起来，好像这个世界上它最先知道了春的到来。那些爱叫的猫，总把自己当成春的代言人，它认为自己的叫唤，才是真正属于春天的语言，它在为生机勃发的春天大肆叫好。

从前有句俗话说，狗叫不白，不是鬼，便是贼。其实，猫叫也不白。有猫叫过，不要太长时间，在这小区的某个角落里，便会突然多出一群毛茸茸的小野猫来。

2017 年 3 月 5 日写于合肥

独弈的老人

公园里，树荫下。一方石桌，四只石凳。桌面上，刻有一张大棋盘，棋盘上摆放一副大模大样的棋子。“楚河”两岸，帅将仕相象兵卒车马炮，悉数到列，各就各位，整装待发，只等那一声令下。

平日里，这石桌旁边通常会坐上四人。两人对垒，两人居中见证，偶作裁定，或者，只静观，不言语。观战的人，往往不止这两个，有时很多，在四旁环立。路人不知道此处有何奇观，忍不住走近来，引颈侧目，想一探究竟。

这天，有张桌旁没坐四人，也没坐两人，只坐了孤孤单单一个人。一位老汉，银须飘飘，看上去年届耄耋。老人坐镇红方，在他面前，棋盘底线的中心位置，打坐着威风凛凛的红“帅”。老人雄视全盘，神情定然，一副胸有成竹的样子，仿佛他就是面前局势中，那位运筹帷幄之中决胜千里之外的大帅。

公园里，人来人往，喧闹非凡。唯独这个角落，一块阴凉地里，一片安静。一位老人默默地坐着，沉沉稳稳，一动不动，久久，久久。似是思考，似是谋划，似是自省，又似乎还不止这些。好像有所期盼，好像等待着什么。

说思考，是因为他偶尔会把一枚棋子从棋盘里拿起来，高高抬起，悬在空中，久久落不下去。那个过程难道不是思考？他一定在思考，他想这枚棋子到底落在何处最好。说谋划，也有道理，他的目光居高临下，他的胸怀拥抱全局。“汉界”两边，红黑两阵，每一个部位，每一个棋子，无不心中有数。说自省，也有依据。他不时把一枚棋子，退回一步，再退回一步，然后向前，再向前。如此来回，反复比试。比试亦找寻，找寻来路上，是否某一步或者某几步，走得不恰当，甚至有问题，会不会为后期棋局走势埋下祸端。平时二人对弈，年老的人，在这方面通常想得比较多，且喜欢把想法即时付诸行动，也不管对方愿意不愿意，硬是把一枚落定的棋子拉回来，形成了让对方皱眉的悔棋。在棋盘上，老人习惯于自我纠正错误。

现在，对手缺位，一个人在下一盘棋。他不是新手，便是高手。新手多不靠棋谱，人不愿奉陪。高手从来曲高和寡，知音难觅，对手难逢。这位老人，看他的神情，看他的气派，显然不是新手，该是一位久经沙场的棋坛高手。而高手就命中注定该承受一份孤单寂寞吗？老人于心不甘，老人坚决不信。或许，在老人看来，虚位恭候的那个对手，他不会不来。

对手是谁？抑或是老人的某位朋友，和老人心有灵犀，他会不约而来。他像老人一样，阅尽沧桑，洞明世事。他俩旗鼓相当，棋逢对手。或许，他正好与老人相反，他很年轻，单纯得像一张白纸，但他有足够的勇气和自信。他是初生牛犊，不知道怕为何物。差了辈分也不要紧，隔代亲，老人偏偏喜欢年轻人这种冲闯劲。曾经几个回合下来，祖孙俩早成了忘年之交。

对手是谁？抑或某位未曾谋面的陌生人，不知那人何等模样，何方人士，姓甚名谁，贵庚几何。那陌生人一定跟他有缘，老人相信。在这世界上，一个人遇见了另外一个人，其中必定有缘。无缘不会相见，相见也不会相识。那个陌生人，从人群里走出，朝着老人走过来，走到老人面前。见老人对面座位正虚，他想都不想，便认定座位专门为他而留。他也是一个希望找到对手的人，他正在寻求一个属于他的合适座位呢。那一刻，他是那么果敢，什么都不用说，直接落座。而后，他对老人微微一笑，把手一抬，彬彬有礼说，老先生，您先请。

或许，谁都不是。老人根本不等谁。老人对面的位子并不空，那上面早坐了人，只是别人看不见，唯有老人看得清楚。他和他迎面而坐，相互对视，眼神直接抵达彼此心灵。

坐在老人对面，同老人做默契、无声的交流，那人会是谁呢？谁都可能。那人或许是呈现于老人面前的整个世界，世界上的每一个人。又谁都不是。那人其实就是老人自己。老人的另外一个自己，此刻正坐在老人对面，自己同另外一个自己，做着从眼神到心灵深处的交流。

2017 年 3 月 6 日夜写于合肥

向　汤

向汤，是家乡皖西南地区一种业已失传的待客方式。人家有新姑爷上门，或有贵客临门，少不了向汤。乡人把向汤看成了一种很隆重的礼节，多会宰杀禽畜，杀鸡最常见。

年少之时，在家乡常听“向汤”之说。觉得这俩字很奇怪，甚至不可思议。那种待客场面，也目睹很多次，客人面前并无一碗汤水。不见汤，为何偏用“汤”字？至于“向”字，更是费解，“汤”何以“向”？

向汤，自然属于吃饭之列，跟一般吃饭又有不同。向汤不算正式吃饭，只是正餐之前，让客人先“端端”。所谓“端端”，是给客人端来一碗客人专属的饭食。满满的一碗，几乎是两碗，碗头上一碗，碗底下还有一碗。这碗饭食里，少说有两项内容。放在碗头上，一般是挂面，量很少，主要起覆盖作用，盖住碗里的内容。其实，这种覆盖很有点欲盖弥彰的意味，埋在碗里的内容，实在无法彻底遮盖。它是一大块鸡腿肉，去除鸡头鸡脚，它差不多就是半只鸡了。碗很大，不是平时的吃饭碗，是用来装菜的海碗，还是装不下那块鸡腿肉，只好任其长长的鸡腿骨头架在碗沿上，朝外伸出一大截子来。

主人热情，实心实意招待客人，让客人吃好。客人却客气，不会不谦让，很少将面前那一大碗美食，狼吞虎咽，风卷残云，吃个一干二净。吃得下，也不会一次吃掉。吃完碗头上用于覆盖的挂面，对下面那块鸡腿肉，多是动都不动一下，便放碗。而后，主人过来力劝，客人再三推辞。主客之间，拉拉扯扯，来回交锋，场面甚是感人，结果多是客人让步。人家的女主人过来，亲自动手撕扯了那块完整的鸡腿肉，撕至细碎。以行动告诉客人，她待客真心，绝不是做做样子让客人看，客人才不好继续推辞。恭敬不如从命，再次端起海碗，重又吃起来。客人越发斯文，吃得很矜持。似乎他真的吃不下去了，盛情难却，他才顺应主人意思，完成了主人交给的任务，给了主人一个很大的面子。

从前，对做新姑爷的人来说，向汤还可能是一种考验。初始接触，老丈人家对新女婿还不甚了解，会通过某些细节来考察，向汤便是一次考察机会。家教良好的人家，在儿子作为新女婿上门前，父母总会叮嘱一番，告诉儿子事情该怎么做。对于向汤，父母会交代清楚，吃掉上面用于覆盖的那部分就可以了，下面被盖住的留下别动。新姑爷果真这样吃，也不一定对头。因为对与不对，只有老丈人、丈母娘明白，旁人无法知晓老两口在想些什么，需要考察什么。

皖西南如此向汤待客习俗，始于何时，已经无从考证。终止时间倒是很清楚，在20世纪90年代初期。那时，让客人“端端”，不再是待客的重要项目，以酒待客，才最重要。新姑爷上门，被考察的项目是酒量。新姑爷一般不会多喝酒，喝多了酒，会让人看笑话，还可能把亲事喝黄掉。

一种习俗沿袭了不知百年千年，说变，它就变了。二十多年来，“向汤”二字，渐渐疏远，少有人再提起。如今到人家做客，饭前再无一碗“端端”了，直接上酒，喝完酒吃饭。家乡曾经有过的一种习俗，在吾辈手上失传，似有不甘。遂将“向汤”二字写成如是文字，存留纸上。见字如晤，若干年后，或许还能让人想起吧。

这一写，便写出问题来了。乡人口中的“向汤”之“向”，只是根据语音而来，无从辩其字义。若看语义，这“向汤”之“向”，不妨换作“飨”，同音不同调，兴许更合适些。估计，所谓“向汤”，原本就是“飨汤”吧。将“飨汤”听成了“向汤”，可能是因为人离“向”很近，离“飨”却远了，便就近取材，用了“向”字。

仔细想想也明白了。乡人待客本来是让客人吃肉，却回避了“肉”字，借“汤”代替，原因在于乡人含蓄、低调。若将“汤”字改回“肉”字，客人是你，你好意思吗？“飨汤”比起“飨肉”，容易让客人接受，也好听许多，给人一种美感。

“飨汤”之“飨”，确有古意，很有古典之美。单从这个字上，便能悟出一个道理：乡土亦有文化，别小看了乡土。否则，会被乡人小看。

2017年3月10日夜写于合肥

讨厌买菜

居家过日子少不得买菜。从前，喜欢买菜。买菜这活儿让人产生当家做主的感觉，爱吃什么买什么，不爱吃的不买。后来，却讨厌起买菜来。

小区附近没有专门的菜市场，只有两家小超市卖蔬菜。住户们很少舍近求远去找菜市场，几乎家家都在那两家小超市里买菜。

两家小超市坐落在小区的大门两边，一东一西，正好面对。两家都是重新开张，时间还不久，招牌门脸装饰一新。房子由物业公司管理，开发商卖完了小区里住宅后，将其名下的商业用房划给了属下物业公司，让物业公司对外招商，开办社区生活小超市，给业主生活提供便利。那两间门面房先后租给人开过几次小超市，现在的小超市，说不准是第几茬了。据说，每次招商给租户，头一年必须免租金。不给优惠条件，人家不干。不能赚钱甚至赔本的生意，大概只有傻子才会干吧。傻子干那种傻活，也仅能干上一小会子，不可能持续。持续了，他才不是傻子呢。

讨厌买菜，并不是说买菜这活儿有什么不好，令人生厌。讨厌买菜，亦与清高、懒惰，还有大男子主义等男人在家里易犯的毛病，一概毫无关系，纯粹讨厌买菜这活儿。

按说，买菜这活儿也不至于让人讨厌。到超市里买菜，看着那些红红绿绿的瓜菜水果，闻着来自田间地头的清新气息，该是一件赏心悦目的事情。多少人不惜花钱花时间专门从城里跑到乡下，就为了看一看田野里的花红果绿，闻一闻泥土熟悉而又陌生的气味。每天在超市里买菜那一刻，人特别容易对日子产生踏实感，深感富足与美满。尽管如此，还是讨厌买菜。或许，我还不是讨厌买菜这活儿，只是讨厌去小超市里买菜的某些人。

去小区超市里买菜，多是有年纪的人，阅历丰富的老头或者老太。原先可能成天忙忙碌碌，感觉时间不够用。后来都离开了工作，便对用不完的时间发愁。出来买菜，对于那些老头老太来说，是一次回归社会的难得机会，老人家自然不会轻易放弃。买菜的人群里，似乎老太比老头要多。或许，在众多的家庭里，都是老太当家吧。抑或老太们自以为比老头精明，担心老头粗心大意买不好菜，会吃人家的亏，只好亲自出马了。在超市里看着正在买菜的某些貌似精明的老太，一股讨厌感油然而生，以致对买菜这活儿也讨厌起来。

讨厌买菜，也不是真的因为讨厌那些在小超市里买菜的精明老太。她们慈眉善目，浑身烟火味，都是些踏踏实实过日子的老人家，有着朴素、节俭的好品德，不说可敬，起码可亲。讨厌的或许不是她们本人，是她们出现在小超市买菜时的某些分外精明的做法。

也许，在她们看来，其做法无可厚非，那是她们多年人生历练的成果。可还是让人讨厌，讨厌她们精明得旁若无人的举止，那种只顾一己不顾别人的习性。她们总能花最少的钱买回最鲜嫩、最漂亮的菜蔬。菜蔬摊上看相稍差的蔬菜，从不入她们的法眼。甚至一些蔬菜身上某些不太漂亮的部位，也被她们疾恶如仇无情地剔除。被老太们挑拣过的菜摊上再无好菜。几次，站在几位面熟的老太背后，等老太拣完菜蔬离开之后，再靠近菜摊前，菜摊上凌乱不堪，所剩蔬菜差不多可以当作垃圾了。只得另作选择，去别的菜摊前看看，找一找没有被老太挑拣过的蔬菜品种。

讨厌买菜，除了讨厌买菜人的某些习性，还有一些担心。或许，担心纯属多余，完全是杞人忧天，但还是担心。

担心“跟好学好，跟叫花子学讨”，像从前一首歌唱的那样——“长大后我就成了你”。当然，此处不是“长大”，而是“老了”。超市里会出现越来越多格外精明的老头老太。真别小看了那些老人家，从前或许还是些指手画脚、一言九鼎的人物呢。不学他们还真不行，除非愿意花钱去收人家制造的烂摊子！环境就是一口大染缸，纯净无色的布料进去，出来时必定会浑身着色。人不是布料，不愿让自己脸面染花。

担心终有一日无处买菜。小区里的小超市已经关过几次门了，完全可能再次关门。甚至，彻底关门。

2017 年 5 月 1 日写于合肥

官庄记行

夏日里，陪朋友去官庄。官庄是家乡潜山县东北隅的一个山区小镇，之前没去过。“一声鸡鸣惊四县”，小镇位于潜、岳、桐、舒四县交界处，大别山东麓群山怀抱中的一块盆地。

去官庄头天，朋友突然犹豫：天气预报说次日有大雨，还能去吗？结果当然是能去，相信天公不会不作美。果真天遂人愿。早晨出门，雨大得让人想起小时候作文里常用的那个词——滂沱。雨点砸在车顶棚上噼啪作响，雨水从车顶上纷披下来，严严实实地覆盖了汽车挡风玻璃，将雨刮器调至最高档，驾驶视野方才勉强。车出合肥城，上了高速公路，雨竟渐渐小了。行至安庆地界，不再下雨，典型的多云天气。东边的太阳不好意思似的，一张红脸庞在云层里躲躲闪闪，若隐若现。

下了高速公路，穿过十来公里的丘陵地带，始进入大别山区。此时，到官庄尚有60公里山间公路。进山以后，水泥路面干白，给人的印象是此前不久没有下雨。细看公路两边，蓊郁的草木颜色鲜亮，青翠欲滴，又似乎向人昭示此地雨后不久。

到了官庄，下车后的第一反应是空气干净爽人，这是一方清凉之地。其实，官庄这地方非“清凉”二字能够概括。坐落于群山之中，山上树木葱茏，山下清溪潺潺，加上此地海拔又相对较高，空气自然清新凉爽。

早听乡党说过，官庄是全省首批最美村庄。来到官庄，果然名不虚传。官庄的美，美在山清水秀的自然环境，美在古朴儒雅的人文遗风。初到官庄，汽车从山顶的坡道上缓缓下滑时，俯瞰官庄河两岸灰瓦白墙、整齐密布的民房，村庄周围碧绿油亮的水稻田，无端地想起《桃花源记》中“土地平旷，屋舍俨然，有良田美池桑竹之属”之类的语句。外地游人驱车百里千里而来，更多的可能并不因为官庄的山水风光，而是因为官庄某种特有的人文气息吧。

时已近午，一路上耗费了四个多小时。下了车，如同走亲访老友，直接进入一户农家，去吃农家饭，且做好了夜宿农家的准备。这户农家餐厅整洁，雪白的墙上挂了大气的字画。抬头读到“故人具鸡黍，邀我至田家”的诗句，一时间有一种身在唐朝的恍惚感。唐朝时官庄已然存在，早在汉朝末年，一处宁静的官家之庄，便在这四面环山的小河滩上开庄了。

天气预报不能不信，说下雨，便真的下雨。吃过午饭，天色陡然暗了下来，云越来越厚，天空越来越低沉。冷不防“咔擦”一声巨响，惊雷在头顶炸开，让人感到新鲜刺激又有些许的恐惧。久居城市，对雷声的印象渐渐模糊。城市里自然也有打雷的时候，雷声往往被鳞次栉比的高楼给过滤了，甚至屏蔽，少有乡野雷声爽快。一个响雷之后，接着一个响雷，连打了几个，终无法持续。雷神也会累吧，雷声渐渐减弱，雨点却越来越紧密。最初的雨，只是响雷震动云层洒下星星点点几滴豆大的水珠。随着雷声一而再再而三地撼动，云层被震出了千疮百孔的筛眼，雨水从密密麻麻的筛眼里下来，雨线粗如麻索。

一个人坐在天井旁廊檐下看雨，透过天井仰望对面屋顶。原先灰色瓦顶，饱吸雨水之后，瓦片全变成黛青色。雨点敲击瓦顶，颇有些幽古之意。屋面上，雨烟轻笼，如诗如画，绘声绘色。诗似唐宋，画似水墨，声如筝鸣，色如梦幻。看雨的人，如痴如醉，一时间竟忘记了为何来到官庄。好像来官庄就是专为看这场雨。

天人同理。来得快的东西去得也快，势头迅猛便难以持久。夏天的雨便是这样，暴风骤雨，大闹天空，未几，筋疲力尽。这场雨下在午休时间，看雨便是最好的午休，如此享受的午休，平生还是头一遭。

雨住了，“午休”随之结束。在官庄，有许多值得一看的地方。看山有紫金山森林公园，看水有穿村而过的官庄河，看庙有号称“佛国三千大世界，天下禅林第一家”的大香山古寺。那天，重点看了古祠堂、古民居。走在官庄老街上，明显地感受到空气中弥漫着两个字的气息，一个是“孝”，一个是“友”。看过的祠堂和古宅皆姓余，官庄有两大姓氏，余姓和刘姓。在余氏宗祠里，看到这样一幅抱柱之联：“天下无不是的父母，世间最难得者兄弟。”联文明白如话，将孝义和友善放在至高无上的位置。在余氏古宅大门头上看到两块牌匾：“五世同堂”“七叶衍祥”，据说出自康熙御笔。这幢五进三出的老宅子，可能只剩下当年的主体部分了。紧靠老宅两边，是新盖的小洋楼。

在乡村，拆旧盖新是世代相传的公认做法，不算为过。民房的功能是居住，在房屋不能满足居住需求时，拆建便是必然选择。当年这所宅院里可是居住了一百几十口人啊，吃饭如小学校上课，需敲钟。

在官庄余氏宗祠和古民居里，有两个人的身影无处不在。一位是古人叫余文章，一位是今人叫余英时。余文章公是余氏在官庄的十六世祖，天性孝友，法善齐家，善行德广，里闾称颂，世代楷模。余英时先生则众所周知，无须饶舌，官庄人视为骄傲。当然，远不止官庄人。

最后一站去桑皮纸厂，感受世界非物质文化遗产的巨大魅力。到场了却失望，桑皮纸厂名不副实。那根本算不上“厂”，连“场”也难说上，不过是一个小得不能再小的小作坊。两三间低矮的棚屋，两口盛纸浆的水槽，一间炭火烘烤的晒纸房。在如此简陋的条件下，官庄人利用天地赐予的清泉水，将树皮化为纸浆，经过一捞一晒两个环节，做成了可供写字绘画的书画纸。官庄的纸，走上了书画家的案头，且进了故宫博物院，登上了大雅之堂。官庄本是书画之乡，乡野间多书画高手。用树皮化浆造纸在官庄出现且世代传承，当初，最直接的原因定是为了满足官庄人书画需要，而非商业。

离开官庄前，看到官庄河里品字形排列的三块巨石，想起了当地向导讲过的一个传说。官庄河两岸有两座山，一座山就是一位神仙。南边的山叫凤凰山，是一位凤凰仙；北边的山叫狐狸山，是一位狐狸仙。出于天性，狐狸必然觊觎凤凰，除非它饱食终日，才会无所用心。和善友好的官庄先人，不愿意看到两仙相斗的残忍场面，便从家里拿出了鸡、鱼、肉“三牲”放在山脚下的小河滩上，供奉北边的“狐狸仙”。从此，南北二仙相安无事，官庄也落得个世代安稳，岁月静好。时日久了，“三牲”遂固化为三块巨大的石头。

漫长的岁月里，与世隔绝的官庄，无须外部强力作用，凭借着亲情和友善，维持了一个村庄的千年平静，在平和宁静之中休养生息，繁衍绵延。从官庄走出去的人，自有贩夫走卒，也有达官贵人，还有举世闻名的大学问家。大洋彼岸那位耄耋高龄的学者曾经说过，他跟世界上其他学者相比较，拥有一个别人无法比拟的优势，那就是他在故乡官庄留下了宝贵的少年时代生活记忆。正是那段生活，帮助他准确地认识了历史和社会，为他后来人生观的形成奠定了基础。

自官庄回来后，一直在想一个问题：故乡，对于一个人的影响，真的那么大吗？

2017 年 6 月 11 日夜写于合肥

因为马踏飞燕

因为马踏飞燕，记住了一个地方，兰州以西，古丝绸之路上一个名叫武威的古老驿站。因为马踏飞燕，对于陌生的武威生起了一份惦念和期盼。

十年前，在北方海滨城市青岛参加一次培训，结识了一位来自甘肃武威的室友。与室友同姓，且年纪相仿，便一见如故。一个标准间里，摆了两张床，中间由一个不大的床头柜相隔。房间布局与一般酒店客房没有两样，唯一不同是房间里并排摆放了两张书桌。毕竟，那是一个专事培训的基地，而非普通酒店。两个来自天南地北的男人，要么同时坐在书桌前，认认真真完成课业；要么并排躺在床上，心不在焉地看着挂在墙上的电视机，南腔北调有一句没一句地闲聊。

聊天的话题自然离不开彼此的家乡。家乡总是让人自豪，谁都想把家乡最具代表性的那一面介绍给别人。听室友介绍前，对于甘肃，自以为知道得不少，尤其对兰州、张掖、酒泉及其辖下的敦煌。西北重镇兰州是甘肃省会，自然不必说了。关于张掖，从前在书上读过这样的句子，“张国臂掖，以通西域”，知道它在什么地方，何以得名。对于酒泉印象很深，那里曾有个动人的传说，汉武帝时，大将军霍去病在此“倾酒于泉”，与众分享，此地后来便叫酒泉。张掖古称甘州，酒泉古称肃州，今甘肃省名即源如此。至于酒泉辖内的县级敦煌市，早因莫高窟雕塑和壁画闻名于世，不知道敦煌的文化人可能不多。唯独对室友所在的武威不甚了解，仅仅知道甘肃有这么一处地方，至于武威如何，没有任何印象。

为让对方产生兴趣，形成共鸣，聪明的室友，故意绕了一个大弯子，卖出了一个小关子。他摇头晃脑吟诵了几首古诗词：“黄河远上白云间，一片孤城万仞山。羌笛何须怨杨柳，春风不度玉门关。”室友停下来问：“知道这是谁写的什么诗？”当然知道，这不就是唐代诗人王之涣的《凉州词》嘛！室友继续吟诵：“葡萄美酒夜光杯，欲饮琵琶马上催。醉卧沙场君莫笑，古来征战几人回。”室友接着问：“这又是谁写的什么诗呢？”太简单了，上小学就读过了，至今记忆犹新，它是唐代诗人王翰的作品，也是《凉州词》。室友连续吟诵了两首《凉州词》，自然不会随意，一定是某个方面与凉州相关。还能有某个方面呢，当时正在说武威，这凉州必然与武威相关了。不用问室友，已经明白如今的武威便是古时的凉州了。

印象中的凉州十分遥远，远在古代边塞诗苍凉的意境之中。那里大漠孤烟，那里长河落日，那里战马嘶嘶，那里沙场茫茫。没曾想到，来自武威的室友，竟然把沉默在历史深处的凉州，镜头一般一下子拉到了眼前。

更让人没有想到的还在后头呢。为期三个月的培训，中场给学员放了一个星期假，名曰回乡调研，实则出于人性考虑，照顾学员回家探亲。假满回见，室友赠送了一桩礼物。打开一层又一层精致的包装，展现在眼前的是一只金属工艺盘子。直径一尺有余，盘子底色金黄，室友说那可是24K镀金，上好货色。金黄之上，居中有一幅黑色图画。画了一匹马，还有一只燕雀。马是飞马，马首高昂，萧萧长嘶，四腿腾空，马尾飚扬。燕子也是飞燕，本该在马之上，且应比马高出很多很多。一个是天上飞禽，一个是地上走兽。此时此刻，情况恰好倒置，马在上，燕在下，马的左后蹄子，不偏不倚轻踏在燕的背上。

初见这幅盘中画，未免震惊。惊佩于那种超凡脱俗的想象力，当然，也惊叹于马的神威，燕的鼎力。置身空中，高于飞燕，这匹蹄下生风的飞马，必是天马。“天马行空，独来独往”，没有谁能挡它的道。它飞得比敏捷的飞燕还快，在超越飞燕的那一刹那，马的蹄尖点上了飞燕的脊背。一个瞬间的动作，构成了一幅堪称千古奇观的画面。

室友介绍说，盘子中间这幅画就叫《马踏飞燕》，是按出土文物原貌绘制。《马踏飞燕》文物原件，如今收藏在甘肃省博物馆。它在1969年偶然碰上了“深挖洞”农民的锄头，才于甘肃武威擂台东汉墓中出土，一件国宝级的文物终于重见天日。

青铜铸就的马踏飞燕，因其来自汉朝墓葬，作为一桩器物，它所表达的当是大汉天子的意愿。他一定希望军中马匹皆为天马，横空疾飞，所向披靡。他多么希望天助大汉，就连天上的飞燕也来助上大汉飞马的“一足之力”。在飞燕的脊背之上，哪怕飞燕使出的只是吹动毫毛之力，作用于飞马之蹄的却又何止千钧之重啊。大概这就是马踏飞燕，这件珍贵随葬品的魅力真正所在了。马踏飞燕所陪葬的主人，一定是一位久经沙场战功卓著的大将军。否则，他就不配如此厚葬。有了马踏飞燕的陪殉，大将军死而无忧，大汉江山则无后患。或许，也因为那位大汉天子还有另外一重意愿吧，他认定墓葬可以对器物作最好的保存和留传，便恩准了将马踏飞燕通过陪葬大将军留给后世，使得后人见到马踏飞燕就会明白，当年大汉的江山何以稳固。

一件珍稀出土文物，足以让人品读出千种万种不同意味。当然，如今在市面上所见的马踏飞燕，无非是些制作精美的工艺品，远没有文物本身那般拙朴。马踏飞燕的图案，几乎随处可见了，只要有中国旅游标识的地方，就会有马踏飞燕的图案。马踏飞燕业已成为中国旅游的法定图标。

这些年，陆陆续续走过不少地方。每每见到中国旅游标识上马踏飞燕图案，便会想起十年前那次在青岛培训共居一室的同学，同时想到，在大西北甘肃省，在美丽富饶的河西走廊，在古老的丝绸之路上，有一个古时叫凉州现名武威的地方。

至今尚未到过武威，不能说不是人生的一大憾事。不过，这个遗憾只是暂时遗憾，消除遗憾并不困难。家有那只马踏飞燕镀金彩盘，陈列在目，便是提醒，迟早会去武威。届时，最好先空降兰州，再坐火车过武威，到张掖，到酒泉，由南到北穿越整个河西走廊，最后抵达敦煌，重走丝绸之路。

坚信这是一个完全可以实现的梦想，没有其他问题，只等合适的时间。只要有几天属于自己的时间，梦想立刻成真。

2017 年 7 月 1 日写于合肥

遇见狗，绕着走

其实，我也欢喜狗。一个毛茸茸的小家伙，一副摇头晃脑的样子，着实憨态可掬。它发现你手上拿着好吃的东西，便四脚起落来到你的跟前，用那一对乌黑发亮的眼珠子一转不转地看着你，好似天真无邪的孩童。不时地摇一摇微微卷起的小尾巴，以引起你的注意，向你示个好。面对那副情状，谁也不会对狗无动于衷吧，心里总会产生一些小小的欢喜。

欢喜只是短暂的，更多的时候，我还是讨厌狗。遇见狗，不愿朝它看，远远地绕着走。事出也有因，曾经养过一只狗。拳头大小时领来，先喂牛奶，拿它当婴孩照料。稍大一些时，便喂它鸡蛋，促进生长发育。到了半大时，见它有了正常的牙口，开始喂以肉食，希望它身强体壮。谁知这家伙不知好歹，在一次喂它火腿肠时被它咬伤。兴许是火腿肠味道太美了，吃完了火腿肠，那家伙意犹未尽，将它主人伸直的食指也看成了一根不大的火腿肠，一下子没入口中。幸亏主人反应过来，及时脱离犬口，那根食指才免遭嶙峋交错的犬牙撕咬成碎片甚至肉酱，仅在指身上留下了两道深深牙印。害得主人连夜去医院注射狂犬疫苗。针管注射肯定有痛苦，而且费钱，但不能不打预防针呀，自家养的狗东西，同样说不准它身上有没有狂犬病毒。倘若有了，又没预防，岂不要命?

为狗所害，这已不是第一次。第一次是在小的时候，从小学放学回家的路上。没招没惹，冷不防一只土狗从背后窜来，不由分说地在右腿肚上咬了一口。好在那是冬天，穿了一条厚厚的旧棉裤。当时只有被蚂蚁咬了似的轻微疼痛感，回家一看，棉裤上被咬出了两个大牙眼，露出里面灰白色的棉絮。脱掉棉裤，查看腿肚，还好，被棉裤抵挡了一把，腿肚上没有破皮，只有两个小红点。那狗也不沾光，起了那么大的势子，费了好大气力才咬着了一个人，却没有享受到它最喜欢的牙齿切入皮肉时的快感，被厚厚的棉絮和粗糙的布料绊住了它的狗牙齿，它一定十分不爽。

第一次被狗咬了，坏事反而变成好事。母亲见到只是棉裤被狗咬破，没伤着皮肉，便半真半假地打趣说，人嫌冇的，狗咬丑的。这个狗眼看人低的坏家伙，在人来人往的大路上，它不咬张三不咬李四，专选了你来咬，一定是看你穷家子弟穿着寒酸。咱也争口气吧，不让那狗肺狼心的坏东西低看了。于是，那年冬天我换上了一套崭新的棉衣裤。暖和事小，关键好看多了。此后，几乎再没穿过顶破旧的衣服。

人大抵是好了伤疤忘了痛的。何况第一次被狗咬并没有留下伤疤，无痛可忘。所以，才有了后面养狗且被自家狗咬伤手指的经历。也正是那次被自己豢养的狗、在喂它吃食的时候给咬伤了，才真正看清了狗的本质——畜生，到底是畜生，哪怕它的模样再可爱。

自那以后，决计不再养狗。不仅不养狗，而且远离狗，见到了狗便远远地避开。惹不起你个狗东西，咱躲得起。话虽这样说，想躲也不一定就能躲得起呢。

如今这世道，也不知怎么了，狗越来越多，有人的地方就会有狗。听说，有人不愿意生养孩子，宁愿养狗。不是养一只小狗来玩玩，而是养了三五成群的狗，有人家里狗比人还多呢。嗨，这让人看了，还真不知道那是谁的家呢。此话绝不虚妄，曾经亲眼所见。某小区里便有这么一户人家，是有点类似“招商引资”而来、土洋结合的人家。那户人家的男主人是个中年老外，一个蓝眼睛、黄头发，长得结结实实的欧洲人；女主人好像就是江淮本地人，清清秀秀，完全一副邻家主妇的模样。好多年来，这两口子出来散步总是带着狗，一带就是六只狗，还都是大型狗。男主人牵四只，女主人牵两只，从来未见他俩带着孩子。是他们原本就没有孩子，还是放着孩子不带，情愿带着狗出来溜达呢？外人不得而知，凭直观感觉他俩没有孩子。

世间的路，都是为人修的、给人走的。狗不必走人路。可是，许多时候，狗竟也大模大样地走上了人行之路，甚至狗挡人路。俗话说，好狗不挡路。屡屡所见那些挡路之狗，大约都不是好狗了。是狗，便不接近它。不是好狗，更会远而避之。当然，也有避之不开或者躲之不及的时候，那就只得狭路相逢了。

印象最深的一次，是有天傍晚走在小区里的一条小路上，迎面遇见一位女士牵着一只大型雪橇犬。那只狗的外貌与雪地里的北极狼无异，看起来样子十分凶恶，远远地望见了就让人有些胆怯，想另寻路径避开它。无奈那段路上别无岔路，无法避让，除非扭头反转。果真因出门遇见了一只狗便调头返回，岂不成为笑话？何况那只狗的颈脖上拴有狗绳，绳索牵在主人手上，我也便壮着胆子勇往直前。谁知没走两步，那只雪橇犬突然挣脱了狗绳，朝着前方如凶恶的虎狼一般猛扑过来。看着迎面狂奔而来的恶狗，恐怕谁也不会安之若素吧。说实话，那一瞬间腿杆子是有些发软了。准备蹲到地上去，应对狗东西无端的挑战。据说狗最怕人蹲到地上去，人一蹲地，狗便会立即退缩，甚至扭头逃开。不等蹲地，狗已到了近前，连蹲地吓唬它的机会都没有了。只好一半听天由命，一半准备应战。攥紧拳头给自己鼓劲，预备着双手掐住那狗东西的颈脖子。打蛇打七寸嘛，击中它的要害，让它无力伤害别人。没想到，所有的担心和准备都是多余。那狗东西眼里根本没有人，它竟然对人视而不见，从人身边倏地擦过，直奔人的背后而去。很快，背后便有了一阵似曾相识的声音，两只狗相见恨晚似的拥身交颈，发出了亲亲热热的呜叫。

虚惊一场！不过，对狗还是不能掉以轻心，多多提防为好，没准它会咬你一口。背后的狗，防不胜防，干脆不管它了。遇见了迎面而来的挡道之狗，还是绕道走开吧，离它越远越好。必要时，转过身去，走个回头路，倒也不见得就很丢人。

毕竟，狗会咬人，人却不会咬狗。人，哪值得与狗斗智斗勇比试高下呢。

2017 年 7 月 16 日写于合肥

天下无不是的父母

早听说位于大别山中潜、桐、舒、岳四县交界处潜山县官庄镇，是个山清水秀、民风淳朴、文化底蕴深厚的美好乡村。同在一县，却未去过，心向往之。盛夏季节，冒着酷暑慕名而去。

官庄地名始于宋代。《宋史》载："屯田郎中员外郎，掌屯田、营田、职田、学田、官庄之政令。"清朝《吴振臣宁古塔纪略传》亦有记载："清康熙时，宁古塔将军编流人随旗下，设立官庄。"可见，在古代官庄只是行政机构名称。千百年来，这里世代重视读书，为官者众，便以官庄为地名沿袭至今。

那天，到了官庄，没去看山，亦未看水，只看了余氏宗祠和余家古民居。余姓是官庄大姓，从古至今，出了不少名人。余氏宗祠是一处雕梁画栋的古建筑，三进两厢，面积四五百平方米。

在余氏宗祠里，先被其祖宗牌位之上两块圣匾吸引了目光。向导汪先生说，余氏迁居潜山十六世祖余文章公，天性孝友，法善齐家，事亲至孝，教子有方，谊敦睦族，以致家庭兴旺，子嗣繁荣。同时，文章公乐善好施，克己助人，节支以捐桥路，省食以润饥馑。因其善行德广，深受里闾称颂、官府褒扬。地方官员或录事迹于邑志，或题匾以表彰。甚至，其事迹还引起了大清朝廷的重视。乾隆帝分别于五十五年、五十七年御赐"五世同堂""七叶衍祥"圣匾。

两匾如楹联悬于中堂，护卫居中一块象征皇恩的正匾，匾上镌刻"恩旨"二字。"七叶衍祥"意说枝生七叶，花开七朵，文章公后继有人，家族兴盛。"五世同堂"自不必说，文章公上下五代，同堂而居，其乐融融。鼎盛时期人丁一百多口，开饭须敲钟。因乾隆皇帝御赐圣匾，文章公在十里八乡，更是声名鹊起，享誉四方。为表达对皇恩感激和尊崇，教育子孙永振义门家风，文章公决定修建家庙，供奉圣匾，弘扬圣恩，遂于乾隆五十七年建起了这座家庙，作为余氏五世堂支祠。

读过两块圣匾，又在祠堂天井廊柱上读到一副楹联：“天下无不是的父母，世间最难得者兄弟。”此联非余氏所撰，它有出处，为《幼学琼林》“兄弟”篇首句。原本蒙学经典教材，余氏将其作为楹联，写在祠堂，足见余氏祖上用心良苦，拿它作为余氏家训，用以教育子孙后代。对于“天下无不是的父母”一语，毫不陌生。吾辈虽不曾读《幼学琼林》长大，成长过程中还是受到了类似传统文化熏陶。吾乡与官庄同县，相去不过三四十公里。小时候在乡村，多次听人说起子女与父母相处之规训：就算父母没道理，子女也得让三分，借给父母三分理。这与官庄余氏家训，同出一辙。姑且不论这种训导有无道理、有多少道理，子女孝敬父母总归应该，是人之伦常。一个家族源远流长，兴旺发达，必有其因。诸多原因里，有一条绝不会少，那就是长慈幼孝。

在祠堂前、后厅照坊上，又读到了多块古匾：“天府储才”“傲雪松筠”“洛社风高”“望重彤庭”“五福三多”“媲美郑张”等，多为褒扬余文章一家，忠、孝、节、义、仁爱之美德义举，以及五世同堂义门之风。读过诸匾，心生一念，官庄余氏似乎是传统文化的一个缩影。

离开余氏宗祠，过官庄河，车行不过五分钟，来到了官庄“河西大屋”。所谓大屋，其实不大，只是一户普通古民居，或曰名人故居。因名人健在，故居只能以旧宅形式保护。无人居住，屋内亦未铺设陈列。

河西大屋人去屋空，一副楹联却引人注目。那是大屋中堂对联，中间一块“天地君亲师”牌匾，两边一副对联：“万古家风惟孝悌，百年事业在诗书。”这副中堂与众不同，让人过目不忘。在吾乡，从前见过太多老屋中堂，居中牌匾都是“天地君亲师”，两边对联大同小异，多为“某某家声，某某门第”模式，无非说家族从何而来，表示后人不忘祖宗。套用一下，河西大屋中堂对联也可理解为：“孝悌家声，诗书门第。”

河西大屋中堂对联，可谓文如其人。大屋主人余英时先生是著名社会学者、历史学家。他于1930年出生于天津城里，七岁时回到官庄，在祖居老宅里生活了九年。这个九年对他成长至关重要，后来他身在何处，官庄“河西大屋”始终是一枚烙印，在他身上抹之不去。

正如他后来坦言：“我的九年乡居使我相当彻底地生活在中国传统文化之中，而由生活体验中得来的直觉了解对我以后研究中国历史与思想有很大帮助。”

2017年7月29日写于合肥

红楼梦乡音

人的一生会读很多书。有些书，只是一读而过，读过了便束之高阁。有的书，却是一读再读，常读常新，每读一次都有新收获。

于我来说，《红楼梦》便是一本一读再读的书，前后统共读了不下十遍。最近三年每年读一遍。少年读红楼，重在猎奇，主要读故事。青年时代读红楼，主要关注人物命运，为红楼中人唏嘘不已。中年以后再读红楼，重点读文化，红楼时代的风土人情，乃至出自人物之口的方言俚语，都成为重点关注琢磨的对象。

今年再次读红楼，注意到了一个特别有趣的现象。在我的家乡大别山东麓皖西南那一片土地上，有许多至今仍在使用的方言土话，竟然三不知地在《红楼梦》中遇见。让人觉得家乡的土话并不土，《红楼梦》中的人和事好像就发生在从前的这块土地上。

先举一例。在吾乡，对那种背后无中生有、搬弄是非、论人短长者，人们多半予以不齿，被斥为“嚼舌根”。但也有在关系亲密的人们之间，用作嗔怨之语。《红楼梦》中便有类似的用法。《红楼梦》第五十回“芦雪庵争联即景诗，暖香坞雅制春灯谜”，写到史湘云、香菱、李绮、黛玉、宝钗、岫烟、宝琴、宝玉等人在芦雪庵以“一夜北风紧”起头联诗，宝玉表现不佳，受了姐妹们的打击，深受刺激。联到宝琴说出“不雨亦潇潇”时，湘云服了，已笑软了，黛玉催她往下联，推推她说：“你也有才尽之时。我看看还有什么舌根嚼了?”平常伶牙俐齿的史湘云，这回她只顾笑，联诗轮到她头上，却一时联不下去了，惹得黛玉嗔怨起来，“骂”她“嚼舌根”。

类似的例子有很多，且往下看。还在《红楼梦》五十回，有两处与吾乡方言完全契合。一处是“探春早又递过一盅暖酒来”，句中的“盅”，即酒杯。在吾乡，“酒杯”一词多出自年轻人之口，年长者一般不说“酒杯”，爱说“盅子”，或者直言“酒盅子”。另有一处是凤姐的一句话：“如今已许了人家，说也无益，不如不说了。”句中“无益”一词，是“没用”的意思，吾乡人常说。如父母责怪孩子做事不力，往往会这样埋怨：“你这无益的东西。”

《红楼梦》第五十一回“薛小妹新编怀古诗，胡庸医乱用虎狼药”，写到宝琴以素昔经过各省见过的古迹为题，作了十首怀古绝句。其中第十首《梅花观怀古》：“不在梅边在柳边，个中谁拾画婵娟。团圆莫忆春香到，一别西风又一年。”在诗的首句，宝琴所说的“梅边”该是暗指梅翰林之子，“柳边”该指“柳湘莲”。吾乡也有一个极为神似的句子：“不在河边在柳边。”吾乡的柳树多生于河边，所以河边柳边离得不远。假如有人丢了某物，久寻不得，于心不甘，他坚信不会找不到，常说一句自我宽心的话：“不在河边在柳边。”意为那东西跑不远，一定是落在某个角落，总会找回来的。二者语意不同，语气却近似。

还是五十一回，凤姐说过这样一句话：“人先笑语我，当家倒把人弄出个花子来了。”凤姐口中的“花子”，是指衣着褴褛、食不果腹的“乞丐”“讨饭者”，现在也说“叫花子”。在吾乡，却如《红楼梦》中凤姐的话一样，直说“花子”。不少人家将孩子的小名叫作“花子”，大约是出于名字越贱孩子越容易养活的想法吧。当然，只是男孩子，女孩子不会这样叫。

还是这一回，晴雯说了这样一句话：“我哪里就害温病了，生怕过了人。”注意到了句中的两个字，一个是“害”，一个是“过”。“害温病”也就是“生温病”，“过”即“传染”。在吾乡，至今仍将“生病”说成“害病”，把“传染”了别人说成“过人”。记得家乡有个挺奇怪的说法，某人害了眼病，两眼红肿，别人就不愿意看他眼睛。据说，看了便会被“过”上。果真如此吗？仅仅看人一眼也能传染眼病？没有尝试过，当然不相信。不过，有一件事是可信的，甚至亲见，那叫学人“过”人。说的是学口吃者说话，一不小心自己也会口吃的，这叫把人家的毛病“过”到自己身上来了。

《红楼梦》第五十五回“辱亲女愚妾争闲气，欺幼主刁奴蓄险心”，其中有凤姐这样一句话：“你这小蹄子，看我病的这样，还来怄我。”句中的“怄”有“惹人生气”的意思，吾乡人至今还说“怄”。有谁遇上什么事情不开心了，会说：“真怄人。”以“怄人”代替“气人”。这话听起来很土，写成文字却是文绉绉的。

在《红楼梦》第五十七回“慧紫鹃情辞试忙玉，慈姨妈爱语慰痴颦”

中，有黛玉和紫鹃的一段精彩对话。黛玉啐道："你这几天还不乏，趁这会子不歇一歇，还嚼什么蛆。"紫鹃笑道："倒不是白嚼蛆，我倒是一片真心为姑娘。"对话精彩，全在于两个字，"嚼"和"蛆"。"嚼蛆"一词，意为"胡说""瞎说"，吾乡人至今常用。譬如男人开了女人某个玩笑，有点不雅，且不是事实，女人绝不接受，会以"嚼蛆"二字予以回敬。"嚼蛆"的确是句骂人的话，骂得还不轻，十分歹毒。试想一下，什么叫"嚼蛆"？"嚼蛆"之人必定是死了，尸体腐烂，口中才会爬满白蛆。不过，吾乡人骂人"嚼蛆"，多数不是真骂，只是用于某种亲昵的调侃。关系不亲的人，一般不会骂"嚼蛆"。果真骂了，那一定是咬牙切齿，深仇大恨，一骂而后痛快淋漓。

小的时候，在乡村，身边人几乎没有不信鬼神的。家里有人生病，或者诸事不顺，疑有鬼神作祟，便在三岔路口烧纸钱，"祝赞"鬼神，祈求保佑。在《红楼梦》第五十八回"杏子阴假凤泣虚凰，茜纱窗真情揆痴理"中，我意外遇见完全相同的细节。体弱多病的贾宝玉，因梦见杏花神向他要一挂白钱，找生人替他烧了，他的病才会好得快。于是，贾宝玉便"和林姑娘说烦了他来，替我烧了祝赞"。宝玉说的"祝赞"，也就是烧给鬼神的纸钱，意在祈求鬼神保佑他病去身体好。在遥远的时空相隔之下，竟有完全一样的生活习俗，实在令人惊讶不已。

吾乡人至今仍在使用的诸多方言，在《红楼梦》中几乎随处可见。比如吾乡人说的"歪"，是"躺"的意思，"歪一会"就是"躺一会"。《红楼梦》中也是这样，"只见黛玉面向里歪着"。吾乡人在认为"没问题""没关系"时，通常会说"不碍事"。在《红楼梦》中也可以见到如此之说，如贾宝玉便说过这三个字："不碍事。"吾乡人在觉得凡事"不可能""没必要"时，爱说"不犯着"。《红楼梦》中也有几乎一致的说法，"湘云笑道，还是不犯着替他们颂圣去"。类似的例子，举不胜举。

在《红楼梦》中，意外地遇见了许许多多吾乡人正在说的方言俚语。开始很不理解，总有一种如梦似幻的恍惚感。《红楼梦》叙事的时空背景与吾乡当下相去甚远，在语言上为何存在如此之高的契合度？后来仔细一想也便明白了，所谓地方方言，其实还是古语。是它"进化"得太慢，尚未融入"普通"之列。

最近一次阅读《红楼梦》，最大的收获，便是与乡音不期而遇，意外地捡回了对于家乡方言母语的自信。

2017 年 7 月 30 日写于合肥

在哈尔滨吃鱼

暑热难耐的双休日，哪儿也不想去，干脆关起门窗，开了空调，吹着冷气来读书。选择书目自有讲究，首选背景清凉之书。冰城哈尔滨可谓是最理想的清凉之地了，恰好手头有一本哈尔滨作家阿成的《哈尔滨人》，今年秋季前最后一个酷热的双休日，便是与《哈尔滨人》一起度过。

《哈尔滨人》写到了哈尔滨吃食特色之一：大。阿成说："哈尔滨城里几乎每一种主食个头都大。不是说'哈尔滨的面包像锅盖'吗？这倒是真的。不仅大面包，馒头的个头也大，一般是四两一个。油条又粗又长，最长的有半米，手腕般粗。发糕烧饼之类也都个个硕大无朋。"阿成这段有关哈尔滨吃食之"大"的说法，我是信的。我去过哈尔滨，吃过哈尔滨的饭食，对哈尔滨吃食之"大"印象特别深刻。阿成说吃的文字，一下子勾起了我的一段回忆。

多年前的一个夏天，有机会去了哈尔滨。夏日里去哈尔滨，在很大程度上总是冲着难得的凉快天气而去的。在哈尔滨享受了清凉，还意外地享受到哈尔滨美食给人的口味之快。甚至，口味之爽比起天气凉爽来，更加让人难忘。

最难忘铁锅炖鱼。记得那是一顿午饭，在松花江边一家农家饭馆吃的。很奇怪，朋友做东，却只点了一道菜，连主食都没点。一行四人，就着一张小方桌，各坐一方。方桌中央嵌有一口很大的圆口铁锅，桌子底下是一台小燃气灶，有点像吃火锅。当然，人坐到桌边去时，灶火已熄灭，铁锅里的菜品业已成熟。

锅里那道菜就是铁锅炖鱼。菜的内容可丰富了，主料是一条鱼，一条完整的草鱼。鱼很肥大，足有四五斤吧，蜷曲着身子伏在锅底，很有动感，栩栩如生。鱼的旁边有不少配料，指甲宽长粉条，绿豆粉掺着黄豆粉制成；大块豆腐，大块猪肉，还有整条豇豆，整个土豆。汤汁浓稠，乳白之中略显橙黄。揭开锅盖，菜香扑鼻，有明显的葱、蒜、生姜味，却又看不见诸位要素的踪影。直到服务生上前给每位客人分盛菜品时才明白，原来葱、蒜、生姜放在鱼肚里。服务生说，如此放置佐料，不仅好看，而且入味。

看到锅里的分量，自然明白了朋友为什么只点一道菜，且不点主食。其实，铁锅炖鱼是一道菜，也是几道菜。诸如豆腐炖鱼、鱼肉两鲜、猪肉炖粉条、鱼汁豆角、土豆炖肉，等等，可以演绎、理解出许许多多的菜品。主食也有了，就在那一口铁锅里。锅壁上贴有一圈黄色的玉米饼，让客人沾着锅里的鱼汤吃。

举箸一试，鱼味道极鲜。问服务生，鱼自何处来？服务生说是松花江里的野生鱼，没有十年也有八年鱼龄。北方水冷，鱼长得慢。速生鱼自然没有好味道，长得慢的野生鱼才有鱼的本味。服务生说得有道理，当时并不全信。一条鱼得长个十年八年，又有那么多人于一江两岸天天食鱼，这松花江里能有那么多的鱼可供捕捞吗？不过，后来读了阿成的《哈尔滨人》还真信了。阿成说，松花江里的鱼实在太多，冬天里在冰封的江面上凿个大窟窿，用棍棒往水下一搅，鱼就自己跳出窟窿来了，无须网捕鱼钩钓。

其实，信不信是松花江里的野生鱼都没关系，鱼味道好已是事实。人的味蕾忠实可靠，酸甜苦辣，好吃不好吃，它分得清清楚楚，如实告知。那条鱼好吃自有道理，即便它并不出身于松花江，只是出身某个不知名的小水洼，它也有好吃的理由。佐以猪肉、豆腐、粉条，还有葱蒜生姜，那鱼不鲜也鲜、不香也香了。就连锅壁上贴的玉米饼，在铁锅炖鱼过程中，饱吸了鱼、肉鲜气，不沾汤汁吃起来也“贼香”。哈尔滨人说的“贼香”，绝不是一般的香，一定是特别特别的香。

那顿饭吃到最后，还有一个惊人的发现：饭都吃完了，餐桌上竟然没有一只菜盘，唯有每人面前一只饭碗。

原来，餐桌上不是没有菜盘，那口炖鱼的铁锅便是一只巨大的菜盘。铁锅炖鱼这道菜唯有铁锅这只菜盘子能盛下，其他菜盘无法装盛。

各人面前那只饭碗也巨大，大到足以用来盛汤和装菜，可作汤碗菜碗用。

难怪阿成在《哈尔滨人》中说过，他到北京开会，住在一家四星级酒店，吃饭时对那些玲珑的小碗发愁。一碗饭根本吃不饱，吃完了再盛第二次，他又不好意思，觉得不够斯文。其实，偶尔饿饿肚子，斯文尚且勉强留得住；饿得久了，斯文便不听话了，转眼间逃之夭夭。阿成终有一天忍不住了，丢下手中小碗说："我们哈尔滨人喂鸟才用这样的小碗儿。"说罢，拽过一个大盘子，狠狠地盛了一大盘子饭，旁若无人地吃起来。

2017年8月6日秋前一日写于合肥

一场玩笑雨

立秋过后，差不多十来天吧，再有几天就处暑了。天气还是夏天的性子，日头白白花花，照在身上火火辣辣。节令上虽是秋天，却不见印象中的秋天淡定平和的神态，面前的季节还是一副风风火火的样子。

雨，说来就来，直接从万里晴空中倾盆而下。不见阴云，不闻雷声，一点铺垫或者过渡都没有。过于直截了当的方式，往往叫人接受不了。突如其来的雨，便让人猝不及防，甚至让人怀疑它的出处。

这情况并不遥远，就出现在昨天中午。工作日中，在单位食堂吃过午饭，回到办公室。关掉顶灯，走到窗前，准备拉上窗帘，小憩一会。谁知，站在窗前，两手拽着窗帘，却迟迟没有将窗帘从两边朝中间合上。目光被窗外的景观胶住了。

其实，窗外并没有什么吸引人的美景。照旧是两栋陈年老楼，一栋用作商业，好像有餐饮行业，时常有油烟从窗外飘进来，还能看到墙脚边有不少油污。一栋是旧式住宅楼，楼高三层，平顶，裸露的红砖墙。这栋红房子可以算作这省会城市里的老古董了，不用翻阅建筑档案，仅看房屋外观便可知道，它诞生于20世纪七八十年代，迄今已有四十年左右的房龄。在这座日新月异的城市里，它是一道让时间停顿的风景。

景观依旧，吸引眼球的不是窗外景观，是天象。天上无云，却在下雨。雨很大，凭窗望去，所见不是雨点，也不是丝丝缕缕的雨线。那雨，是雨柱，差不多小拇指一般粗细。雨柱抽打在对面商用楼房外立面上，噼啪作响，有如响鞭。雨柱直捣窗外红砖楼平顶，屋顶上如瀑布坠地，水珠飞溅，而后纷纷弧落，触地有声，真有“大珠小珠落玉盘”之感。

燥热的午后遇雨，心情少不了喜悦。尤其在秋后，期待着一场秋雨一阵凉啊，几场秋雨过后，秋高气爽的日子才会真的来临。欣喜的同时，却有些遗憾。刚才如注大雨，顷刻无影无踪。这天气也太不严肃了，倒有点像黄梅天，雨说来便来，说走便走。甚至那一段时间，同在一个城市里，常常“东边日出西边雨”，说无晴又有晴，说有晴又无晴。喜怒无常的天，把人都弄神经了。

正在喟叹时，楼下空地上，有个快速挪动的身影牵动了目光。那是一个肥胖臃肿的妇人，从红砖楼里匆匆跑出来，远远望去头发灰白。估计妇人很有年岁了，她比那红砖楼的年纪可能大得多了。那个年代，这样的红砖楼必定由单位建造，分配给职工居住。在单位，能入住那红砖楼的人，一定很有资历，毛头小伙和黄毛丫头们自然轮不上。一个很有资历的人，在资历之上再增加四十年的厚重历史，这人年纪肯定不轻，如今当在耄耋之岁了。看她那摇摇摆摆步履蹒跚的样子，也能大致猜得出她的年岁。其实，她根本不适宜奔跑，她也无法真的奔跑起来。说她从屋里跑出来，只是说她脚步有些快，她的神态很急迫。

老妇人急迫定有原因。尚在寻思之际，老妇人主动将答案呈送上来。原来，老人家是急忙忙跑出来收回棉被絮的。能不急吗？原本晴好天气，老人家将床上棉垫被拿出来晾晒，搭在楼下两棵树之间一根绳索上。

天啊，刚刚下了那么大的一阵雨，这被絮还不吃饱喝足了雨水，沉重如铁，老人家能拿得动吗？忽又想到“细雨湿衣看不见”的句子，便换个角度猜想，许是雨下得过急过快，一些雨水被溅飞了，并没有完全吸纳进棉絮吧。老人家并不是十分费劲，从两棵树间的绳索上取下了被絮，搭扛在肩背上，晃晃悠悠走回家去。

被雨淋湿的被絮，拿回家里又该怎么办呢？肯定不能铺在床上了，最有可能是找一处通风地方先晾着，等有阳光时再拿出去晒干。其实，老人家收回被絮后，阳光立刻回到红砖楼上空。那一阵雨很干脆，说停便真的停了，没有淅淅沥沥下个不停。

天又归于晴朗，刚才在地面上晃动的人影回到红砖楼房里，便没有再出来。阳光不言，微风无声，窗外一片宁静。合上窗帘，去沙发上歪一会吧。

不知怎的，这个中午怎么也躺不踏实，眼皮刚一合上便睁开了。索性不躺了，起身走到窗前，拉开窗帘再看楼下景观。天是彻底晴朗了，光线比刚才还要亮堂，如果不是所在大楼遮挡，一定能看到头顶偏西方向那一轮白花花的日头。楼下空地上两棵树间的那根绳索上依然空空荡荡，老人家饱吸雨水的棉被还放在家里，没有拿出来重新晾晒呢。

为什么不晒？是老人家不知道天已放晴可以重新晾晒了？料定不会。此时此刻，老人家会比谁都更加关心天气阴晴。有一床急需晾晒的湿棉被摊在家里，一定让她很揪心。极有可能她知道天晴了，但不相信天是真的晴了，说不定还会像刚才一样，平白无故地突然间再下一场雨。

至高无上的老天爷，不过随随便便跟人开了一个小小玩笑。人略受其害后，便心有余悸了。晴空之下，面对阳光，对于天气是否真的晴朗，或许对老妇人来说这是一个难题，她心存疑虑，不敢轻易相信。

倒也不怪老妇人迂腐迟钝。民间有句老话，一朝被蛇咬，十年怕井绳。这老人家一定牢牢记住了这句老话。

2017 年 8 月 20 日写于合肥蜀山脚下

墙缝里的一棵树

喜欢绿色，向来爱惜一草一木。最近，却不得不借他人之手毁掉了一棵小树苗。

最近很近，近在昨天。昨天，注定是一个不平凡的日子。昨日不平凡，在于天气变化无常。早晨，天气晴好，阳光极强。气温也高，日出便觉燥热。午后，天上的云彩渐渐丰富起来。云层越来越厚实，天空越来越低沉。及至下午三点左右，天黑如夜，令人恐怖，不知道这个世界接下来将要发生什么。风也来了，越来越大，且无定向，东边一下，西边一下。窗外的树，左倾右斜，失了正形。像是顽皮的孩子，因做了错事，被父亲抓住，正要被严刑拷打，孩子在父亲的手下左右躲闪，意欲挣脱。气氛越来越紧张了，冷不防几道闪电撕破黑沉沉的天空，雷声炸响让人掩耳不及。雨，紧跟着雷声来了，鞭子一般使劲地抽打着窗户玻璃，在玻璃上发出噼噼啪啪放鞭炮似的声响。

世间来得快的东西，大抵去得也很快。雨犹如此。狂风裹挟着暴雨，劈头盖脸，横扫于天地之间。几十分钟后，雨便渐渐地有些乏力了，劲头大不如从前。闪电和雷声也越来越稀少，气势渐弱。雨住风停，天色明亮。刚才关闭的窗户被次第推开，把外面清新凉爽的雨后湿润空气，迎到室内来。屋里的人，将拎着的心放了下来，明显地松了一口气。

去厨房开窗户时，发现厨房地面上有一摊似曾相识的积水。水又是从何来？水该无所来处。这是一个由来已久的困惑。室内积水，不外乎来自上水和下水两种可能。上水确认关闭，无泄漏之虞。下水一直通畅，亦无满溢之忧。室内无水源，厨房地面上的积水只能来自室外了，正好刚刚下过一场暴雨。可室外的雨水又是如何进得室内来的呢？早在下雨之前窗户便已经关严了。除非水是从外墙体中泌出来的，墙被雨打湿，雨水穿墙而过，进到室内来了。不太相信这种可能，因为这个小区的建筑品质在这座城市里，可是有口皆碑的。

看到地上的积水，感到一惊却不太意外，同样的情况在这里已经发生好几次了。过去都是发生在人不在家的时候，今天它悄悄发生在眼皮底下，人却浑然不知。曾找物业公司工程人员来查找原因，至少两次。工程人员趴在地上，用强光手电筒往橱柜底下照，企图找到出水点。那两次工程人员都是无功而返，厨房地面上曾经出现的积水便成为一宗悬案。这回，厨房地面上又有积水了，首先想到的不是再找物业公司，而是自己想办法把地上的积水先弄干，免得积水从厨房溢出去，进入餐厅客厅，泡坏了客厅里的木地板。

也没什么好办法可想，只得使用最原始的笨办法——将水舀干。水的深度不够舀，便拿拖地的海绵拖把将地上的水吸进海绵里，然后再将海绵里的水挤到水桶里去。如此一吸一挤，反复几十个来回，斗大的塑料水桶便装满了来自地上的积水，提到卫生间，倒进抽水马桶里冲走。地上的积水却没完没了，倒了一桶又一桶，统共倒了七八桶。这时，忽然明白过来，这不可能是墙壁里的藏水渗出，墙壁里怎么可能渗出这么多的水，一定是某地方有个可观的水源，才将水源源不断地输送到了屋子里面来。看来，依靠自己的力量无法解决眼前的问题了，还得求助于物业公司。

于是，电话到物业公司，言明情况。电话那头公司客服女生说，公司工程人员都出去干活了，明天再派人过去吧。赶紧再声明情况，等不得明天，再等下去积水就会泡到客厅木地板的。听说情况紧急，物业公司派不出工程人员，便派一名保安来了。这名保安师傅，四十多岁，一看就知道他有经验，懂工程，完全不亚于工程人员，且态度热情，认真负责。进门后，他趴在地上，一照一看，便怀疑楼顶平台有积水，顺着烟道流下来，渗到厨房里来了。他立即上到楼顶，发现平台果然有积水。找到地漏，清除覆盖在地漏上的污物，积水畅流，很快排干。回到厨房，那保安师傅说，楼顶平台积水排除了，屋里不会再出水了。

可是，事与愿违，厨房地上的积水还是层出不穷，吸了又有。保安师傅抬头望望窗外，他忽然明白，原来还不是楼顶平台的积水所致，问题极有可能出自那个地方。保安师傅伸手直指窗外那个小平台。那是单元门门厅之顶，大概两米见方，四周有一尺左右高的围沿。此刻，从窗里望去，门厅屋顶上的小平台就像一个四方形的小水池，里面贮满了雨水。保安师傅一看那状况，便知道那是下水漏子被堵了，正常情况下，它不该有积水。于是，保安师傅决定回去拿梯子，打算到门厅屋顶上去，清理水漏，放掉积水。

在看门厅平台积水时，陡然想起，在门厅平台与厨房外墙交界的缝隙里长有一棵小树苗。发现那棵树已经很早了，应该是在前年春天。有天在厨房里盛饭时，忽然看见窗外多出了一抹绿色。当时十分欣喜，认为那是难得的一道风景。它非人力所为，一定是哪一只鸟雀在什么地方饱餐了某种树木果实之后，落脚此处，忍俊不禁来了一次酣畅淋漓。鸟雀一次性播种加上施肥过后，这里便长出了一株不知名的小树苗。

看保安师傅在门厅屋顶上弯腰疏通积水时，心里陡生一念：那“水池”并不直接与墙壁为邻，“池水”怎么会通过墙壁渗到厨房中来？再说，原先厨房里并不见渗水，也就从去年的什么时候才开始出现。会不会厨房里的渗水与窗外墙缝里的那棵小树苗有关呢？它从中起到牵线搭桥的作用，把北边“水池”中的积水引到南边墙壁中来呢？这样一想，便随口对屋顶上保安师傅说，你看看那棵小树苗有没有问题。保安师傅没有吭声，伸过手去拔那棵小树苗。一拔才知道它的根扎得很深，想拔起它并非轻轻松松。随即提醒保安师傅，小心站稳，注意安全。保安师傅憋着一股劲，终于拔出了那棵小树苗。看着那长长的粗壮的树根，保安师傅说，此处漏水，说不定就是这棵小树苗暗中“捣鬼”。

小树苗被拔了，“水池”中的水也放干了。还真灵验，厨房里的积水有减无增，吸一次少一些，最后终于地面干净如常。

送走保安师傅后，又想起了长在墙缝里的那棵小树苗。责怪自己过去太大意了，早就不该让它在那儿存在。曾经小看了那棵小树苗，其实它的力量可大了，大到难以估量。倘若让它发芽于磐石底下，终有一日，它会将磐石掀翻。

这棵小树苗，长在墙缝里，时日久了，待它的根系足够强大时，它便不是引水穿墙入室那么简单了，它会撼动甚至摧垮这栋楼房中的一堵墙。

真的可悲可叹。多好的一棵小树苗，生在地上，枝叶婆娑，它就是一景，还有可能成为有用之材。只因为它所生非处，无法成材，也构不成景观，反而成为害人之物，最终遭人遗弃。

命运之鸟，于无意之中轻轻松松地捉弄了一棵小树苗。

2017 年 8 月 20 日写于合肥

让数字与文字来一场恋爱

如今形容一个人做事专注，许多人爱讲这样一句话，一生只做一件事。若拿这句话作为镜子来对照自己，我便有些汗颜了。我一向做事还算专注，却没有专注到一生只做一件事的顽固程度。不过，中间的差距也不是很大。回想我的前半生，所有的有效时间无非用在两件事情上，先后或者同时仔细伺候着数字和文字。实际上，数字和文字业已成为我此生此世忠诚服务的上帝。这些年的工作实践，已经让我习惯了一句话，客户就是上帝。客户者是谁？客户就是我伺候的对象，数字和文字都是我的客户。

都说兴趣是人最好的老师。诚如此，有了浓厚的兴趣才有可能把事情做好。我最初的兴趣可能是落在数字上，自以为对于数字的认知和把控能力更优于文字。我说的“最初”，那可是一个遥远广阔的背景，远在20世纪70年代中后期那段特殊的历史空间。当年，作家徐迟的报告文学《哥德巴赫猜想》甫一发表，立刻让沉睡已久的人们如梦初醒，数学家陈景润痴迷数学的故事一时间家喻户晓。团结紧张严肃活泼的校园里，一夜之间，有一句话突然流行起来：学好数理化，走遍天下都不怕。姑且不论话语有无道理，若有道理，也不论它有多少道理，它当年的的确确鼓舞甚至成就了无数的青年学子，让一批批年轻人成为一个时代的天之骄子。

我还不能说是被这句话所成就的，因为我算不上那个年代的“天之骄子”。我没上过大学，就连高中也没上过，初中毕业直接考上了中等师范学校。不过，如果不上中等师范选择上高中，则可以上当地最好的重点高中，不出意外也会是那个年代的“天之骄子”吧。那时的中考，是按照从高分到低分的顺序，先录取师范等所有中等专业学校，再录取重点高中，最后录取普通高中的。那句话没有成就我，还是在很大程度上影响了我。初中毕业成功考上中专，数学成绩功不可没。众所周知，数学这门课，最容易拉开得分的差距，它在很大程度上直接决定学生能否升学。进入师范学校后第一次期中考试，我的数学成绩是全班第一名，当然也是全校第一名，至少并列第一名，因为我考的是满分，100 分。只可惜这一良好势头并未保持，等到第三次期中考试，我只考了 63 分，一落到底，是班上倒数第一名。从天花板上坠落到地板上，这次“沉重一摔”，虽未受伤，却也很疼痛。之所以出现如此重大逆转，原因只有一条，兴趣发生了转移，从数字转移到了文字上。我开始了昏天黑地的阅读和写作，上师范二年级时，已开始有些文字在报刊上发表。一个十六七岁的年轻人哪里把持得住，根本做不到对数字与文字一视同仁，不偏不倚，处理得妥善公道，使得各门功课齐头并进。疏远数字成为必然，迷恋崇拜文字到了无以复加的狂热程度。

当年的中专生同样是令人羡慕的，它的魅力有三，转户口、包分配、上学不花钱。最大的魅力还是包分配，进了学校就意味着有一份不错的工作等着你。拿到了毕业证书，一纸分配工作报到证即刻到手，便有了一个引以为豪的“干部身份”。师范生的毕业去向当然是中小学校，当教师。我曾经当了几年初中教师，教过几年初中语文。肯定不会选择教数学，在数字与文字之间，我早已选择了文字。当教师的那几年，基本上还是围绕着文字转。尤其八小时以外，则是直接伺候文字了。初生之犊，不畏虎威，诗歌、散文、小说样样尝试。贴八分钱的邮票，有时还不用贴邮票，天南海北四处投稿。虽广种薄收，毕竟有些收成，在那个文学受到整个社会器重追捧的年代里，竟也收获了周围不少尊重乃至艳羡的目光。

正是因为这种眼光，在一个偶然的机遇里，25 岁那年我突然地离开了任教六年的学校，来到了一个完全陌生的世界。陌生只是相对的，之前是在文字的世界，后来置身的是一个数字世界。若想在这个数字世界里行走有路，甚至道路畅通，空间开阔，那个 25 岁的年轻人必须改弦更张。适者生存，人到了某个环境，必须顺应形势。于我来说，首要的是增强数字意识，培养对于数字极好的把控技能。其时，我对数字的操持能力，仅仅停留于自以为很不错的本能的口算和心算。在那个凭数字说话的世界里，仅有口算和心算远远不够，无法满足把持数字的实践需要，大家都在借助计算工具。那时的计算工具也很简单，尚且依赖于传统的珠算。在那个数字主宰一切的世界里，算盘的地位实在太重要了，它曾经是大名鼎鼎的“三铁”之一，除了“铁算盘”，当然还有“铁账”和“铁规章”。话说到此，所有的情况也就不言自明了，所谓那个完全陌生的数字世界，不是别处，它是一家银行。属于金融机构，一个很重要的经济部门。就像当年那位最睿智的“猫论”老人所言，它是现代经济的核心。经济是什么？经济就是数字！从事金融工作，实际上就是从事数字工作。

我是因为文字上的专长，才得以进入金融系统。世间的事就是这么奇怪，一个自以为擅长文字的人，却偏偏阴差阳错地来到了数字世界里，长期与数字打交道，以侍弄数字为生。初到这个数字世界，开始自己的数字生涯时，我不得不面临一个残酷的现实，自己在伺候数字的能力上准备还很不够，时常显得力不从心，捉襟见肘。陌生的数字世界，的确让我对于数字大开眼界。起先侍弄那些从未见过的巨大数字，因为数字太长，几乎一口气读不下来，才渐渐习惯于在数字中间加逗号。我心目中的标点，从来都是留给文字用的。没想到数字也用标点，而且用了标点的数字，读起来抑扬顿挫很有语感，似乎还有些诗意。

在倍感新鲜的同时，也有一些无奈的苦恼。在那些超级巨大数字群体里面，总有某些小数字泥鳅一般滑溜，很不容易逮住，稍不留神它就溜之大吉，逃得无影无踪，任凭你大海捞针，就是觅不见它的踪影。我至今还记得，第一次做银行季度会计报表，是在晚上。柜面营业终了之后，同事都回家了，我一个人在柜台里面闭门造车。为了把报表上的数字横竖“摆平”，那把油光乌亮的木制算盘，荸荠般的大珠子噼噼啪啪，响了一宿，我几乎埋头忙了一个通宵。只因为珠算技能不过关，让某些不听话的数字有机可乘，在眼皮底下轻而易举地开溜了。几十年来，我一直没有忘记这件事。初到数字世界那段时间，追寻那些走失的数字，真是一个令人无比心焦的过程。那时，总觉得数字不听话，像个淘气的学生。很长时间里，我还是没有忘记自己曾经的教师身份。

也就是从那一刻起，我才清楚地认识到，所谓银行其实不是银的行，甚至见不到“真金白银”，见到的只是数字，它实在就是一个经营和管理数字的场所。我知道，在银行工作，就得练就一副驯服数字的看家本领。能让数字乖乖地听你的话，将数字调教自如，让所有的数字各归其位，你就是一名优秀的银行员工了。甚至，你还有可能从这样一名优秀的银行员工，一个台阶一个台阶地层层走上去，最终成为一位足以经营管理更大数字群体的优秀银行家。

补课，人的一生难免需要补课。缺什么，就得补什么。珠算是那个年代的银行员工一项最基本的技能，新员工入行很长一段时间里都得训练珠算，专业术语叫“翻打百张传票”。直到把算盘打得呱呱叫，闭上眼睛也能打，就像现在不看电脑键盘打字，盲打。进入银行初期，相对其他银行员工而言，我在业务技能训练上缺了一课，没能参加统一组织的业务培训。落下的课程不能不补，如不补上，在这个行业里，你将会始终比别人差了一截子。年轻的我，自然不愿意接受这样一个人生局面。这种补课还不能公开进行，只能在你下班以后悄悄进行。别人不屑一顾的问题，你还在公开补课，能好意思吗？珠算只是一个具体表象，需要补课的远远不止珠算一项，还有大量与数字密切相关的陌生课程在等着你去从头学起。那些内容可都是银行员工的必修课啊，只有学习好了那些课程，掌握了相关技能，你才能成功地驾驭那些桀骜不驯、让人头皮发麻的数字。过了能够驾驭数字这一关，你才可以昂首挺胸、心安理得地做一个金融人。

人生总会充满各式各样的尴尬。回想起来，当时我所面临的便是这样一种尴尬。在这个数字世界里，本是因着文字而来，结果却不得不放弃我心爱的文字。至少也得暂时放下文字，集中一段时间一门心事伺候数字。一段时间有多长？说出来可能让人无法置信。它可不是三、五个月，也不是三、五年。我说的那一段时间，整整二十年。相对于历史长河而言，二十年只是一朵浪花从兴起到衰落的短暂过程，的确不足挂齿。对于一个人而言，二十年时间实在太过漫长了，它几乎长过了人的青春岁月。人的一生也不过几个二十年嘛！从来没听说过有谁一生拥有了十个二十年呢。如果说这二十年时间可以算作某种代价，那么这种代价实在是太沉重了。

当然，在这个二十年里，我对于文字也只是停一停，只是放下来，还不是真正、彻底地放弃。准确地说，它是一种搁置，或者珍藏。搁置不提的话题，总有一天还会提起。珍藏的宝贝，可能会在夜阑无人之时，你终于忍不住，独自悄悄地接近它，对它致以亲切问候。

二十年后，人已然不惑，头脑开始冷静，一抬脚便跨过了知天命的门槛。这才忽然发现，其实数字与文字原来并不是相互排斥，二者关系相当亲密，亲密到难舍难分。它俩好似一对亲兄弟，一母所生，情同手足，各司其职。它俩又好似一对情侣，刚柔相济，阴阳互补，相濡以沫，融为一体，你中有我，我中有你，不分你我。其实，它俩简直就是一个人，一个完整的人，一个完美的人，灵肉结合，浑然天成。数字好比人的肉体，它是厚重的。文字好比人的魂魄，它是空灵的。人的肉体和魂魄必须同在，厚重与空灵缺一不可。肉体失去魂魄，那才是名副其实的失魂落魄，一堆行尸走肉。魂魄失去肉体，无以寄托，那可是四处游荡、无家可归的孤魂野鬼，流浪漂泊便是其不可避免的宿命了。所以，厚重需要空灵，空灵也离不开厚重。

在厚重与空灵之间，忽然想到了君子成人之美，何不去做个成人之美的君子？就像当年胡适那样，乐意做红娘。明白了数字与文字密不可分的道理之后，我决计去做一位月下老人。努力地给我面前的数字和文字牵线搭桥，让数字与文字来一场恋爱，而且“强媒硬保”，保其二者只聚不散，玉成一桩美满姻缘，使得这对有情人终成眷属，情真意切的两个人变成一个十分完美的整体。那个完美的整体亦如“新生儿”，给它命以一个金碧辉煌、吉祥如意之名吧，它就叫作“金融文学”。我心目中的金融文学，从来就是一个数字和文字的天然结合体，结合的双方不离不弃。离开了数字，只剩下文字，它只是文学，便没有了金融的属性；离开了文字，只剩下数字，它就是金融，不再具备文学的特质。

果真实现了君子成人之美，这个世界在时间和空间上豁然开朗。此后，数字和文字不仅不相互排斥，反而相互吸引，出双入对，形影不离，相扶相携，相敬如宾，伉俪情深，宛若一人，俨然一个崭新的美好生命。

偶尔想想，人的一生运行轨迹，或许就是一个圆圈。我曾见过身边很多人，不少人满世界兴致勃勃地跑了一大圈，走得很远，到最后还是回到了原点。我审视自己的人生轨迹，又何尝不是这样，原点一直等人回归。由此，我发现了一个也许不是秘密的秘密，世间所有的起点，总是不谋而合地与终点重叠。关于人生，人各不同，圆有弧度，圈有大小，如此而已。

我想，我的人生轨迹之圆圈，圆与不圆，圈大圈小，其实并不重要。重要的是，由于我这位月下老人热心替人作伐，业已成功地实现了属于我的数字与文字携手同行。我追求，我努力，我人生的一个重要目标，便是让那些属于我的数字和文字形成一个更加完美的结合体。而后，我悄悄地远远看过去，会认为那是一道不错的风景。

自己制造的风景，用来滋养自己的眼睛，那种感觉当然不会错。我很喜欢这种感觉，一种自得其乐的愉悦感。倘若这道风景也能滋养别人的眼睛，亦能给别人以些许的愉悦感，那么我就十分知足了。

2017 年 7 月 22 日为中国金融文学研讨会而作

后　记

另眼看世界

这不是今日才有的事情，亦非昨日刚刚开始。另眼看世界，已是我的一项极其重要的人生体验，它可谓我与生俱来的一种生存态势。

很久以前，一个懵懂少年初次发现这个世界是立体而非平面的时候，便试图一只眼睛紧盯世界的正面，力求看清、看准；另外一只眼睛侧视或者环视世界的另外一些方面，尤其背面，力求看深、看透。

正面看世界的那一只眼睛，应对春夏秋冬，看四季轮回，观阴晴圆缺、荣枯更替。所见与众无异，或者大同小异。无怪其然，我亦不过茫茫人海中的一张普通面孔。我就是那个每天匆忙行走赶乘公交车，早出晚归，勤勤恳恳，兢兢业业，谨小慎微，找准某个细微的坐标点且于其上尽心尽力的人。不曾慨叹为稻粱谋，日子一直过得无怨无悔。但凡为人做事，只求无愧我心。

侧面看世界的另外那只眼睛，努力于熟视无睹的世界上看出别样的景致，于烂熟于心的景致上看出崭新的意象，于运用自如的意象上看到全新的境界。企图看到世界的背面去，上下五千年，纵横十万里，把整个世界看透彻。当然，这只是一个远大的目标。真要实现，谈何容易。

想起了20世纪前半叶大师们爱说的一句话。先是胡适之先生说，哲学是我的职业，文学是我的快乐。后来，朱佩弦先生也套用胡适之先生的话说，国学是我的职业，文学是我的快乐。我是一个以数字为职业的人，偏偏爱在文字上取乐。无意于不自量力地与先贤们相提并论，只是觉得先贤的话说得太好，简单明了，一语中的，便忍俊不禁，还是东施效颦般套用一下——数字是我的职业，文字是我的快乐。

数字世界，好似一片浩瀚无边的海洋。星星点点的文字是水面上渺小的航标，是夜间发出微弱光芒从而令人惊呼的小小灯塔，它指引着这艘命运之舟，行驶在自己的航道上。这便是人生，曾经的青春时光都在那严谨理性的数字海洋里耗尽；这就是生活，试图在一种枯燥单调的私人背景上，努力营造出一些鲜活灵动的诗情画意。

直面人生，置身生活，和而不同。存在于一个重规重矩的氛围里，人亦习惯于中规中矩。总是有着太多的与众相同点，偶尔也有少许与众不同点。我跟绝大多数人一样，做一名凡夫俗子，在行动上完完全全就是一个按部就班、循规蹈矩、不越边界的人。当然，也有极其小众甚至完全个性化的时候。虽不曾标新立异、独领风骚，却一直在思想上致力于另辟蹊径、踽踽独行。恰如小的时候，走在泥泞的乡间小路上，最不喜欢把自己的脚，放进别人的脚印里，专挑别人没踩的地方踩。

另眼看世界的过程中，有一件事必不可少，那就是读书。每天夜里读书，读书催眠，眠于书香。读现当代，更多的是读一些年代久远的书。譬如《红楼梦》这本书，反复读，年年读。在读书的同时，亦读山水、读风物、读人情，努力读出蕴含其中的另类意味，对于人云亦云，向来十分反感，力图敬而远之。

于是，便有了手头这本《我对世界另眼相看》的集子。书分两辑，上辑“望文生义”，下辑“东张西望”。书中所录80余篇散文随笔，皆为近年所作，先后发表于北京、上海、天津、辽宁、福建、河南、陕西、甘肃及安徽本省的多家报刊。

散文是一种容易让人上瘾的文字，写上了便放不下来，写了还想写。写作一篇散文，其实就是让自己与自己进行一次对话。蓦然回首，这已是我的第三本散文随笔类个人作品集。这几年，我的写作重点放在散文上。我的散文写作，起步于亲情，曾经徘徊于乡土，而今抵达人文领域，努力开疆拓土。这才发现，新的领域里星光灿烂、天高地远、无边无际。放眼望去，道路正长，深知必须增强自己的脚力。大概，这才是我最愿意看到的情景吧。

我一直不忘家乡皖西南地区的一句俗语，千万别把脚下的路走竖起来了，竖到自己的面前来。人生最大的不幸，莫过于自己把自己的路走死了。其实，不幸往往也是万幸。山重水复的后面，可能就是柳暗花明。在散文写作的道路上，山重水复的境地一定还会存在，迟早远近而已。距离今天，它有多远？在另眼看世界的同时，我一直拭目以待。

感谢合肥工业大学出版社，在当前散文类图书市场不太景气的情况下，毫不犹疑，欣然出版了这本集子。而且，效率颇高，从交稿到新书面世只用了很短的时间。当中，副社长朱移山博士、责任编辑王钱超女士高度重视，集中精力，花费了大量的心血。在此，深表谢意！

感谢我的同乡好友、著名作家、《清明》主编舟扬帆先生为这本书作序。多年来，扬帆兄给予我很多帮助和鼓励。在此，深表谢意！

2017年11月30日于合肥